U0947771

桃花树下的鲁迅

黄坚 著

九州出版社
JIUZHOUPRESS

致敬我最崇敬且倍感亲切的伟大科学家——约翰尼斯·开普勒。

竹内好写过一句话："把鲁迅冰固在启蒙者的位置上，是否把他以死相抵的惟一的东西埋没了呢？"我觉得这句话说得真好，特别欣赏其中的"冰固"一词，它让我想起由成龙、李连杰合演的电影《功夫之王》，里面的孙悟空被玉疆战神用魔法给冰固起来，然后在天行者送来的棍子的一击之下，复活了。

以小悟大，见微知著

——读黄坚著《桃花树下的鲁迅》

陈漱渝

鲁迅将读书分成两类：职业的读书，兴趣的读书。我读书基本上出于职业需要。因为要完成一本书稿，或一篇文章，只好俗尘满襟地去阅读相关著作。这些著作当然给我带来了不同的学术滋养，我对这些作者也常怀敬畏之心，但说句坦诚的话，很少有一本书能让我兴趣盎然地一口气读完。这主要怨我理论水平低，理解能力差，一旦淹没在名词概念的海洋里，就会呛得急于逃生，哪有乐趣可言？让我佩服的还有那些擅长宏大叙事的学者，视阈往往能够跨世纪。我常想，眼前发生的不少事情都能让我蒙圈，那三五千年之前的事情我们真能说得有鼻子有眼吗？行文至此，正巧在手机上看到山西智效民先生的一篇文章，题目是《我为什么不写论文》，不禁会心一笑。

但《桃花树下的鲁迅》这本书我的确是一口气读完的，

有欲罢不能之感。这是一本学术随笔，也可称之为学术散文，亦即智效民倡导的那种“不三不四”的文章。刚看到这个书名时，第一感觉是似乎不够庄重。作者名叫“黄坚”，不由得让我联想到在北京女师大和厦门大学跟鲁迅共过事的那位同名历史人物。在《两地书》中，鲁迅用“白果”二字指代“黄坚”，也说他“浮而不实”，“兴风作浪”，“嘴里都是油滑话”。这种人当然不会撰写研究鲁迅的文章。我曾主编过《鲁迅研究月刊》，担任过《鲁迅研究》和《鲁迅研究年刊》的编委，中国人民大学刚刚创办复印资料时，《鲁迅研究》分册也是由我负责终审，但我的的确确不知道还有一位名叫黄坚的鲁迅研究者。后来托人打听，才知道这位黄坚是一位研究古代历史文化的学者，写些关于鲁迅的文章，完全是出于他的业余兴趣，了无尘念。收进此书的文章此前都没有公开刊登过，只有一部分在网上发过帖子。我是一个科盲，从来不会上网，所以对这位作者完全陌生。迅速拉近我们距离的是他笔下的这些文章。这当然跟我个人的学术兴趣有关，但要真正取信于广大读者，还是取决于这些文章本身的质量，而不是靠人际关系和友情吹捧。我以下发表的读后感言，完全符合当下对论文进行“盲评”的学术规范，丝毫也不夹带私人情感。

这本书首先值得肯定的就是作者写这些“小文章”时下了“大功夫”：从完成初稿到最终定稿，前后历时整整九年。比如“桃花树下的鲁迅”，刚看到这个题目，我觉得材料单薄，很难写出一篇像样的文章，但作者从鲁迅书信、作品中的桃花，谈到鲁迅生活中与桃花的关系，内容就显得充实多了。鲁迅有一个笔名叫做“桃椎”，作者援引古籍探因溯源，使文章又变成了一种跨学科研究。特别出乎我意料的，是作者还援引了日本汉学家青木正儿对鲁迅小说《狂人日记》和白话诗《桃花》的评价。对于鲁迅同一时期发表的不同体裁的作品，青木正儿一褒一贬，虽然不一定完全得当，但毕竟是鲁迅作品接受史上的一项珍稀资料，从而使这篇文章显得厚重。

书中介绍鲁迅跟他的祖父周介孚的文章，未必有多少新意。文中谈及祖父对鲁迅的影响，肯定还有进一步发挥的空间。文中转引了一种说法：鲁迅出生的消息传到祖父耳中，适逢张之洞来访，故将鲁迅的学名取为樟寿，因“樟”“张”二字谐音。窃以为当时有位姓张的同僚拜访周介孚是可能的，但张之洞是晚清名臣，官至两江总督、军机大臣、体仁阁大学士，不可能去拜访周介孚这个非亲非故的小官。不过，作者写这篇文章时，还是尽可能搜集了相关的基本史料。目前中外鲁迅研究者认真研究周介孚的人实可谓屈指可数，一个业余研究者能下如此大的功夫，实属难能可贵！

书中的有些文章考证内容似乎过于琐细。实际上是以小悟大，见微知著。记得“文化大革命”之前西北大学单演义教授编过一本《鲁迅讲学在西安》，当时被讥为“烦琐考证”。现已易名为《鲁迅在西安》多次再版，成为鲁迅研究的基本史料之一。可见真正有价值的出版物不仅不会被时光的流水淹没，而且还会日益凸显出它的长远价值。历史研究不是天马行空，随心所欲，而是在对各种看来似乎零碎、杂乱的史料进行比较分析，考证求实之后，才能够总结规律，还原真相。比如，以前出版的一些鲁迅传记，大多说1902年3月鲁迅是搭乘日本海轮“大贞丸”从上海到横滨的，后来经日本著名汉学家北冈正子教授考证，“大贞丸”是明治三十四年（1901年）由长崎三菱造船所制造的，是鲁迅从南京搭往上海的河川用轮船，到上海后换乘的是日本邮轮股份有限公司的“神户丸”。本书所收《鲁迅第一次去南京走的是哪条路》《上海：鲁迅第一次去南京的途径之地》就属于此类考证；不仅能还原原生态的鲁迅，为撰写鲁迅传记提供了第一手资料，而且还以鲁迅为个案丰富了20世纪初期中国的地方史、交通史。

书中《学潮中作为不同角色的鲁迅》《鲁迅自己的两面之词》《游走于好饮与戒酒之间的鲁迅》诸篇，有助于了解不同时期、不同侧面的鲁迅，也有助于全面准确解读鲁迅的文本，避免产生断章取义、瞎子摸象的情况。毋庸讳言，在鲁迅研究史上，这类情况是普遍存在的，表现为时而抬高鲁迅晚期的成就，时而抬高鲁迅早期的成就；时而把鲁迅“神化”，时而把鲁迅“世俗化”，以至研究了一百年之久，竟连“鲁迅是谁”都说不大清楚了。如果鲁迅研究者都能像本书作者一样，从事实出发，全面综合观察鲁迅，走近鲁迅，那就会避免许多绝对化、片面性的苛评妄断。《江、浙较量：巧合还是传统？》是书中特别有意思的一篇。我虽然吃了几十年"鲁迅饭"，但对于这个问题从来没有深思。我读过鲁迅杂文《北人与南人》，略知地域对当地居民风俗习惯、文化性格会产生影响，也知道20世纪20年代北京教育界"留日派"与"英美派"的门户之见。但从来没有系统梳理过鲁迅对"浙人"跟"吴人"在不同场合的不同评价。这种研究是十分个性化的研究，是纯粹超功利的"兴趣研究"。虽然凭这篇文章评不上职称，但却远胜过那些迹近"八股"的"学术论文"，有助于读者从一个全新的视角巨细无遗地观照到一个立体化的鲁迅，在阅读的同时还能获得一种难得的审美愉悦。

记得1986年2月15日，全国主要报纸以主要版面转载了我在当年2月1日《文艺报》发表的一篇短文《不要恣意贬损鲁迅》。文章一开头我就说："鲁迅是伟大的，因而也是谦逊的。他认为没有完全的人和完全的书，包括他自己以及自己的创作和理论在内。从来就不存在不允许对鲁迅进行分析乃至批评的事情。即使观点出现偏颇也还可以争鸣，史实出现错误也应允许订正。如果批评家的解剖刀能中腠理，药方能对真症候，鲁迅九泉有知也是会含笑的。"我去过法国巴黎，那里有一处先贤祠，安葬着72位伟人，其中就有作家卢梭、雨果、伏尔泰、大仲马等。正门铭刻着"献给伟人，祖国感谢你们"，令我十分感动。作为中国人，对于鲁迅这样的先贤难道不也应该采取同样的态度吗？但我所说的"恣意"是"放纵"，是过于随意。"贬损"是罔顾事实，贬低损害对方。这种想通过骂倒名人自己成名的酷评策略是不可取的。本书所收《越熟悉的越出错——鲁迅的几处离奇笔误》是一篇靠材料说话的学理性文章，读起来令人信服。文章列举了一些例子，说明鲁迅书赠日本长尾景和的条幅中误把钱起写成了李义山（商隐）。在杂文《四论“文人相轻”》中把《贫交行》一诗的作者杜甫误记为李白。这绝不是恣意贬损，而是如实陈述，学理性的评述。这说明作为“人”的鲁迅，也会有记忆的短路，书写的疏忽，乃至知识的缺陷或盲区。现在人们普遍使用电脑，连电脑联网都常出现故障，更何况人脑呢？任何思维正常的读者，决不会因为鲁迅作品中偶尔出现的“硬伤”就否定他的整体成就，眼下大概更不会有任何头脑清醒的人会认为自己的国学根柢要比鲁迅深厚。读完此文后会感到最值得敬重的是，鲁迅一旦发现了这类失误就会公开订正，比如鲁迅曾把杜甫《戏韦偃为双松图歌》中的数句误为苏轼诗作，题目和引文也都有讹误，但事后鲁迅即在《〈近代木刻选集〉（2）小引》中予以订正。君子之过，如日月之蚀。所以，这些例子能表明鲁迅是个鲜活的存在，并无损于他的日月之明。至于鲁迅讲演词《离骚与反离骚》中把孟浩然的诗误为贾岛的诗，如果追责恐怕会比较麻烦。因为这篇讲稿未经鲁迅订正，我记得也并未收入《鲁迅全集》，有可能是记录者的失误。这种失误在鲁迅未收集的讲演稿中多见。

最后还想借书中的《定庵、鲁迅比较说》发几句议论。

近百年来，鲁迅研究的确形成了一个可以称之为“鲁迅学”的综合体系，带有明显的跨学科性质。但当下的鲁迅研究者大多攻读中国现代文学专业出身，不可能不存在知识上的缺陷，这包括笔者在内。专家多，通才少，这也是学界的普遍状况。因此治其他学问的人介入鲁迅研究，就容易在学科的交叉地带迸发出学术的火花。比如，研究外国文学的戈宝权先生、赵瑞蕻先生介入鲁迅研究，研究哲学的张琢先生、王乾坤先生介入鲁迅研究，民俗学家邓云乡先生介入鲁迅研究，留学日本的中年学者宋声泉先生介入鲁迅研究，都给我们带来了不少的惊喜。本文作者的专长是研究古代文化，所以他从地理空间、时代背景、人生经历、家族背景、行文风格、性格气质、作品意象、思维特征、身后境遇诸方面将定庵与鲁迅进行比较，娓娓道来，如数家珍。用一句时髦的话来讲，鲁迅跟龚定庵应该都是他们所属时代的“吹哨人”，都想用“呐喊”和“风雷”打破“无声的中国”“万马齐瘖”的局面。因此，深化两位历史人物的比较研究是很有意义的。

大约是十六年前，有位酷评家写过一篇雄文，叫做《鲁研界里无高手》。当时我认为这是对一个“界”的整体否定，而这是“界”是由四五代安贫乐道，孜孜矻矻的学者组成的，便写了一篇短文进行反驳，不料招来了一场“语言暴力”的攻击。“一朝被蛇咬，十年怕井绳”，所以最近这位酷评家又发表“1949年以后鲁迅研究界的人无一不是跟风派”的高论时，我就战战兢兢，噤若寒蝉了。既然惹不起，难道还躲不起吗？读了《桃花树下的鲁迅》这本书之后，我也想发表一个看法。即使鲁研界内无高手，鲁研界外还是有高手的。如若不信，那就把这本书买来认真看看。

2020年6月23日

陈漱渝，1941年生于重庆，祖籍湖南长沙。1957年毕业于南开大学中文系。中国作家协会全国委员会委员，原鲁迅博物馆副馆长。曾参加1981年版《鲁迅全集》部分注释工作。著有《鲁迅在北京》《鲁迅史实新探》《许广平的一生》《鲁迅史实求真录》等。

自　序

这本书里的文字，多数是我以前写的，——看了一下原来篇尾注明的时间，写的最早的已有十年。当然也有近年新写和修改的，合在一起，有一种“时光褡裢”的感觉。

写这些东西的起因，是十年前，我在写一些别的东西，写着写着，就有些厌倦起来。有一天坐在沙发上，偶然一眼瞥见书架上的《鲁迅书信集》，这是五叔留下来的书。2008年的时候，一位大学同学帮忙，把它连同一整套《二十四史》和《资治通鉴》《续资治通鉴》以及其他一些书籍，包括几本旧版鲁迅，寄到了南昌。跟历史有关的书，我会时不时翻阅一下，几本鲁迅的书，一直摆在那里，不曾动过。我以一种随便翻翻的心态，把这本《鲁迅书信集》从书架上抽出来，每天翻看一点，看着看着，兴趣就起来了，就干脆放下手头的事情，转而尝试开始写点跟鲁迅有关的东西，日积月累，不知不觉写了将近十万字。

写着写着，老毛病又犯了，兴趣和心思又转到别的事情上去了，一眨眼，竟然就隔了八九年，一直到去年春天，才把它们又重新捡起来，修修补补，弄成了现在的样子。

除此之外，我写鲁迅，当然也有更远一点的原因。跟大多数人一样，我知道鲁迅，最早也是通过中学语文课本（上世纪七十年代开始）。不用多说，当时也是读了个半懂不懂，模模糊糊，糊里糊涂，囫囵吞枣，甚至有点晕头转向。别说那些杂文，就是鲁迅的小说散文，也往往有摸不着北的感觉。但即便如此，或者说正因如此，鲁迅的文字，以及这些文字背后的这位写作者，还有缠绕在这些文字和写作者身上，那些属于注释范围的背景、事件和人物，慢慢地，合成性地构成了一种奇特的吸引力，既简单又复杂，像一个不易看透的谜，有些神秘，有些奇诡，让人疑惑，也惹人好奇，一直留存下来，经过数十年光阴流逝和冲刷，不仅没有变淡和消失，反而变得越来越深而且重，像一道山影，始终屹立在那里。罗大佑有句歌词，“总不能溶解你的样子”。于是鲁迅和他的文字世界，渐渐凝结成为我的一个心结，像一桩心事埋在心底。

所以这本书的内容，可以说是我很长时间以来（从少年到青年到现在），尤其是近十年以来，对于鲁迅的一些感想的集中表达。

大多数人对于鲁迅，可能更在意他说的那些话（也有人更在意鲁迅身上的种种人生小故事），我的兴趣好像更多地集中在他为何会说这些话，为何写这些文字，以及他是怎么写出来的，包括鲁迅怎么就成了我们现在看到的这副“鲁迅样”，这就多少有点“鲁迅发生学”的意思。关于鲁迅，我更关注的是作为一个历史人物和思想者综合在一起的成因和状态，关注他那看似特殊的人格形象，是怎么形成和呈现的，其中有哪些属于结构性的规律和因素起了作用。

我写鲁迅，有两点特别在意。一是我希望自己能像著名的天文学家开普勒那样，用一种最简明的方式，来表达自己的观察和发现。开普勒所面对的，是浩瀚无边的宇宙星际空间，他的行星运动三大定律，使得人们长期不得其解的行星运行规律，顿时变得一目了然起来。鲁迅虽然难以与浩瀚宇宙相提并论，但同样给人浩瀚、深邃和纷繁不尽的感觉（扬州顾农先生文章题目名之为“鲁海”），所以，我也想用最简明的方式（一种近似数学和物理的方法），表达出自己的感觉和发现。

另一个想法，是我给自己立的一条戒律：不评判鲁迅。既不轻率赞美，更不妄加诬蔑，虽说难以做到完全彻底的“滴水不漏”，但所谓“虽不能至，心向往之”，始终牢记不忘是确实的。《一件小事》里有句话，“我还能裁判车夫么？”一直给我以极深的印象。如果说鲁迅（小说里的“我”）不能裁判车夫，我反倒能裁判鲁迅？

这是我的想法。

2020 年 6 月 9 日

目 录

越对立的越相像

——鲁迅和他的祖父周福清

鲁迅的祖父周福清跟绍兴周家台门里多数人都相处得不太好，但发展到对立程度的，只有鲁迅。

鲁迅在公开的文字里，从没提到过他的祖父，但他的父母却多次出现在他的笔端，并给人留下了较深的印象。如果据此以为鲁迅的祖父在鲁迅生命中，是个无足轻重的人，那就被鲁迅“误导”了。事实恰恰相反，在鲁迅所有的家族人士中，祖父周福清是对鲁迅影响最大的一个人——如果这个名额不是归于周作人的话。

鲁迅出生的时候，周福清正在京城候补。这是一段痛苦、难熬的时光。所以当长孙出世的消息传到京城，年青祖父（周福清时年 44 岁）的喜悦心情是不言而喻的。据说消息传到时，适逢张之洞来拜访——这是个很有疑问的据说——于是周福清给新生孙儿取名为“张”，即乳名，或小名，并由“张”

字根据同音异义的惯常做法，联想到樟树的樟，于是给孙儿取学名为樟寿，这是鲁迅真正的本名，或者说原名。再由樟字联想到豫章（是否与曾在江西为官有关？），给孙儿取字为豫山。本来，按最早的说法，名是幼时所取，字则要到成年时才有，所谓“幼名冠字”，但看来至少在清朝末期，襁褓中的婴儿已经有字了。周福清一古脑给孙儿取的小名、学名和字，从以后来看，似乎都不太成功，樟寿这个本名或原名，最终废弃不用，被周树人给取代了（现在大家都把周树人看作鲁迅的原名，其实严格说不是）。字呢，由于豫山谐音雨伞，使年幼的鲁迅经常遭到同伴取笑，说，喃，雨伞来了，于是鲁迅央求祖父改名。起初改为豫亭，这个改动也不太成功——仍然未脱离跟雨的干系：“雨停”。不多久又改为豫才，这才终于摆脱了“雨”的纠缠，意思也好多了，算是一锤定音。豫才这个名字后来用得较多，如章太炎等鲁迅早期师友和同事，比他年长些的，或与他年纪相仿的，都习惯对他以豫才相称，鲁迅自己也蛮喜欢这个名字，直到临终前都在用它。

表面上看，周福清给长孙取的名字，后来都不太为人所知，似乎归于失败了，但其实，周树人这个现在被介绍为鲁迅原名的名字，显然跟周福清最初给鲁迅所取的名字，有明显的渊源关系。我甚至怀疑鲁迅的“迅”字，除了别的意思和起因外，从根源上说，也跟“树”有关。

可见，鲁迅生命中并非无足轻重的东西，自他一出生起，就跟他的祖父联系在一起了，并且伴随了他的一生。

但这部分关联性，在鲁迅的生命中，在鲁迅与其祖父的关系上，只能说是序曲性的。鲁迅生命中第一道真正的帷幕，也是由周福清一手拉开的。

1883 年，周福清由京返乡探亲，这应该是周福清第一次见到自己的长孙，也是当时唯一的孙儿（周作人要到 1885 年才出生）。但两三岁的周樟寿，显然无法对这位完全陌生的祖父留下任何清晰的印象。鲁迅跟祖父的再一次见面，已是十年后的 1894 年，周福清回家奔母丧，这年鲁迅已有十三四岁了。

鲁迅跟祖父见面、相处的时间不长，因为就在这年七月，发生了哄动一时的“周福清科场贿赂案”。这起案件在当时如此地影响一时，以至于《清史稿·德宗本纪》里还带了一笔：

> 十九年十二月癸酉，刑部奏革员周福清于考官途次函通关节，拟杖流，改斩监候。

这件事情对于鲁迅一生的影响，早已众所周知。

周福清在案发不久，即投案自首，随后被关入杭州监狱。根据现有资料，鲁迅除了第一次专程探望外，后来只在有限的几次于学校与绍兴的往返途中，去监狱看望过祖父。后来鲁迅到日本留学，第二年暑假回国时，周福清已遇赦放回，祖孙俩在家里还见过一次。总而言之，鲁迅跟祖父周福清，一生中加起来见面的时间，最多只在一年上下，是兄弟三人中，跟祖父相处时间最短的一个。

这会不会影响到鲁迅与祖父的情感关系？

1946年10月，周建人写了一篇《鲁迅去世已经十年了》的文章，主要讲述了鲁迅与祖父周福清的关系，将俩人作了一番比较。周建人在文章中说："鲁迅非常与父母要好，但不大喜欢祖父"，"鲁迅不喜欢他的祖父"。后来，在1949年后写的一篇文章里，周建人又有"鲁迅与他（指周福清）的关系不很好，他们见面也很少"，"感情不好的原因"等话语。

鲁迅与祖父关系不好，有什么例证？

在周建人口述、周晔编写的《鲁迅故家的败落》一书中，有几件事情，可以看出鲁迅与周福清的关系状态。

乌大菱壳的故事

1903年，正在日本留学的鲁迅回家探亲。顺便说一句，这次回家，对鲁迅来说，是人生的一道分水岭，因为他和朱安的婚事，就在这次回家中确定，虽然俩人的正式结婚，完成于三年后的1906年。去国之后兄弟三人的再次重逢（周作人时在南京读书，也正好趁暑假回家），让三兄弟欢欣不已。

我们三兄弟的话是说不完的，从楼上说到楼下，从楼下说到廊夏，从廊夏说到明堂。有一天黄昏，我们三人站在桂花明堂里，又在谈论些什么。祖父从房里出来，站在阶沿上，笑嘻嘻地对我们说：“乌大菱壳氽到一起来了！”

“乌大菱壳”是绍兴方言，意思是没用的垃圾或废物。

我们明白祖父又在骂人了，骂我们是废物。我的两个哥哥恨恨地看他一眼，但祖父浑然不觉，又转身回房里去了。我们三兄弟给他一骂，兴趣索然，三人分头走散。

其实，在中国的家庭生活中，即使在今天，父子之间，祖孙之间，脱口说出诸如“小兔崽子”或“小王八蛋”之类的粗话，乃是习以为常的事，其真实的语意，不但不是骂人，反而是在表达一种亲切、亲昵的意味。鲁迅写《论“他妈的”》，结尾处说到中国父子间，以“他妈的”意谓“亲爱的”，正与此类同。从周建人的叙述情况看，周福清当时的意思，也是如此。不过，这种玩笑、戏谑的表达，通常需要一定的条件和前提，即双方之间要有基本友好的基础和默契，否则，即容易滋生恶意，自讨没趣，产生对立。周福清显然忽略了，或根本就不清楚他平时在儿孙辈心中留下了怎样的印象，贸贸然冲口而出，自以为是善意的亲热，结果却招致“恨恨的瞥视”。

鲁迅与祖父的关系，还可以从两幅挽联中看出端倪。

一幅是周福清写给自己的长子，也就是鲁迅的父亲周伯宜的，写的是：

世间最苦孤儿，谁料你遽抛妻孥，顿成大觉
地下若逢尔母，为道我不能教养，深负遗言

对此挽联，鲁迅的族叔周冠五在其所著《鲁迅家庭家族和当年绍兴民俗》书中，有一句话说：

他的孙儿对这挽联深致不满，意谓：“人已死了，还不饶恕吗！”

“饶恕”二字，应该是对挽联中的“不能教养”所说。而挽联中的“不能教养”，则很有可能是暗指、针对周伯宜没有考取举人和生病后吸食鸦片致死而言。

周冠五没有说是哪位孙儿，但在鲁迅兄弟三人中，有可能说出这番怨言的，首先要想到鲁迅（语气也最像）。

另一幅挽联是周福清写给他自己的，内容是：

死若有知，地下相逢多骨肉
生原无补，世间何时立纲常

对祖父一向没什么介蒂的周建人，在祖父的丧事办完后才发现这幅挽联，他拿出这幅他觉得字写得很好的挽联给大哥看，并说，“可惜我早没有看到，不然的话，在丧事中可以在灵堂里挂一挂。”鲁迅的回答却是：“这是在骂人。”

细看一下周福清的这幅自挽联，其主要含意，与其说是在骂人，无如说是自伤，当然其中肯定有些许愤激的情绪，鲁迅却一眼看出是在骂人，而且好像只有骂人，这不能不说有某种先入之见在起作用。所以，一向崇拜大哥的周建人，这回没有完全接受大哥的权威解释，“我听了大哥的解释，觉得有道理，可是又觉得我们也许没有真正弄懂他的意思”，这实际是对鲁迅所作解释的委婉异议。

鲁迅对其祖父所做的最出人意料，也有点骇人听闻的举动，是把周福清坚持写了几十年的日记付之一炬！

周建人的书中，有一段生动而传神的记述：

> 烧到我祖父的日记时，我有点犹豫了。
>
> 我没有看过祖父的日记，他写了些什么，我一点也不知道，只看到是用红条十行纸写的，线装得很好，放在地上，有桌子般高的两大叠，字迹娟秀。
>
> 我问大哥：“这日记也烧掉吗？”
>
> 他说：“是的。”他问我：“你看过吗？”
>
> “我还没有来得及看。”我回答。
>
> “我这次来翻了翻，好像没有多大意思，写了买姨

太太呀，姨太太之间吵架呀，有什么意思？”

我想总不会都写姨太太吧，想起祖父临终前发高烧的时候，还在记日记，就告诉大哥说：“他一直记到临终前一天。”

“东西太多，带不走，还是烧了吧！”

这两大叠日记本，足足烧了两天。

周建人对于他大哥，总是崇敬而温顺的，即使有所不满，最多也只是默默无言而已。上述这段隐含不露、极为简略的文字，其实已经反映出兄弟二人对于祖父情感的明显差异。

不管怎么说，周福清毕竟是点过翰林的人，他所遭遇的“科场贿赂案”，也很有可能在他的日记中有所记录和反映。无论如何，周福清记载了数十年的日记，至少是一份晚清时期的士人私人史。虽然今人对于周福清的兴趣，很大程度上源于对于鲁迅的兴趣（但别忘了，至少还有一个周作人），然而，恰恰是鲁迅，把本来对于他和他的家族认识有关的一份背景材料，焚烧一空。

鲁迅焚烧祖父日记，在其举家北迁之时，即1919年年底。这次焚烧事件，是否跟《新青年》和“五四运动”有关呢？

鲁迅对于其祖父周福清的这种疏离、反感和排斥，在他俩最后一次见面时，也清晰地反映出来。仍是周冠五所著《鲁迅家庭家族和当年绍兴民俗》书中，《我的杂忆》一段，有如下一段文字：

年纪大的人感到他（指鲁迅）脾气古怪，很讨厌他，他对老的人更加讨厌，不愿和他们见面，甚至自己的祖父也是如此。有一天我们几个年轻人在他父亲房里，鲁迅从日本放假回来陪我们很欢乐的谈话，他还拿出一瓶“味の素”（即味精）倒一点冲开水叫大家尝尝，又拿香烟和麦尔登糖出来，分给大家吃。这时他祖父唤他：“阿樟”，他赶紧出去，祖父问他：“阿樟，日本人的社会情况怎么样？和中国比较怎样？”鲁迅回答四个字：“没有什么！”马上转头就走了。

这是鲁迅跟周福清的最后一次见面，那时周福清已是台门里一位非常寂寞的老人，第二年，周福清就去世了。当时鲁迅已从弘文学院毕业，准备前往仙台医专就读，期间正在办理相关入学手续，[1] 鲁迅没有回国为祖父奔丧。

三十年后，日本青年增田涉跟鲁迅学习中国小说史，在闲聊中，增田涉发现了鲁迅对其祖父的某种感情倾向：

鲁迅说过，他做小孩子的时候，因为读书不太用功，曾受到祖父的斥责。但是，他又说，因为读《西游记》，

1　1904年4月鲁迅从东京弘文学院毕业；7月（农历六月初一）祖父去世；9月12日（农历八月），鲁迅入仙台医专；见［日］松井博光编（静闻秋帆译注）《鲁迅年谱》，载《鲁迅研究资料》5；许寿裳撰《鲁迅先生年谱》；江流编译《鲁迅在仙台》，见《鲁迅研究资料》4；

开始觉得书本有趣，所以读起书来。他还说，祖父由进士而成为翰林是经过国家最高级考试的，大概可说是有学问的人吧。他是受过这样的祖父的许多责备的，但是后来他作了教育部的官员，有机会看见部里保管的从前进士的试卷，他从其中发现祖父的文章而把它读了，而那文章并不高明。听了这话，我感觉到那是小孩时受严厉斥责对于祖父的报复口吻。这儿，也可以看到他那种不服输的性格。（增田涉《鲁迅的印象·苏曼殊是鲁迅的朋友》）

增田涉所说鲁迅看到祖父进士的试卷，指的是周福清殿试时的策论，是许寿裳在工作时发现的，当时的《鲁迅日记》里有记载：

季市搜清殿试策，得先祖父卷，见归。（《鲁迅日记》1912年9月21日）

鲁迅说到祖父周福清时，当时是一副什么样的神情，让增田涉这位日本青年，竟然从中读出了“报复”的感觉？

如果比较一下鲁迅三兄弟对于祖父周福清的态度，我们会发现，周作人相比于鲁迅，显然要平和一些。周福清在杭州坐牢，本来一直陪伴他的幼子伯升（与鲁迅同年而稍小的叔父），去南京水师学堂读书了，于是周福清让周作人顶替伯升到杭州去陪他。后来在《知堂回想录》中，周作人说：

> 祖父虽然在最初的风暴里（指周福清在鲁迅曾祖母的丧事中的粗暴表现）显得很可怕，但是我在他身边的一年有半，却还并不怎样，……却并不对于我生气，所以容易应付。……总之我在他旁边过来的一年半的日子，实在要算平稳的，觉得别无什么要诉说的事。

周福清对周作人所做的最为苛刻的事，是叫他去菜市场买豆腐时，也必须得穿上长衫。这让周作人很受不了，使他产生了脱逃家庭，前往南京读书的念头。（《知堂回想录·脱逃》）

周福清去世时，周作人刚好从南京学堂回家。于是，他便顶替大哥鲁迅作为承重孙（周作人猜想，因为小叔伯升是庶出，所以，丧仪由承重孙来出面）。周作人笔下，对于家族里的众多人士，皆有臧否褒贬，但对于祖父的叙述、评议尚算公允持中，说不上有多少好感，但也没有鲁迅的激烈姿态和举动。

也许真是越有才华越难相处，鲁迅兄弟三人中，周建人对于祖父的态度最为正面。周建人也是兄弟三人中，与祖父相处时间最久的一个。他对祖父的记忆和描述，几乎完全是正面和温馨的，直到晚年，周建人仍然称祖父是“慈祥而可爱的老人”。《鲁迅故家的败落》一书中，让人难忘的细节之一，是周福清鼓励周建人玩风筝，并亲自“戏棍”给周建人看（时周福清已年逾花甲），没有一丝一毫所谓大家长的威严和古板，完全是一幅古典中国的祖孙怡乐图。

最明显的差异是，祖父周福清几乎从未在鲁迅笔下出现，在周作人和周建人的笔下，祖父却是一个有血有肉、生动丰富的形象。

那么，鲁迅和祖父周福清之间，多少带有“敌意”的状态，原因是什么呢？

周建人在他的文章里，对鲁迅何以跟祖父关系不好，作了几点分析。

他认为首先是思想的差异。

鲁迅与其祖父思想的差异，是自不待言的事。思想的差异，当然有可能造成关系的隔膜和疏远，但却不必然造成感情的对立和敌意。鲁迅去南京学堂读书，是靠了叔祖周庆蕃的关系，但这位叔祖，却是一位思想颇为落后——据周作人后来的记述，此人道德好像也有问题——的人士。正是这位叔祖，帮鲁迅改名为周树人，名字改得不错，但改名的理由，却有些可笑，他认为进洋学堂不是件光彩的事，不宜用族谱上的正式名字。后来，这位叔祖因为鲁迅爱看维新派的书籍，担心鲁迅思想出问题，就要鲁迅抄写守旧大臣许应骙（许广平祖父）的奏章。但鲁迅对这位叔祖，虽曾有过微词，感情上却似乎没有什么敌意。

相比于叔祖周庆蕃，鲁迅自己的祖父周福清在思想上倒要算是开明和先进的，当然，其中过时的东西也不少，尤其是孝道。

鲁迅与祖父的思想差异，也许肯定在两人的关系中，起了作用，但这种作用的程度，不应被过分想象和夸大。

周建人所说的第二个原因，是祖父的好骂人。“祖父极喜欢骂人，……鲁迅听了也不大舒服，这些也就是不大喜欢祖父的原因的一部分。”这是一个很现实、也很直接的原因，不管你有怎样的地位和高见，如果每天总是喋喋不休以骂人的方式来传道施教，那任何人都只有望而生畏、退避三舍，乃至心怀怨恨。

周建人所说的第三个原因，听上去有点特别：纳妾。据说周福清前后有过三房妾室。周福清 1894 年回家，又带回一位与其小女年龄相若的潘氏。鲁迅为何对祖父的纳妾特别反感，这多少有点让人好奇（也许跟他对蒋氏祖母的感情有关）。焚烧祖父日记时，鲁迅就特别强调了姨太太。鲁迅日后所写杂文及其他作品中，有多处攻击中国男人纳妾的文字，给人印象深刻。这里特别值得一提的是，鲁迅对于祖父带回来的妾室潘氏，像对其祖父一样，从未在笔下，乃至口头提到过，但在周作人和周建人的书中，对潘氏却留下了颇为细致而生动的叙述，并被塑造为一种值得同情的形象。周作人在数十年后还给她写过几行诗，周建人则始终尊敬地称她为“泮（潘）庶祖母”。三兄弟唯一的叔父伯升，是周福清另一位湖北籍妾室所生，在周作人和周建人的笔下，不约而同地呈现为一位风流倜傥、非常鲜亮、非常聪明、极有魅力的人物，他的身世和举止，很难让人不为之心生感慨。周作人和周建人，都跟这位年龄相近的小叔，建立了真挚的超越一般叔侄关系的情谊，并在其所著中清晰流露。而鲁迅对于这位小叔，迄今为止留下的全部笔迹，是《鲁迅日记》里的三句话——前两次是“得升叔信，九江发”，最后一次是“三弟来信，言升叔殁于南京。”还有就是在得知周伯升死讯后，《致许寿裳》（1918 年 3 月 10 日）书信里的几句：

> 家叔（案即周伯升）旷达，自由行动数十年而逝，仆殊羡其福气。至于善后，则殆无从措手。既须谋食，更不遑清理纠葛，徜复纷纭，会当牺牲老屋，率眷属拱手让之耳。（后面几句，我不敢十分肯定是否与周伯升之死有关）

跟他两位兄弟相比，鲁迅对小叔伯升的态度，很难说不跟鲁迅对于祖父纳妾的心理有关。[1]

除此之外，鲁迅跟祖父之间的情感状态，呈现出负面性

---

1 周作人《鲁迅的故家·老长班》里，讲述鲁迅在北京居住在绍兴会馆时的生活，有这么一段叙述：“会馆的长班是一个姓齐的老人，……他在那时将近六十岁了。同光年间的绍兴京官他大概都知道。对于鲁迅的祖父介孚公的事情似乎知道得更多。介孚公一时曾住在会馆里，或者其时已有不住女人的规定，他蓄了妾之后就移住在会馆的近旁了。鲁迅初来会馆的时候，老长班对他讲了好些老周大人的故事。家里有两位姨

的一面，是否还跟其它有关呢？

科场案

由于祖父犯下的科场贿赂案，给鲁迅整个家庭，乃至家族带来的影响，已是一件广为人知的事，这是鲁迅之所以成为鲁迅的一个关键和重要原因，而且是源头性的原因。对于这件事情，当时人和后来人，基本持了一种大致相近的看法。华人学者房兆楹先生曾在一篇文章中说："所以周福清图贿考官，毫不足怪，反而是破案而且重罚才可怪。"（《关于周福清的史料》，原载1957年12月31日台湾出版的《大陆杂志》，转见于《鲁迅研究资料》7），这其实基本反映了一种历来的公论。周福清从犯案到案发，从历史情境的角度看，更像是一桩"击鼓传花"游戏和俄罗斯轮盘赌的结果。然而虽说如此，作为与事无涉的旁观者，容易持客观、平允之论，表以同情心，但作为案件利害直接相关人，尤其是对年方青少、正值敏感之时的鲁迅来说，此事所带来的冲击和影响，就真是不足为他人道也！这也跟鲁迅的个性紧密相联，共同作用。周作人曾在文中说："我因为年纪不够，不曾感觉着什么，鲁迅则不免很受到些刺激，据他后来说：曾在那里被人称作

太太，怎么的打架等等。这在长班看来，原是老爷们家里的常事，……所以随便讲讲，但是鲁迅听了很不好受，以后便不再他去谈。"

‘讨饭’，即是说乞丐。……这个刺激的影响很不轻。”（《鲁迅的青年时代·避难》）

骤然遭遇家庭变故的人很多，但造成鲁迅式效果的，却很罕见。也许鲁迅在平静、理性的心情下，也能达到像一般人对于祖父的理解和同情，但此事给他个人带来的刺激和伤痛（鲁迅父亲的死，也与此有关），却是长久难以弥平的。周福清因为这件事情，不幸成为周氏家族史上的梁武帝和唐玄宗，所谓成败皆由一人。一时的荣耀，给偌大的家庭带来恒久的创痛和毁灭。所以假如说此事在鲁迅与祖父之间，刻下了什么隐隐的裂痕，那并不是一件难以理解的事。

如果还要在鲁迅与其祖父的对立之间，寻找其他原因的话，我联想到的，是古希腊诗人赫西俄德所著《神谱》中，写到的克洛诺斯与宙斯的弑父故事，以及美国学者哈罗德·布鲁姆《影响的焦虑》所阐发的理论。在鲁迅的家族中，唯一能对日后成为一代文豪的鲁迅构成超越性障碍的，无疑就是翰林祖父周福清了。翰林，在漫长的科举时代，几乎是文人学士所能达到的属于官方体制内的巅峰。当然，必须特别说明的是，这个所谓的原因，显然不具有太充分的独立性和显豁性，它就像“杀父娶母”的隐喻一样幽微难言，需要跟其他因素结合在一起，才能寻觅到它的踪影。

正如鲁迅身上众多事情都有两面性一样，鲁迅与祖父周福清的关系，也肯定不止只有对立的一面。事实上，鲁迅与祖父的关系，密切而复杂，且影响深远，曾有一位学人说过：

會稽周福清介孚著　長孫樟壽錄　光緒戊戌以前

桐華閣詩鈔

題花好月圓人壽圖并引

花縣奉版輿之樂而河陽則惠澤無傳月江迎畫艫之游而臨汝則
慈雲誰仰孰如謙三劉君者賢令尹江陰治譜推周子以神君　太
夫人霞舉家聲媲魯庚之壽母鍾英滇海權篆機山正日愛夫三冬
忽星移於九月鶴唳華亭彤軒僕駕鳧飛葉縣赤舄公歸紀南國之
循行人皆蒼赤會西園之雅集壽以丹青當年投杼細懷孟母三遷
去後栽桃惟願劉郎再至口占短什心祝長生

吳牋一幅爍烟霞疑是稚川仙令之移家鶴驂月御雲間輦瑤草琪花海上
槎花看迎輦風先好神仙眷屬來蓬島清白家風母教承未容宦海抽身早
九轉丹成五色泉雲山谷水吏如仙奉親色喜毛公檄學道聲聞武邑弦雲
璈月管羣仙侍翩翩雙鶴橫雲至金母須桃壽世人麻姑擲米成游戲花妃
獻瑞月姊行觴銅仙之露雲母漿延年益壽樂未央舉家來萬壽佳節遇重
陽用成聯　誰知彭澤陶公菊化作岐山召伯棠淮南拔宅登雲路攀轅未許星
軺駐有石深鐫去後思無繻翻訝來何暮年年花月享清華益地圖傳阿母
家春靄瑤林開壽宴碧桃八十一番花用成句　花芳月滿人長久寫生筆妙生
春手九霄鸞鶴恍歸來使君還我齊翹首

鲁迅手抄祖父周福清诗集《桐华阁诗抄》。署时间为光绪戊戌以前，鲁迅当时十七岁。

一九〇三年三月，剪辫后的鲁迅摄于东京。

一九〇九年鲁迅回国后摄于杭州。

遇事輒忘不肯用功學習文字羣居談諧出外貪嬉弄得一事無成老不作繭無家無業人人賤惡雖衣服華麗路人已罵為花騙綫雞荷花二先生（言不能過々）可恥可危要好看者應知警醒

去昏之法在事事認真看書寫字用静細工夫心不二用神氣自清次日應作諸事立一日記簿預先寫出所聞所見關學問者關家務者一一記簿時時細看切勿怠惰

凡有作為之官宦成家立業之士民無不有日記帳簿平生閱歷逐年事務及一切用場賬如指掌此生福澤壽元所關

爾輩勉之

恒訓

有恒心有恒業有恒産有恒心得見有恒善聖之基人而無恒不可以作巫醫持恒能久視此訓辭光緒二十五年歲次已亥元月十八日介孚手書

鲁迅手抄《恒训》。鲁迅祖父周福清因科举贿赂案入狱，此书为其一八九九年所著治家格言集。同年鲁迅抄录于南京江南陆师学堂。其中有说：『日应作诸事，立一日记簿，预先写出。所闻所见，关学问者，关家务者，一一记簿，时时细看，切勿怠惰。』此条为鲁迅日后所坚持。

言之次謂之曰昔師曠聽聲觀色惜王子之早逝僕今視骨看文恐吾賢亦不眉壽當告此詎事等鍾筍之歎不意一二年間便致徂殞於是搦筆銜哀叙君盛德冀幽魂有悟知而爽言其銘曰

冠蓋淄川風流稷下道踰郈鄭名超終賈邑傳孝節鄉稱儒雅匹鳥於鳳方驥於馬人同金箭目等蘭蓀情高志潔心直狠溫明因淡久交呂素存江湖相望得意忘言風飄泫露塵飛弱草百年一才無虧少先沒而不隊德音為寶銘石泉亭用申交道

房氏墓志銘也

房周陁墓志

石高一尺七寸廣二尺二寸五分十七行行二十字
又正書又題記一行篆書在山東濰縣郭氏

處士房周陁字仁師齊郡益都縣都鄉營丘里人君崇泰之名士也器寓淹弘宮墻淵邃鄉黨未有量其邊幅朋交不能測其淺深嶷嶷然峼劒閣之干雲漢汪汪也似洪波出在藪澤而心無是非懷忘彼我是以士友見之者鮮貧憂袪鄙悋若斯之善宜假□□年紀緜而地何期雲電無恒風飄疾春秋卌有五以大甯河清三年

鲁迅抄北齐房周陁墓志。当在教育部任职期间。《呐喊·自序》有写到抄古碑之事。

一九一一年，鲁迅摄于东京。

> 完全可以说，周福清是整个周氏家族中，特别是直系亲属中，给予鲁迅影响最大最多的一个人。[1]

那么，周福清对于鲁迅有过怎样的影响？

鲁迅在南京读书期间，曾经手抄过祖父的诗作《桐华阁诗钞》和属于家训性质的《恒训》。这其中发生了怎样的影响，是一个微妙、但肯定存在的事实。别的不说，仅《恒训》中所极力强调的实际和务实倾向，在鲁迅身上就有显著的存在和表现。

戊戌年间，周福清在杭州监狱中，寄了一本《唐宋诗醇》回家给孙辈阅读，并在书中夹了一张纸条，上面写着：

> 初学先诵白居易诗，取其明白易晓，味淡而永；再诵陆游诗，志高词壮，且多越事；再诵苏诗，笔力雄健，辞足达意；再诵李白诗，思致清逸，如杜之艰深，韩之奇崛，不能学亦不必学也。示樟寿诸孙。

这是一段相当不错的简明诗话，简洁而明确，是一位翰

1　段国超《鲁迅的祖父——周福清》，见《鲁迅研究资料》21。这句话有可能冲淡、遮掩周作人对于鲁迅的意义和影响。事实上，迄至今日，在关于周氏兄弟的相互影响上，人们多持鲁迅对于周作人在实际事务上的帮助，以及在精神、思想上的引导的说法，往往忽略、忽视甚至刻意淡化周作人对鲁迅有可能存在和产生的作用与影响，这无疑是十分偏颇的。

林的水准，反映出沈葆桢在参劾他的奏书中所说的“文理尚优”的特点。[1] 虽然与日后鲁迅的诗歌理念不尽吻合，但如果说它对少年鲁迅的诗歌思维产生过某种影响，应该不是太离谱的想象。

但这些，只能算是普通一般的关系材料，真正值得注意的是，周建人曾在文章中这样说：

> 然而他（鲁迅）的性情，有些地方，还是很像祖父的。……这种心情，与祖父有些相像的。（《鲁迅去世已经十年了》）

鲁迅与周福清之间，有哪些相像呢？

首先，最容易想到的，是骂人。这也是祖父让鲁迅反感的地方之一，前面几个例子已能说明。周福清的骂人，绝不仅仅限于在自家台门里扬威，他是连慈禧、光绪，都毫不“避讳”地痛骂为“昏太后”“呆皇帝”。可知当年章太炎的“载湉小丑”，吴稚晖在东京的“骂老太婆”之类，洵非孤军奋战。

骂，现在几乎成了鲁迅的标签之一。

鲁迅与祖父周福清相像的第二个方面，要数到敢作敢为的反抗精神。关于鲁迅这方面的叙述，已经够多了，对周福

1　周福清在江西金溪任知县时，遭时任两江总督的沈葆桢参劾。沈在参劾奏折中说：“金溪县知县周福清，办事颟顸而文理尚优”。转见于朱正著《鲁迅回忆录正误》（增订本），人民文学出版社。

清的这一面，知之者要少得多。周福清在江西金溪任知县，不但跟顶头上司知府关系搞不好，甚至跟江西巡抚也不对付，这也许就是沈葆桢奏折中所说“办事颟顸”的一部分。后来在杭州监狱坐牢，受到狱卒勒索，周福清二话不说，操起一根门闩，满堂追逐、痛揍勒索的狱卒，让人不由想起鲁迅的一句名言：“叫人神旺”！

语言刻薄，算得上周福清、鲁迅祖孙二人的另一项共同点。说起鲁迅语言的刻薄，我立马会想到顾颉刚先生。而周福清的语言刻薄，极端性地表现在他称自己的继室夫人，鲁迅的蒋氏祖母为“长毛嫂嫂”！原因是太平天国战乱期间，蒋氏曾失散于太平军中，周氏遂以为她贞洁不保，故出此奇语。

鲁迅刻薄之时极尽刻薄，随和之处，又慨然随和，最让人难忘的，莫过于为冯省三修皮鞋的奇闻逸事了（这件事的真实性颇有人存疑，但我想，如果是真的，倒也符合鲁迅所说的某种魏晋风度）。而乃祖也有这等异人之举。周冠五《鲁迅家庭家族和当年绍兴民俗》中讲述过一个故事，说周福清在金溪做知县时，有个女佣是自他从小就雇用的，也带到金溪任上，帮周福清做饭。周福清乳名为“福”，老女佣就称呼周福清为“福官”，到了吃饭时节，不管三七二十一，女佣跑进周福清的知县“签押房”（办公场所），总是大叫一声：“福官吃饭者”，“稍微迟延，还要再来一声‘毫燥’（绍谚：作‘赶快’解），他也不以为忤”。

周福清身为翰林，鲁迅成名之后，始终是普通人的心态与习惯，毫无做作装样子与端架子的恶俗习气，让人印象尤深。

周冠五在书说："介孚公（周福清）经常具有一幅神圣不可侵犯的姿态，没和他接近过的，总不免望而生畏，实在他却是色严而不厉。"

鲁迅曾在给母亲的信中这样自述："他（海婴）只怕男一个人，但又说，男打起来，声音虽然响，却不痛的。"（《鲁迅书信·致母亲》1936年1月8日）

不懂此处者，不足与言鲁迅。

鲁迅与周福清对死亡一事的坦然态度和遗嘱中的务实告诫，也可以说是一脉相承的。

有意思的是，鲁迅与其祖父相似的特征，一度曾为胡适所捕捉：

> 去看启明，久谈，在他家吃饭；饭后，豫才回来，又久谈。周氏弟兄最可爱，他们的天才都很高。豫才兼有赏鉴力与创作力，而启明的赏鉴力虽佳，创作较少。启明说，他的祖父是一个翰林，滑稽似豫才。一日，他谈及一个忘恩的朋友，说他死后忽然梦中来见，身穿大毛的皮外套，对他说："今生不能报答你了，只好来生再图报答。"他接着谈下去："我自从那回梦中见他以后，每回吃肉，总有点疑心。"这种滑稽，确有点像豫才。（胡适1922年8月11日《日记》）

“滑稽似豫才”，这句话其实是不可以轻易放过的。

鲁迅与周福清的相似之处，还有一点，也容易让人产生联想，这就是他们对于自己妻室的奇异态度。周福清对于继室夫人蒋氏，似乎一直都不太好，太平军之事恐怕只是原因之一，或干脆就是借口。据周冠五书中说，周福清在金溪任知县，蒋氏也随同在任，有一回却发生了所谓“听窗事件”，并且从此以后，“介孚公和蒋老太太的恶感愈深，以致终其身而不交谈”。

周作人在《鲁迅小说里的人物》一书，也有一节写道蒋氏祖母的事：

> 但是造成祖母的不幸生活的还有一个原因，……这即她的被遗弃。……她的生活是很有光荣的，她是“翰林太太”，也到知县衙门去上任过，可是后来遗弃在家，介孚公做着京官，前后蓄妾好些人，末后带了回去，终年的咒骂欺凌她，真是不可忍受的。（《鲁迅小说里的人物》，121 页）

鲁迅和朱安婚姻的最大特征之一，也是没有话说，以至于朱安抱怨说：“老太太嫌我没有儿子，大先生终年不同我讲话，怎么会生儿子呢？”

这里要补充说一下，周福清对于蒋氏夫人的遗弃，很有可能是鲁迅对祖父反感，乃至对立情绪的一项主要原因，这一原因是与反对纳妾互为表里的。鲁迅对于蒋氏祖母的感情，可以从小说《孤独者》得到证实。关于这篇小说的真实背景，可参看周作人《鲁迅小说里的人物》中，《孤独者》和《祖母》两节。然而让人感叹的是，鲁迅自己后来在婚姻上的命运，竟然有些重演了祖父的故事。

周福清和鲁迅从本质上说，都是那种极重规矩和理念的人，他们也非常执着于自己的理念和规矩，然而他俩又都是那种会在突然之际，打破理念和规矩的人。这种执着与破坏的突然转换，形成了周家祖孙二人身上特有的某种张力。

在这种对于理念和规矩看重执着的背后，是一种准清教性质的东西。周福清对于道德，显然有一种即使在台门人士看来，也已经过时的守卫，最突出的例子，莫过于"盘丝洞"的故事了。周福清对于子侄辈抽烟、喝酒的痛恨与告戒，除去现实原因外，多少都含有道德的因素在其中，当然，道德与现实本身在此也并不完全可分。鲁迅对于道德，给人更多、更强烈的印象，似乎在于冲破旧的道德上，其实这仍然是以道德为轴心的反向运动，一种反向折射，其背后，正是要树立新道德的精神与努力。祖孙二人虽然所维护与破坏的道德内容，或许适正相反，但其表现精神之内在结构与力度，却是一致的，相似的。

说到周氏家族的道德话题，也许不应该忽略一个名字：周敦颐。年少的鲁迅曾有诗句曰："好向濂溪称净植，莫随残叶堕寒塘！"（《莲蓬人》，作于 1900 年），濂溪即周敦颐。周福清和鲁迅身上那种近乎严厉的反堕落倾向，根源之一，或即在此。

如果我们像之前比较鲁迅三兄弟与祖父的情感关系一样，再来作一番比较，我们会很容易发现，兄弟三人中，惟鲁迅与祖父周福清最为相像，在周作人和周建人身上，找不出像鲁迅与祖父如此多的相似之处，尤其是在一些足以表现出一个人的主要特征的地方，即使有，也是隐曲暗通，不像鲁迅与祖父之间具有那种一眼即可辨识的明显特征。

那么，这份相像是怎么来的？

要说清楚两个人的相像原因，不是一件容易的事。不过，在此之前，先得说明解释一下，所谓两个人的相像，决不是说像一个人站在镜子面前那样。两个人的相像，指的是其有相像之处，但不管能找出多少相像之处，两人身上的差异，肯定要大于他们的相像。因此，所谓相像一词所表达的，并不是“一个模子倒出来”的意思。

要探寻周福清和鲁迅二人，之所以有诸多看上去相像的原因，除了俗语所谓“隔代遗传”之外，——但同为隔代祖孙，周作人与周建人身上，何以相像之处远不及鲁迅？——我们首先要注意到，他们两人在家庭和家族中的位置，即长子地位。周福清是他父亲苓年公的唯一男嗣，所谓“独子”（周建人《鲁迅故家的败落》，第 30 页），而苓年公本身又是长子（同上，第 31 页），因此，周福清在周氏台门里，“他（周福清）辈分高，年纪老，在本台门即是本家合住的邸宅里要算是最长

辈了。”（《知堂回想录·祖父之丧》）

而鲁迅“是智房派下的长子长孙”（周建人《鲁迅故家的败落》，第 56 页）。周福清一生育有二子，长子即鲁迅的父亲周伯宜，次子即与鲁迅同年的伯升。周伯宜育有四子，椿寿早夭，鲁迅为长子。

在以家族为主要生产、生活单位的年代，尤其是在有嫡长子传统的汉族社会里，长子无论在现实层面还是精神层面，都占据着特殊的位置。这种地位上的男子，通常会有一种更强烈的道德意识和现实承担。这一点，在周福清和鲁迅祖孙二人身上，尤其是鲁迅身上，有令人难忘的印象。八道湾的生活史，就是一个有力的证明。

然而，长子心态，从某种角度说，只是一个基础和前提，它还须与现实和真实的人格结合，才会产生有实际意义的结果。那么，在周福清和鲁迅身上，能看到一种什么样的人格特征，足以使二人产生为他人所没有的相似性？这就是两人共有的强烈寄望心。周福清和鲁迅，都属于那种对自己，也对他人有着强烈寄望心的人物。这一点，跟长子地位也是相关联的。周建人书中，写周福清从北京回到绍兴台门后，持八角铜锤在庭院中追打沉溺于鸦片和酒精中的侄子四七，周建人分析道：

> 但我祖父独独对四七特别痛恨，想必因为他当年带四七去过江西，期望越高，失望也更深的缘故吧！（周

建人《鲁迅故家的败落》)

鲁迅则因为译书的缘故，曾经对周作人挥以老拳。

大概我那时候很是懒惰，住在伍舍里与鲁迅两个人，白天逼在一间六席的房子里，气闷得很，不想做工作，因此与鲁迅起过冲突，他老催促我译书，我却只是沉默的消极对付，有一天他忽然愤激起来，挥起他的老拳，在我头上打了几下，便由许季茀赶来拉开了。(《知堂回想录》(上)，《邬波尼沙陀》，安徽教育出版社，第154页)

鲁迅在《坟·写在〈坟〉后面》中，坦承自己性格“时而很峻急”。为何峻急？其中之一，就是寄望心太重，寄望太深。他不仅对周作人这样，对自己，甚至对自己身处的这个民族，也是这样。

就像周福清挥舞八角铜锤追打四七。

2011年10月23日

2019年3月14日略作修定

鲁迅第一次去南京走的哪条路

鲁迅在《呐喊·自序》里讲述了自己离开家乡、前往南京求学的经历。以后，在几篇自传性文字和《朝花夕拾·琐记》里，也提到了这件事。

这件事情对鲁迅的意义不言而喻。它可以看作鲁迅人生的真正开端。鲁迅日后经历的一系列重要事情，都以此为起点。但鲁迅没说，他是走哪条路去的南京。

鲁迅对此事的叙述，一直停留在一种极其简略、一语带过的状态，诸如“终于到N去进了K学堂”“只好往南京去”“便旅行到南京”“于是去到南京”等，从没具体说到当初沿途的有关情况。给人的印象，好像是鲁迅一走出绍兴，就到了南京。

在这一点上，我们会看到鲁迅和周作人在对同一件事情的叙述上，视野和笔触的不同。

我想应该是受到鲁迅本人对这件事情叙述的影响，在众多鲁迅研究文字中，我很少——或者说从未——看到有人对此，对鲁迅当年走哪条路去的南京，有过探询的兴趣。略而不提，仿佛是不约而同的共识，好像这不是什么事，不值得寻根究底。在我有限的阅读视野中，我只在一两本传记里，看到有人以同样一语带过的方式，提到过一句。比如刘再复的《鲁迅传》：

> 家乡混浊的河水把鲁迅送到了上海，然后他又乘船沿着长江逆流而上。（《异地的追寻》）

说鲁迅先到了上海，然后再溯长江而上，前往南京，这话有根据吗?

有的。周作人写的《鲁迅的青年时代》里，有一篇《鲁迅在南京学堂》，起首一段有一句：

> 他（鲁迅）于前清光绪戊戌（1898）年闰三月十一日从绍兴出发，经过杭州上海，于十七日到了南京。

这话的来源，是周作人当年的《日记》，戊戌闰三月二十日（1898 年 5 月 10 日）：

> 下午接上海十五日函，说已到申。

同为周作人写的《鲁迅小说里的人物》附录的《旧日记里的鲁迅》中，这句话表述为：

> 下午接豫亭十五日函，云已到上海。（见《鲁迅小说里的人物》，人民文学出版社 1981，154 页）

豫亭就是鲁迅。1898 年，鲁迅第一次出远门往南京求学。

这是目前能看到的关于鲁迅第一次离开绍兴、前往南京，途经上海最原始、最直接的记录，也就成为一份凭证。

如果我们不把目光紧盯在鲁迅第一次去南京，而是稍稍放宽到鲁迅南京求学四年，几次往返于南京与绍兴之间，我们就能看得更清楚，获得更多的证明。

先来看一则鲁迅自己的说法。

鲁迅本人，虽然在较正式的文字里，从未说到自己当年往返于绍、宁之间的路途情况，但在跟人闲聊时，无意间却提供了一份佐证：

> 有一次我休假后回南京，从上海乘长江轮船，因为没有钱，只好坐统舱。我占了一块地方，把自己的铺盖铺好了，离开了一会儿，等我回来一看，铺盖已经被人卷起，别人的铺盖已铺在我的地方，我于是把别人的铺盖卷走，把自己的再铺上。忽然看见一个流氓动手打过来，我刚从网篮里拿出一个洋铁罐，就随手打过去，把那个

流氓打了一下。这下子不得了啦，那个流氓凶狠狠地要动起手来了。这时只听得背后一声大喝“你敢！”原来刚好这天路矿学堂的钱总办坐这只轮船回南京去，他带了四个卫兵。卫兵看见我穿的是路矿学堂的制服，又见流氓要行凶，所以喝了一声，把流氓吓跑了。（周建人《回忆鲁迅片断》，文刊1979年第3期《北京师范大学学报》，转见于吴作桥等编《再读鲁迅，鲁迅私下谈话录》，时代文艺出版社，2009年版）

这里说的是鲁迅庚子年正月（1900年2月）回家过完寒假，返回南京途中发生的事（见《周作人日记》、周建人口述《鲁迅故家的败落》及徐昭武主编《追寻鲁迅在南京》等）。不是第一次，而是第三次去南京的途中。

我们再来看看《周作人日记》里的相关内容。

戊戌年十月（1898年11至12月间），鲁迅因为江南水师学堂的“乌烟瘴气”，考入江南陆师学堂附属矿路学堂，之后利用考试结束和入学之间的一段间隙，回了趟老家。关于这次的回家情况，由于鲁迅当年日记的佚失，以及《周作人日记》恰巧在这段时间的失记（只在事后补了一句“大哥回来了”），情形已无从知晓，但鲁迅返回南京的情况，在《周作人日记》中有所反映：

戊戌十一月廿七日（1899年1月8日）

晚接豫倴兄自武林寓发函，于廿五抵杭已下舟矣。

对于这句话，周作人后来在《旧日记里的鲁迅》中稍加注解说：

由此可知鲁迅那一年与十一月廿四日离家回南京去，廿六日从杭州城内坐驳船至拱宸桥，改趁小火轮拖船往上海，所以说是下舟。

这之后鲁迅几次往返南京与绍兴之间的路途情况，《周作人日记》中没有写到，一直到1902年2月，鲁迅已确知要去日本留学，并利用行前的一段时间，又回了趟绍兴老家。于是，《周作人日记》里，又出现这样的字样：

壬寅二月初六（1902年3月15日）

前得大哥函，云初三动身，如果不易，今日可到申江，此刻可在轮舟中矣。

这里说的，是鲁迅由绍兴返回南京的情况，申江即上海。

综上所述，本文标题所出题目，可以说是答完了。从中可以看出，鲁迅不仅第一次去南京，走的是途经上海的线路，而且此后四年间，数次往返于南京与绍兴之间，也是途经上海的。

那么，文章到此就该戛然而止了？且慢，还有点话要说。

打开江浙沪地区地图，很容易发现，绍兴（准确说是杭州，杭州是鲁迅出行南京的必经之地）与南京和上海之间的三点连线，像一幅不太对称的扇面形。由杭州往上海，基本是由西向东偏北行，由杭州（直线）往南京，则基本是西北行。也就是说，由杭州经上海往南京的路线，大致是先向东偏北行，然后再“折返”向西偏北行。在以铁路出行的年代，这样的行走路线，是一点也不奇怪的。事实上，一直到今天，由杭州经上海往南京的火车，也还是这么走的。但是，要知道，当年鲁迅第一次离开家乡，前往南京求学——甚至到他离开南京，前往日本留学时，杭州与上海和南京之间，还没有铁路交通。一直要到 1908 年，最早的沪宁线才建成通车，而沪杭铁路还要更迟一年，1909 年才正式开通。因此鲁迅第一次离开家乡，前往南京，他能选择的交通工具，只有船只，他能走的路途，只有水路。（步行或骡马车之类的陆路行走方式，自然不在考虑之列）

既然鲁迅当初能选择的只有水路，只有船只，有个问题就浮现出来了：从杭州前往南京，除了途经上海之外，还有没有别的路径？有没有更“直线”，更近捷的路径？

熟悉中国历史和地理的人应该知道，中国大地上，万里长城之外，还有一项能与之相提并论的古代工程：京杭大运河。顾名思义，京杭大运河，它的起点——人们习惯说它是终点，在我看来，它更应该是起点——正是杭州。这条大运河在江南地区的走向和路径，大致是这样的：杭州、嘉兴、苏州、无锡、常州、镇江，在镇江与长江交汇后，大运河“过江”进入扬州境内。

从地图上可以看出，大运河由杭州往镇江的路径与走向，跟由上海溯长江而上，经镇江而往南京的路途相比，显然要更“直线”一些。其基本走向是，由杭州经嘉兴（由绍兴到嘉兴这一段，运河线跟途经上海线路相同重叠），再由嘉兴往北到苏州，由苏州经无锡、常州到镇江。从镇江往南京，无论水路还是陆路，距离都不远了。

也就是说，由杭州往南京，如果由大运河走，与途经上海相比，明显节省了一段路途，节省了由嘉兴向东“逆行”的一段路程，变为直接在嘉兴由南向北，进入苏州境内。

如果真是如此，那鲁迅当年离开家乡，前往南京，为何没有选择看起来更“直线”、更近捷的运河路线，而是选择了看似有点绕道的途经上海？

前面说过，无论走运河，还是途经上海，行的都是水路，交通工具都是船只，也就是说，出行方式是一样的。

这个问题的答案，首先，得从运河当时的状况来寻找。

董文虎等著《京杭大运河的历史与未来》一书中，说到清末时期大运河的衰败，有这么一段话：

江南运河的情况也很糟糕，随着河运的衰落。运河无人专事管理，原有运河设施不断破坏，练湖水柜废弃，丹阳段运河水浅难行，整个运河处于自然航道状态。（社会科学文献出版社，2008 年版，277 页）

其实，早在道光年间，大运河就已经出现严重的船行不畅的现象：

镇江地段运河地势较高，不易蓄水，经常出现断航现象，如道光四年，丹徒、丹阳一带运河严重不畅，造成堵塞坝外的米船“不下千号”，“客贩来船，未能络绎前进”的情况。（《重订江苏海运全案（原编）[A]》卫荣光序。转见于何一民教授《中国传统工商业城市在近代的衰落——以苏州、杭州、扬州为例》一文，原载《西南民族大学学报》人文社科版（成都），2007.4.1 ~ 11 页）

道光初年大运河的这种状况，后来由于漕粮改海运，以及“太平天国”战事，包括捻军战事的影响，北方运河日益淤塞、荒废，从而使得整条运河的航行、运输状况，变得愈益江河日下。南方的状况虽较北方稍好，但也不复往年的通畅、繁盛模样。

航道的滞塞，只是大运河衰败的一方面，运河沿线的吏治腐败和治安恶化，更成为大运河“路难行”的瓶颈、痼疾。

这是否是鲁迅当年没有选择运河，而是途经上海的原因？

好像是为了帮我说明，鲁迅当年确有可能走运河线路，《周作人日记》里，记载了这么一件事。

1900 年前后，“义和拳”运动在北方闹得风风火火，连偏远的绍兴，也感受到了来自北方风暴的气息，谣言四起，风声鹤唳。为此，鲁迅特地从南京写家信，作了“拳匪滋事是实，然并无妖术”的解释。这时，《周作人日记》里，出现这么一条：

> 七月十四日（1900 年 8 月 8 日）
>
> 下午十八叔祖来函，云江南信息不佳，当遣地叔先归，异日同升叔、大哥由内河而走，盖长江有交战之信也。

《旧日记里的鲁迅》中，这段话被解释为：

> 椒生公虽是相信法术的，但是他也感觉到情势不好，在七月十四日项下记有转述他来信里的话，云江南信息不佳，遣伯文叔先归，日后当同升叔、大哥由内河而走，盖有长江交战之信也。

十八叔祖即椒生公，地叔即椒生的长子伯文。

由“义和拳”运动引起的紧张气氛，以及战争阴云，由于八国联军的入侵，并且主要是由于著名的“东南互保”的作用，江南地区的形势，很快变得和缓起来。所以，椒生和鲁迅及鲁迅的小叔伯升他们，并没有回绍兴来“避难”（事情平息后，伯升回到绍兴，年少在家的周建人还问他，怎么说回来又没回来）只有椒生的长子伯文一人，从南京回到了绍兴。周作人七月十五（8月9日）的日记这样写道：

中元日，晴，晨棣叔自江南归。十一动身也。

《周作人日记》里的这句话，隐含了几层有意思的信息。

其一，伯文（即地叔、棣叔）应该是由内河回到绍兴的。因为周作人头天收到椒生的书信还说，要“日后当同升叔、大哥由内河而走，盖有长江交战之信也。”没理由就在这当儿，椒生会让自己的长子，冒着面临开战的危险，仍然由长江只身一人返回绍兴。（椒生写信与伯文动身返乡，时间应该相近，即七月上中旬之际。考虑到当时信息传递的状况，其时正应为椒生得知清军与八国联军激战之际。）

其二，《周作人日记》中所说内河，应当就是指运河，或运河水系，与它相对称的，则是长江，这从“盖有长江交战之信也”一句可以清楚看出。本来，长江当然也是中国的内河，但当内河与长江对举时，内河一词在这里所表达的，就是指运河水系（江浙之间这一段，运河水系与太湖水系紧密相连）。事实上，在上海等地的航运志中，内河航运与长江航运，正是一对相互区别的航运概念。

第三，更为笔者关注的，是伯文由南京回绍兴所用时间。

动身是七月十一，回到是七月十五（即中元日），前后相加，一共是五天，这比由绍兴经上海到南京，通常（正常）所需时间，要少一天。“从家里到学堂，前后要六天工夫。”（《鲁迅小说里的人物·学堂生活·路程》）周作人这句话，可以从他《日记》中记录的，每次往返于南京与绍兴之间的具体路程和时间，得到确凿印证。只有一次例外，用周作人《知堂回想录》中的话说：“平常小火轮要走上两夜一天才到，这时不知是什么缘故，只走了一昼夜就到了。”（《知堂回想录》上册，安徽教育出版社，2008 年版，53 页）路上用了五天时间，其余每次路途时间，前后一般都是六天，稍有耽搁，则需要七八天。

由此可见，内河路线，即走运河，所费时间，比途经上海要少，至少不更多。这也就间接证明，内河，即运河线路，跟途经上海相比，的确是一条更短的路程。

路途更近，费时更少，却要在有战争威胁的情况下，才会考虑行走，这就提醒我们，鲁迅当年之所以没有走运河，而是途经上海，一定另有原因。

这原因除了前面所说运河河道不畅外，跟鲁迅和他的家庭状况密切相关，而且必须把鲁迅及其家庭和运河两者的状况结合起来，一起考虑，才能得出较为接近于事实的解释。

首先，是鲁迅的年龄。

鲁迅第一次去南京时的年龄，通常所见书籍与文章，绝大多数都说是 18 岁，鲁迅自己也是这么说的。这是按传统算法得出的结果。许寿裳所编《鲁迅年谱》，也持此说。但实际上，鲁迅当时的实足年龄只有 16 岁，离真正满 17 岁还有 4 个月。16 岁，对一个第一次出门远行他乡异地的少年来说，还是个让人担心的年龄。就在第一次前往南京之前的 1898 年正月（阳历二月），鲁迅在章福庆（“闰土”的父亲）的陪伴下，到了杭州，探望坐牢的祖父。这是迄今为止，我们所知道鲁迅第一次离家到最远的地方（在此之前，鲁迅有没有到过杭州？资料阙如）。据现有材料看，章福庆此次到杭州的任务，就是一路陪伴鲁迅。当鲁迅前往南京求学时，当时的家庭景况，决定了他只能独自前往，章福庆不太可能再陪送他到南京了。

这种情况下，鲁迅只有尽可能选择一条相对牢稳、安全、便利的路径。

在此，我们需要回头来补充说明一下当时大运河航线的有关状况。

“太平天国”平定之后，太湖流域和江南运河一带，即杭、嘉、湖、苏地区的社会治安，在相当长一段时间，甚至可以说，一直延续到辛亥革命前后，始终处于一种恶劣、动荡的状态。吏匪横行，是当时真实的境况（王朝末世与历史大转型期的典型症象）。行走在运河里的船只，几乎是固定性地受到沿途两岸吏与匪的骚扰与勒索。不仅经济上需要预备额外的付出，甚至人身安全，也常常处于威胁与危险之中。这种骚扰与威胁，除了来自当地贪官污吏的横行无忌，也与一批外来移民有关。这些移民，部分是战争结束后被政府遣散留落在当地的湘军兵勇（以两湖人为主）。另外，是由于战争造成的从河南等地迁来的流民。这些新移民中的相当一部分，由于种种原因，演变成地方上的暴民和劫匪。此外，还有一种被称为枭匪的水上武装盐贩，更是经常与官军发生武装冲突。这些史实，在嘉兴、苏州等地的地方志中，有十分具体而详细的记载。

而鲁迅从杭州经上海到南京所乘坐的，是当时人称的“公司船”。无论是杭申线上的小火轮，还是行驶于长江上的商轮，其船东绝大多数是赫赫有名的大公司，其中外轮更占了大多数。至少就笔者目前所见材料，尚未看到有这些船只在航行营运途中遭遇较大勒索与突发事件的记录（一般性的地痞流氓滋事则在所难免，前引周建人所讲故事，就是一个例证）。对一个第一次出门远行的少年来说，便利、规范、有背景的“公司船”，无疑是一种更可靠的出行选择。

第二，鲁迅的路费。

前面说了，走运河，路途花费极有可能遭遇“计划外”（敲诈勒索）情况，乘“公司船”，路费却是固定，可预计的。

众所周知，鲁迅第一次出门去南京，身上揣着母亲为他筹办的八元川资，但我好像从来没看到有人追问过：何以就是八元？要解答这个问题，得先明白两件事。首先，这八元钱是鲁迅母亲筹办来的。所谓筹办，透露出不容易、七拼八凑的意思，因此，这钱应该是按需而筹。跟人借钱，通常是需要多少，借多少，最多略有超出。如此一来，就必须事先知道，鲁迅去南京，最少需要多少钱，也就是要明确这川资的使用情况。大体来说，八元川资的预算内容由三部分组成：1. 旅途费用。周作人在《鲁迅小说里的人物·学堂生活·路程》里有一句，“从家里到学堂，大抵要花路费六元”。这就占了八元川资的大头，所以称为川资。2. 鲁迅到南京后，到考取江南水师学堂之间一段时间的生活费用。入读江南水师学堂以后（陆师学堂也一样），由于是公费，所以不再需要私人花费，不但不需要，而且有赡银可发。鲁迅在校期间，省吃俭用，后来把节省下来的四元钱，回家时交给了母亲。但抵达南京，到入学之前的一段时间（鲁迅于 1898 年 5 月 7 日到南京，5 月 24 日入读江南水师学堂，其间有半个多月），鲁迅借住在椒生那里，住宿不用花钱，但半个多月的日常花费，不可能再跟叔祖去要，所以需要略加自备。3. 留以备用不时之需者。事实上，由于路费就需要六元上下，加上半月多的日常开支，八元川资余下以备不虞者，实已所剩无多。从八元川资也可以看出，鲁迅家庭当时的经济景况，的确已相当困窘。[1]

有了上述说明，有个结论就呼之欲出了。那就是鲁迅在出门前往南京之前，一定已事先明确，他要走一条什么路去南京，以及路途的花费情况，只有这样才可能事先确定好必备的川资，这就是何以不多不少，正好是筹办了八元川资的

1　在许广平所写《欣慰的纪念·鲁迅先生的日常生活》一文里，有鲁迅后来时常说，他当时带的八块钱川资，一到南京就用完了，后来不得不吃辣椒以御寒（没钱买棉衣）

原由。

那么，鲁迅是如何能够事先明确前往南京的路途情况，及其花费的呢？

第三，走的人多了，也就成了路。

鲁迅第一次前往南京，是按照族中前辈所走的路而行的。这是鲁迅“选择”途经上海，前往南京的根本原因。

鲁迅前往南京之前，鲁迅家族里的叔祖椒生、堂叔鸣山和小叔伯升，已先后到南京，进入江南水师学堂。他们由绍兴出发，所走的应该正是途经上海，再溯长江而上南京的旅途。这一点，可以从《周作人日记》，以及周建人口述《鲁迅故家的败落》等书中获得印证，鲁迅不过是步其后尘而已。鲁迅之后，周作人沿着同样的道路，也到南京进了江南水师学堂。如果不是母亲的阻拦，16 岁的周建人，也会走在同一条路上。

1921 年，当鲁迅在小说《故乡》里写下那句广为传诵的名句：“地上本没有路，走的人多了，也便成了路”，其实是有着非常现实的个人经验的。

周作人在《鲁迅小说里的人物》附录的《学堂生活》中，有一节题为《路程》，细致具体地叙述了由绍兴前往南京的路途情况。

> 午饭后下船往拱宸桥去，先在内河里走，下了一个坝，出至运河，没有多少路就到船埠，上了戴生昌或大

的内容。见鲁迅博物馆等选编《鲁迅回忆录》（专著上册），385 页。

东公司沪杭路小火轮的拖船，客舱一元五角，航行约须二十四小时，至第三天下午四时顷到达上海。本来如去赶长江轮船，也还可以来得及，但是说不定会遇见人满，无插足之地，所以不如在上海暂住一天，较为从容，住处是老椿记或周昌记，房饭钱两角四，想起来实在不算贵。第四天上轮船，不问招商或怡和、太古，只要那天的船就好，散舱一元半之谱，却不一定有舱位，有时只得睡地铺，次日在船上，第六天里总可以到南京下关了。……所坐的是招商的江永船，它走得慢，这名字倒很适切，正如那只顶小的船自称是江宽吧。

这段话里说到的戴生昌，是宁波人戴嗣源、戴玉书父子于光绪十七年（1891年）创办的。茅盾《子夜》的一开头，对吴老爷从苏州坐戴生昌轮船到上海的抵埠情形，有让人难忘的描写。

大东公司于光绪二十二年(1896年)九月，由日本人白龙岩平创办，后来合并为日清公司一部分。中日甲午战争后，日本势力进入长江及浙江地区，之后杭州开埠，拱宸桥一带成为事实上的日租界（戴生昌公司的老板，后来好像入了日本籍）。鲁迅、周作人兄弟与日本的关系渊源，并非始于其留学日本，早在他们第一次前往南京的途中，就已经开始了。

从杭州到上海的这一段水路，对于非江浙沪地区的人来说，恐怕是相当陌生的。很多人对于杭州与上海之间的交通，通常只知道沪杭铁路（浙赣铁路一段）。但其实，杭州与上海之间，包括湖州、嘉兴，甚至苏州东南部地区，它们跟上海之间，一直保持有水路运输，而且这一区间的水路，河网密布，水道繁多，交通十分便利。唐代以前，古东江泄太湖之水从杭州湾入海。从唐末到宋，杭州湾海患严重，出海口筑堰建塘，排水困难，东江渐成乱流，江水多从上海经吴淞江入海，这样就渐渐形成了杭申线航道、长湖申线航道和平申线航道等。

在晚清最后的数十年里，可以列举出一大批后来在中国颇具影响的人物，正是沿着这些航道，从杭州、湖州、嘉兴等地前往上海，展开了他们波澜起伏的一生。鲁迅及其兄弟周作人，正是这浩荡时代潮流中的一员。

1896 年底，章太炎应汪康年之邀，离开杭州诂经精舍，前往上海任《时务报》撰述。第二年春，离开《时务报》，返回杭州。章太炎来回所走的，正是杭申线这条水路。

就在鲁迅第一次前往南京的那年稍早，王国维于 1898 年 2 月，动身赴上海担任《时务报》书记一职。在给同学许家惺的信中，王国维写道："别后次晨到硖，乘王升记轮船，午刻开行，晚抵平湖，次日巳刻达上海，谒见穰卿、颂阁两先生。途中平善，堪慰垂注，辰维起居佳畅为颂。"（张连科著《王国维与罗振玉》，天津人民出版社，2002 年版，26~27 页）

“途中平善”四字，正好给鲁迅当年的路途选择，做了一条侧面注脚。

2011 年 5 月 1 日

上海：鲁迅第一次去南京的途经之地

这篇可以说是《鲁迅第一次去南京走的哪条路》的补充，或者说姊妹篇。

说起鲁迅与上海的关系，很多人可能会马上想到鲁迅和许广平一起到上海后的生活，但实际上，鲁迅跟上海的关系史，早在此前三十年就已开始了。十八岁鲁迅第一次离家出远门（余华的成名作就叫《十八岁出门远行》），就跟上海有了第一次“亲密接触”，这在前文已经说得很清楚了。

不仅如此，从 1898 年（鲁迅第一次去南京）起，在接下来连续不断的几年里——1899、1900、1901、1902、1903，以及此后的 1906、1909、1910、1911、1912、1913、1916、1919 和 1926 年，鲁迅也都曾途经上海。1927 年 10 月以后，则在事实上定居上海，直到去世。

因此，鲁迅跟上海的缘份，即使只看 1927 年以前，也可以说是起源早，接触多，关系密（并不只是途经的关系[1]），有一种不断层累和叠加的性质，就像反复涂抹的油彩一样。不夸张地说，年青的鲁迅和跟他一样年轻的上海，在屡次的擦肩而过和相互注视与映照下，经历了彼此的成长与蜕变。然而，这样一种缘份关系，却至今未被人们充分认识。上海学者王晓渔在他的书里（《知识分子“内战”：现代上海的文化场域（1927-1930）》），拿鲁迅和胡适作比，说鲁迅此前（1927 年前）几乎没有在上海生活的经验，然后只提到鲁迅在一年前（1926 年）曾在上海短暂停留——这里恐怕就存在相当的疏忽，至少，上面所列举的鲁迅历年途经上海的经历，就好像没有进入作者的视野。

假如把鲁迅的一生，看成是一座现代双塔斜拉桥，北京和上海，就是那两座高高的双塔，其在鲁迅生命中所占的意义，是怎么评估也不过分的。所以，鲁迅和上海的关系，就成为历来文人学者们特别感兴趣和着力探索的地方。这样，鲁迅和上海的第一次接触，尤其是在此后近二十年的时间里，几

1　随便说点鲁迅早期跟上海有关的事吧。早在 1904 年，鲁迅就把自己翻译的《北极探险记》，托朋友介绍给上海的商务印书馆，想谋求出版的机会。更早之前，上海已成为周氏兄弟购买图书的重要场所。周作人每次到上海去青莲阁，除了喝茶和“看野鸡”以外，买书和看戏也是常规事项。1906 年 5 月上海普及书局出版的《中国矿产志》，是鲁迅的第一本署名著作。周氏兄弟合作的《域外小说集》印成后，上海和东京是仅有的两个代售点。1921 年上海群益书社出版《域外小说集》增订本。1922 年 5 月和 1923 年 6 月上海商务印书馆出版《现代小说译丛(第一集)》和《现代日本小说集》。鲁迅在辛亥年间苦闷、彷徨之时，想去上海做一名书店文员，结果被拒绝了。可以说，鲁迅对于上海爱恨情仇的种子早已种下。

乎不间断地一次又一次的途经，就不宜等闲视之。为什么要强调第一次呢？——其实我想说的，是鲁迅早年途经上海的那些经历。——这也没什么特别用意，除了修辞效果上更醒目外，主要是因为初次经历（何况是鲁迅和上海这两个非凡生命体的相逢），对于任何人来说，通常情况下都比较容易激起和留下一种特别的感受和经验。我在梁启超的一份年谱里看到说，光绪十六年(1890年)春，十八岁（也是十八岁！）的梁启超入京参加会试，落第而归，途经上海时，“见了世面。在上海购得《瀛环志略》，读后方知世界有五大洲各国。”梁启超第一次途经上海时的年龄和时间，跟鲁迅何其高度接近！那么，青年梁启超当时的感受，是否也曾在同龄鲁迅的心里涌现过呢？

可让人有些不解的是，鲁迅人生中的这段经历（最初与上海的相逢），在以往浩繁庞杂的鲁迅研究中，似乎始终处于一种被疏忽的空白状态，像是人为地给“屏蔽”掉了。我认为这种“屏蔽”，跟鲁迅有关。

在鲁迅自己的回忆文字里，早年他跟上海接触的影迹，始终是模糊、淡漠，甚至是阙如的。为什么会这样？人们恐怕一时难以给出答案。许广平曾在一篇文章里说：“他的日记写的大约是不大不小事。太大了，太有关系了，不愿意写出；太小了，没什么关系了，也不愿意写出。”（《欣慰的纪念·鲁迅先生的日记》）何止“日记”如此，至少鲁迅的回忆文字，在我看来，也有“异曲同工”之处。

既然鲁迅自己都没说，别人也就不好说什么了，这也算是一种顺理成章？可事实上，“在学生时代，他最高兴回忆到的是十多岁在南京”。（许广平《鲁迅的生活之一》）许广平这篇短文，有一半篇幅，写的正是鲁迅“从南京回绍兴省亲”旅途上的事，却丝毫没有提及途经上海，更别说对上海的印象和观感之类，好像从南京回绍兴，压根就没经过上海一样。鲁迅在近二十年的时间里，屡屡途经上海，往返于南京或日本与家乡之间（后来有几次北京与家乡间的往返），除了民元以后的《日记》极有限的一些琐碎事务性记载外，几乎从不见于其他文字，回忆到他早年途经上海的所见所闻和所感所想（也许是佚失掉了？但偏偏途经上海的都在佚失掉的文字里？包括跟人闲聊的部分？没道理）这不能不让人有点迷惑，并产生好奇探究的想法。同时这也看出鲁迅和周作人在回忆文章笔触上的明显不同。除早年《日记》以外，直到晚年所写文章书籍，周作人都会详略不同但具体生动地说到自己当年旅途中的种种细节故事，包括途经上海时的所见所闻和所感所想。以至于我们今天想要说说鲁迅当年的情况，也只有通过和借助周作人的文字叙述，以间接的方式，才有可能进入到鲁迅的世界。（鲁迅 1896 年到 1902 年日记的佚失，也使人们失去了一份本可凭借的原始资料）

所以，我从周作人的笔下，选取了几个视角，来观察和推想一下，鲁迅当年（主要是 1912 年以前，1912 年 5 月以后，有了《鲁迅日记》可资凭借）途经上海，有可能发生的触碰。

青莲阁

翻阅《周作人日记》，让我感到有点惊讶的，是当年实足年龄同样只有 16 岁（按传统算法则是 17 岁，因此，也可以看作是个准十八岁）的周作人，第一次出远门，途经上海，就老马识途般地对一个地方产生了特别的兴趣，以至于后来几乎每次途经上海，都必定要前去光顾一番。这个地方就是青莲阁。

青莲阁是当时上海最有名的商贸集散地兼综合文化娱乐中心，据说后来还是中国最早的电影固定放映地，在中国电影发展史上占有一席之地。不过周作人当年刚到上海，就去了青莲阁，既不是为了商贸，也不是去看电影（要看电影还得过两年，但看戏周作人他们是常去的，那里的茶园有戏看），按周作人自己的说法，是因为“野鸡”。

> 当时上海洋场上所特有的东西，第一是洋房和红头巡捕。……其次多的便是“野鸡”。她们散居在各处衖堂里，但聚集最多的地方乃是四马路一带，而以青莲阁茶楼为总汇。所以凡往上海观光的乡下人，必定首先到那里去，我们也不是例外。

这是周作人晚年所写《知堂回忆录》里的文字，这节文字的标题就是“青莲阁”，可见这个地方和名字在周作人记忆里的印象之深。查看《周作人日记》，他第一次途经上海，是在辛丑年（1901）八月初二日，“晨至上海，客宝善街老椿记客栈。上午至青莲啜茗一盏。夜至四马路春仙茶园看戏。”早晨到上海，上午就去了青莲阁，晚上又到四马路。青莲阁就在四马路一带，所以周作人笔下的四马路，有时就是指青莲阁。在 1905 年以前的《周作人日记》里，只有两次周作人途经上海而没去青莲阁的记录：一次是 1902 年，第一次由南京回家探母病；另一次是周作人自己生病回乡治疗，《日记》中有“次日至申，寓大方栈，疲甚”的字样。[1]

当时是不是像周作人说的，“凡往上海观光的乡下人，必定首先到那里去”，这我们不敢肯定，但可以肯定的是，青春年少的周作人，当年是属于“我们也不是例外”的。《知堂回忆录》里还有这样的描述：

> 那里茶也本来颇好，不过“醉翁之意不在酒”，目的乃是看女人，你坐了下来，便见周围走着的全都是做生意的女人，只等你一句话或者示意，便兜搭着坐下了。

据 1915 年沪上小报记载，当年全上海“野鸡”总数为 4727 人，出没于青莲阁的扬州妓就达 970 人。刘建辉所著《魔

1　周作人在 1901 年到 1904 年间，途经上海去到青莲阁的情况，《周作人日记》基本都有记载。1905 年和 1906 年的《周作人日记》不全。1906 年夏，周作人随鲁迅赴日本，1911 年回国。

都上海——日本知识人的“近代”体验》一书中说：“19世纪后半期，上海最著名的茶馆当数青莲阁。……无数的娼妓群集于此，把来这里听书和吸鸦片的客人当作猎物。”[1]关于19和20世纪之交上海妓女的繁盛状况，李长莉《晚清上海社会的变迁》（天津人民出版社，2002年版）一书，有十分详尽的描述。

我想知道的是，周作人当年如此频频光顾的地方，鲁迅有没有去过？按周作人的说法，“凡往上海观光的乡下人，必定首先到那里去，我们也不是例外”，当年正值青春热血的鲁迅，也会在这个“不是例外”的“我们”里面吗？

从现存文字看，鲁迅至少有一次，应该到过青莲阁。1903年夏，已经留学日本的鲁迅，暑假回了绍兴。然后跟已经在南京水师学堂就读的周作人一道，从绍兴经上海，鲁迅回日本，周作人去南京。据《周作人日记》，兄弟俩七月十九日到上海，“雇车至十六铺张芝芳君处”。张芝芳是鲁迅矿路学堂和留日同学伍崇学的朋友，“人极开通而和蔼”，鲁迅哥俩住在他家，“晚乘马车至四马路，自树（即鲁迅）买《群学肄言》一部，为芝芳邀去看戏，夜半回寓”。

前面说过，青莲阁就在四马路一带，所以《周作人日记》说晚上到了四马路，然后去看戏，半夜才回朋友家，我想应该就是去的青莲阁看戏。《知堂回忆录》中《青莲阁》一节，

1　《魔都上海——日本知识人的“近代”体验》，刘建辉著，甘慧杰译，上海古籍出版社，2003年。

最后一大段文字，说的都是看戏的事。

这是现今所见文字中，唯一有可能证明鲁迅当年去过青莲阁的记载。

需要说明一句的是，鲁迅和周作人哥俩，在清末的最后十年左右，曾经穿梭般途经上海，但两人一起途经上海的经历，却只有两次，这次以外，再就是 1906 年兄弟俩同行赴日本，当时鲁迅刚刚跟朱安完婚才几天。

因此我想，对于青莲阁这个地方，跟周作人的几乎每到必至，早已习惯性地驻足、流连，还乐于“书于竹帛”相比，鲁迅所显示出的，恐怕是另一种身影。就是说，如果不是这次刚好跟周作人同行，鲁迅恐怕不会出现在这个地方，哪怕他只是去买了一本《群学肄言》（严复译，彼时刚刚新鲜出炉），然后一起去看了场戏。

我之所以这样想，倒并不是说因为鲁迅要比周作人高尚，除了考虑到鲁迅当时的家境状况外（这一点两人是共同的），主要跟鲁迅的长子（还是长房长孙）身份有关。这在很长时间里，一直是鲁迅性格心理和行为表现的重要背景。另外，民初几年的《鲁迅日记》，似乎也能旁证这一点。[1]

说来有意思的是，由于鲁迅当年日记的佚失，以及后来回忆几乎从不曾提及途经上海的经历，以至于在周作人笔下频频出现的青莲阁这个名字，我们无法悬想当初是否也曾出现在青年鲁迅的世界，但时过三十年，青莲阁这个名字，却“重

1　我们现在能看到的《鲁迅日记》，从 1912 年 5 月开始记起。到 1926 年离开北京，

现般”地出现在《鲁迅日记》里。1932年的“一·二八沪战”期间，鲁迅一家在外避难。这次避难的时间很长，从1月30日直到3月19日，总共49天，其中2月16日的《日记》记有：

> 夜全寓十人皆至宝泰饮酒，颇醉。复往青莲阁饮茗，邀一妓略来坐，与以一元。

据说这条日记的“考古发现”，让几位海外文人，包括号称“半生反鲁”的苏雪林女士（时年已逾九十），很是兴奋了一下，纷纷写稿撰文，说鲁迅的人格道德不行。好像只要跟妓女接触了一下，人格道德的白布，就被染墨玷污了，洗不脱了。

我却觉得鲁迅一生，尤其是其早年，骨子里恰恰是个严峻的道德主义者。这也是我读《藤野先生》的印象之一。仙台医专时的各科成绩中，伦理学以83分高居首位，不过是表象之一。[1]说起早年鲁迅，人们多喜欢引用“我以我血荐轩辕”一首诗，我更有兴趣的，是鲁迅写的更早的一句：“好向濂溪称净植，莫随残叶堕寒塘。”（《莲蓬人》）我觉得正是这样一种思想性格的东西，贯穿了鲁迅的一生，所不同的是外表形态的变化。张岱《陶庵梦忆序》起首有一句，“披发

鲁迅其间共有三次回乡。第三次是举家北迁，不用说了。头两次途经上海，《鲁迅日记》里记的基本就是买买买，主要是买书，还有日用品。不去买东西，就在旅店睡觉，或连日“枯坐”，没有去青莲阁的记载。

1 ［日］半泽正二郎《鲁迅与藤野先生》，吉林师大外语系译，载《鲁迅研究资料》2。

入山”，我觉得鲁迅在道德感上，也有一个从“结发”到“被发”（散发）的过程，只不过张岱是“入山”，鲁迅是“入世（市）”罢了。

早年鲁迅，看上去有一种“冰清玉洁”的模样。

那块牌子

《周作人日记》所记上海景象，并非只有青莲阁，它还记录过一件事。

癸卯年七月二十日（1903年9月11日）日记：

> 上午乘车至高昌庙晤封燮臣，同至十六浦。途中经公园，地甚敞，青葱满目，白人游息其中者无不有自得之意，惟中国人不得入。门悬金字牌一，大书“犬与华人不准入”七字。哀我华人与犬为伍。园之四围皆铁栅，环而窥者甚多，无甚一不平者。奈何竟血冷至此！（日记题为《公园之感情》）

这块牌子的故事，跟我同龄，或比我年长的中国人，记忆中大概还有些印象。前些年有人说，这块牌子并不存在，引起过争辩。看到《周作人日记》，我想，总不会是凭空杜撰的吧。

周作人看到牌子的这一次，就是我们上面说过的，他和鲁迅第一次同行途经上海的那次。这次行程在《周作人日记》里，有比较详细的记述，但鲁迅是否也看到了这块门牌，《周作人日记》没说清楚。单凭上面这段文字，我们也实在难以确切判断，其中是否有鲁迅的身影。不过，从《周作人日记》的记述来看，鲁迅和周作人十九日同到上海，记公园牌子是二十日，紧接其后是二十二日，“午自树（鲁迅）往虹口下日本邮船”，那么二十日这一天，鲁迅还没有跟周作人分开独自去日本，这是肯定无疑的。无法明确的是，鲁迅当时是否跟周作人一起，途经公园门口，看到了这块牌子。鲁迅研究专家陈漱渝先生说鲁迅也看到了，但并没有提供确切依据。[1]

不过我觉得，鲁迅是极有可能看到过这块牌子的。除了上面《周作人日记》可作旁证推断外，据当年众多目击者证词，江边公园的门口，确实有过这块门牌，而且存在时间还相当长。鲁迅当年每次途经上海，都会经过十六铺码头附近，没有理由一次都没看到。

但在鲁迅一生的文字记录中（现今所能见到者），对于此事却是完全地无声无息，痕迹全无。

又佚失了？还是像许广平说的，“太大或太小”的事情，

---

1 “1903 年 9 月 11 日，鲁迅带周作人从上海乘船到日本。当天路过一处公园，门口悬挂了一块写着‘犬与华人不准入’七个大字的金牌。周作人将此事写进了他的日记，痛感围观民众的冷漠麻木。对于鲁迅来讲，这样的刺激跟后来的‘幻灯事件’具有相似的意义，都成为了他弃医从文的动因。”这段文字见于网络，作者是陈漱渝，刊于 2008 年第 2 期《文艺理论与批评》。

就不写，不记？

> 豫才在那时代的思想我想差不多可以民族主义包括之。

这是周作人《鲁迅的青年时代》里的一句话，“那时代”指的是鲁迅留学日本后期。周作人这个说法，鲁迅自己对增田涉也说过。我更记得鲁迅1903年写的《中国地质略论》里，有这样一句话：

> 中国者，中国人之中国。可容外族之研究，不容外族之探检；可容外族之赞叹，不容外族之觊觎也。（《集外集拾遗补编》）

我认为这是鲁迅当时的真实心声。

1903年，正好是鲁迅和周作人一道同行途经上海，《周作人日记》记下公园门牌的那一年。

鲁迅当年究竟有没有看到那块牌子？

那些船

鲁迅早年途经上海，我最感兴趣的，是他看到和乘坐的那些船，那些轮船。

绍兴是著名水乡，如果说鲁迅他们是在船上长大的，那太夸张失实；但如果说鲁迅他们出门就要坐船，则是事实。鲁迅，还有周作人，有太多笔墨，写到过家乡的船，航船，乌篷船，白篷船。鲁迅刚到厦门，给许广平写信，说："我到厦时亦以小船搬入学校，浪也不小，但我是从小惯于坐小船的，所以一点也没有什么。"（《两地书·四一》）虽然有点吹嘘口吻，但说的是实情。

从小坐惯小船的鲁迅，因为途经上海的缘故，有机会看到和乘坐当时最先进的轮船，并从此与轮船结下不解之缘。

鲁迅对自己早年的途经上海，极少形诸笔墨，但对于途经上海乘坐轮船的经历，在跟人闲聊时却说到过。《鲁迅第一次去南京走的哪条路》里，引述过周建人转述的那个故事，即鲁迅在上海坐轮船回南京，碰上"船痞"，被正好同船的学堂总办援手相助。许广平也说到鲁迅在长江轮船上，跟"船痞"斗智斗勇的故事。

但鲁迅对那些轮船本身，好像没有流露、表示过有什么特别的关注兴趣。

周作人虽然在回忆笔触上，跟鲁迅有明显不同，显示出更多平常、自然的特点，但对于旅途经历，尤其是乘船经历，有和乃兄颇为相近似的一面，即只讲乘船时的经历和故事，对于轮船本身，并不表示有特别的观感和兴趣。《鲁迅第一次去南京走的哪条路》里，引述过周作人在《鲁迅小说里的人物》所附《学堂生活》的《旅途》一节，里面比较详细地叙述了旅程经过，特别是路上（主要是水路）乘船的情况，提到了戴生昌、大东、招商、怡和和太古这些轮船公司的名字，还以趣味性的笔触，点画了一下招商公司的“江永”和“江宽”两条轮船，但这些轮船给初次相见的行人即作者留下过什么印象，却丝毫没有见诸文字，好像这些船跟他家乡的乌篷船也没什么区别。

《知堂回忆录》里，“青莲阁”一节后面紧接着的，是标题为“长江轮船”的一节，但内容同样以船上（还有船下）故事为主，兴趣点也不在轮船本身上。

兄弟毕竟是兄弟。所谓同中虽然有异，异中却终归有同。

然而当时其他人的兴趣注目点，却有所不同。

下面这句话，是我在《剑桥中国晚清史》中看到的：

> 对大批日本人来说，停泊在上海港口的帆樯如林的外国船只令人信服地证明，要再继续搞闭关锁国的老一套是不可能的。（费玉清、刘广京编《剑桥中国晚清史》（下卷），中国社会科学院历史研究所编译室译，1993年版，第397页）

书页下面，有一条对这句话的注释：

> 因此，撰写井上馨传记的作者指出：“当他到达上

海，从轮船甲板上看到约一百艘战舰、轮船和帆船停泊在港口，以及船只繁忙地出入港口时，便大吃一惊。侯爵这时才开始认识发展海军以便实行排外主义的必要性，也开始看清佐久间象山教导的全部意义和单纯排外主义的不足。”（同上）

这些来自异国他乡的日本人“大吃一惊”的感想和认识，似乎没有出现在离乡背井路途上的青年鲁迅的心里。也许也有过，只是我们没看到，或不知道。

就在这段时间左右，年轻的孙中山在给人的书信中，也表达过这样的感想：

始见轮舟之奇，沧海之阔，自是有慕西学之心，穷天地之想。（《复翟理斯函》，《孙中山全集》第 1 卷，中华书局 1981 版，47 页）

轮舟就是轮船。

事实上，中国近代化的初启，就是在这些轮船带来的波涛中解缆的。章开沅教授《王道与霸道——试论孙中山的大同理想》一文中，有这样的话：

西方近代文明最初是通过海上传入中国的，所以在相当长一段时间中国人的心目中，轮船不仅是西方近代文明的传播载体，而其本身就是西方近代文明的象征。

不过，如此宏大深邃的思绪，好像没有出现在鲁迅和周作人兄弟的笔底。——是真的未曾出现过？还是曾经如流星滑过，或者始终只是静静地躺在只有本人知道的某片心海深处，暗自涌动？

空想无益，还是让我们来说点实在的吧。

就说说鲁迅这个笔名。

鲁迅作为笔名，诞生于 1918 年。

鲁迅自己解释过这个笔名的由来。

> 因为《新青年》编辑者不愿意有别号一般的署名，我从前用过迅行的别号是你所知道的，所以临时命名如此：理由是（一）母亲姓鲁，（二）周鲁是同姓之国，（三）取愚鲁而迅速之意。（许寿裳《亡友鲁迅印象记·笔名鲁迅》）

这是 1920 年鲁迅跟许寿裳见面时，鲁迅的当面解释。这解释既简明又完整，相当可信。

1926 年，鲁迅写《< 阿 Q 正传 > 的成因》一文，再次说明，“鲁迅就是承迅行而来的”。（《华盖集续编》）

周作人的说法也证实了这一点。

> 1907 年以后，《河南》杂志请他写文章，那时他的署名是用“迅行”或“令飞”，……到了‘五四’以后，他又给《新青年》写文章，主编有规定，必须用真名，鲁迅不愿意，但也不想破坏规矩，便在“迅行”上面减去“行”字，加上鲁字作姓，算是敷衍过去了。（《鲁迅的青年时代·名字与别号》）

跟鲁迅本人的说法完全一致。

可见，鲁迅的鲁，来自母姓，迅来自“迅行”，毫无疑义。尽管有人“另辟蹊径”，别求新义，比如侯外庐先生，把鲁迅的“迅”，释为“狼子”或“大力士”[1]，完全无视鲁迅本人的说法，只能说是一家之言。

假如我们完全按照鲁迅自己的解释，相信鲁迅的“迅”，来源于先前的笔名“迅行”，那就不妨再追问一句，“迅行”这个名字，又是怎么来的呢？周作人说到“迅行”和“令飞”时，说“这与他的本名别无联系，大概只是取前行的意思吧。”这解释太马虎和敷衍了，简直跟没说一样。

我认为，鲁迅的“迅”，特别是它的前身“迅行”，跟鲁迅当年在上海看到和乘坐的轮船有关。

有什么根据？我们先来看一段话：

---

1 见侯外庐著、黄宣民校订《中国近代启蒙思想史》，附录中有《鲁迅其名索隐》一篇，人民出版社，1993 年版。

商贾贸迁，惟其妥速，值此地方未靖，行旅戒心，内地海船不若洋船行驶稳快，而火轮船尤为迅疾，千里之遥，可以朝发夕至，因而华商多有情愿认完重税，将货附搭洋船运销，以冀往返迅速，而免疏虞。（陈潮著《晚清招商局新考，外资航运业与晚清招商局》，上海辞书出版社，2007 年版，49 页）

这是同治三年（1864 年），福州将军英桂一道奏折里的话。李鸿章的《奏陈方今天下大势》里也有一句：

“轮船电报之速，瞬息千里。”（《中国思想史参考资料集・晚清至民国卷》上编，清华大学出版社，2005 年版，21 页）

另外还有：

19 世纪中期太平天国运动破坏运河交通之前，海运并不普遍。但自从采用安全而快捷的轮船之后，海运的重要性便大大地提高了。在过去，由运河从上海到天津或由天津至上海需要 8 天的时间，而现在轮船行驶只需 4 天。在 19 世纪，陆路运输从未起过决定性的作用，即使政府驿站的马，上述同样的距离也需要跑十多天的时间。

（梁元生著《上海道台研究——转变社会中之联系人物，1843-1890》，陈同译，上海古籍出版社，2003 年版，101 页）

我想，只要想找，像这样的例句和例证，在有关晚清最后几十年的文字材料里，可以轻而易举地找到。事实上，对于当时的人来说，轮船的快，几乎是不假思索，直接就能感受到的。

上世纪七十年代末，邓小平访问日本，乘坐了当时最先进的新干线。有人问：什么感觉？小平同志的回答是：就是一个字，快。

快，肯定也是鲁迅在一百多年前，乘坐轮船时的感觉。尤其是对于从小坐惯了家乡小船的鲁迅来说。（说“迅”字来源于轮船，不代表它的意思，就只是船跑得快。）

所以，鲁迅这个名字虽然诞生于北京，但论其根源，却还是在江浙沪。

这里我想补充说一下，鲁迅跟轮船的关系。周作人说过，鲁迅跟南京的关系相当不浅，把这句话里的南京换成轮船，同样成立。鲁迅第一次出门远行，轮船就已经是他的主要交通工具。南京四年不必说，从南京去日本，日本与家乡之间的往返，也是轮船。辛亥革命后，鲁迅第一次从绍兴上北京，坐的也是轮船（海轮）。之后回家探亲，回程也是坐的海轮，一直经青岛坐到了大连，再坐船回到天津。和许广平一道南下到上海后，鲁迅坐船到厦门，以后厦门到广州，广州到上海，也都是坐的轮船。鲁迅晚年确曾有过去苏联的计划，计划中首先也是坐船到日本，再转道苏联。轮船在鲁迅一生中的存在，恐怕远比一般人了解和想象的要大得多。

事实上，鲁迅对于轮船，我认为始终是有一种特别（也可以说是普通）的兴奋感。第一次上北京的旅程，许寿裳有记述，其中可以看出鲁迅的情绪。从上海到厦门，从厦门往广州，以及从广州到上海，鲁迅都喜欢跟人讲述船上的事情和海上的景象。刚到广州，鲁迅给许寿裳写信，会特别细说轮船的事，一再提到“太古”“苏州”“新宁”“四川”等船公司名。到决定要前往上海后，在给友人的书信中，又一再不厌其烦地说到太古，招商和邮船的事情，以及自己的选择打算。根据《周作人日记》，我们还知道，鲁迅初次赴日途中，曾经写下篇幅颇长、“颇可观览”的《扶桑记行》，可惜全然佚失！是真佚失了。

鲁迅这些乘船航行的经历，无论最初还是最后，都跟上海有关。

2019 年 3 月 20 日

学潮中作为不同角色的鲁迅

鲁迅一生经历过几次学潮，每一次因为身份和角色不同，表现也不相同。

一

鲁迅经历第一次学潮，是在弘文学院。

1902 年春，鲁迅到日本，随即进入弘文学院。入校将近一年，遇上了后来被称为“退学事件”的学潮。

据杨天石教授的一篇文章和日本学者北冈正子的专论，事情的原委，大致如下：

1903 年 3 月，弘文学院出台一个十二条规定，其中有“不论临时告假归国，或暑假归国，每月必须交纳金六元半。”当学生代表对规定提出修改意见，教务干事三矢的回应是：“校长已有定见，诸君力争如是，诚不可解。无已，其退校之如何？我决不强留也！”三矢的这番话，直接点燃了事件的爆发。学生代表当即针锋相对指责三矢：“子无复言！学生之至退校事，非得已。子敢借题迫胁，余将姑尝试之！”

经过学生特别会商议，决定一致退校。3月29日，弘文学院总共63名中国留学生，有52人同时出校。

学生出校后，校长加纳开始跟学生沟通、协商。结果，出校的学生全部返校。学校撤除了三矢的教务干事一职，课程也作了改良承诺。校长还亲自表达了善意、和解的意愿。持续20多天的退学风波，就此风平浪静。

弘文学院的退学风波，鲁迅无疑是参与其中的，否则鲁迅给许寿裳信中说的“我辈之挤加纳于清风，责三矢于牛入，亦复如此”（1910年12月21日），就成了不实之词。据北冈正子考证，当时弘文学院53名住宿生中，只有5人没有参加出校行动（另有数人参加者，平时住在校外），周树人的名字，在出校者名单中。[1]

但对于鲁迅在这场“退学事件”中的表现，杨天石先生文章的最后一句，“可以看出，鲁迅是积极参预了这一斗争的。”[2]我觉得值得斟酌一下。

杨天石先生对于弘文学院“退学事件”的资料参阅，应

1 北冈正子著《日本异文化中鲁迅——从弘文学院的入学到“退学事件”》（关西大学出版社，2001年3月31日）之八《弘文学院学生“退学”事件》，译者靳丛林。

2 杨天石的文章，题为《释“挤加纳于清风，责三矢于牛入”》，刊于《鲁迅研究资料》（2）。

该是充分的，其中引用了《游学译编》《浙江潮》《江苏》几份当时留学生办的刊物，这些堪称事件的原始材料和记录。但在杨文中，并没有看到鲁迅有“积极参预斗争”的引述和佐证。如果有，何不举例证明？当然，无证可举，也许跟年代久远有关，也许跟文献记载有关（北冈正子搜集的材料，比杨天石更为详尽，叙述也更细密周详，同样不见有鲁迅“斗争积极”的证明）。但如果我们考虑到，同是“退学事件”的亲历者，鲁迅当时的同学兼好友，如许寿裳、厉绥之、沈瓞民等人，在他们的回忆文章中，对鲁迅在弘文学院的思想言行、学习生活，有过细致入微的描述，却无一人提到，鲁迅在“退学事件”中的表现，更遑论“积极”。

鲁迅在弘文学院时，周作人在南京水师学堂读书。周作人后来写的《鲁迅的青年时代》，提到过一句，“鲁迅在弘文学院的两年，平稳无事的过去了，只有一次闹退学，乃是全体的事情，不久也就解决。”话说得简单而明白，“乃是全体的事情”，透露出鲁迅并无特别表现的意味。虽然周作人说，他对鲁迅这一时期的情况，直接知道的很少，这恐怕是指日常性事情而言。鲁迅和周作人，自兄弟于南京分手，始终书信往来频密，周作人知道弘文退学一事，就是鲁迅在信中告诉他的，“弘文事已了，学生均返院矣。”（周作人《鲁迅小说里的人物》附录《旧日记里的鲁迅》）假如说鲁迅有过“积极斗争”，周作人会一点也不知道？

有人考证，弘文学院当时中国留学生的平均年龄在25岁，年岁稍大者，30 以上者也不乏其人，鲁迅当时的实足年龄，是 21 岁。当然，年龄小，不代表就一定不积极，我这里只提供一种相关背景，不直接导致判断的形成。

周作人在南京得知弘文“退学事件”后，一个纯属偶然的原因，也动了反抗式的退学念头，这时鲁迅的一封信，劝阻了他，打消了周作人的念头。（《周作人日记》癸卯年四月初十日，中有“胡君交来大哥初一日函，阻我退学”句。）当然，鲁迅劝阻周作人不要退学，不必能因此得出，他本人就一定不曾在退学行动中积极斗争，鲁迅剪辫，却劝学生不要剪辫；鲁迅旧学淹博，却劝人少读中国书。这里还是那句话，只提供一种相关背景，并不直接导致判断的发生。

也许杨天石先生说鲁迅“积极参预了退学这一斗争”，不过是种习惯说法，用一句网络流行语说，就是斗争没有不积极的。但我在这里还是想稍稍纠缠一下，原因在于，一则退学是种集体行动，梁山虽统称“一百零八好汉”，细究起来，个体与个体之间，其实存在千差万别。其次，更重要的，此处言积极与否，实跟鲁迅在日本留学期间，乃至跟鲁迅整个早年的思想、性格和心理有关，因此，判断鲁迅在“退学风波”中的表现，就多少要借鉴前人所说的“不谋全局者，不足谋一域”的古训，换言之，要判断鲁迅在“退学事件”中的表现，得跟鲁迅留日期间的整体表现联系起来看。

必须申明的是，我对杨天石先生这句话的小小质疑，不代表我就认定，鲁迅在弘文学院“退学事件”中的表现，一定是不积极的。积极还是不积极，需要用事实和依据来证明。这里想强调的，依然是有一分证据说一分话的原则。事实上，鲁迅一生，尤其是其早年，对于群体活动，始终持有一种特立独行的见解和微妙精细的心理。在没有或缺乏事实依据的情况下，率然断言积极或不积极，都显得有些轻忽失据。

弘文学院的“退学事件”，是鲁迅平生经历的第一次学潮，也是鲁迅以学生身份经历的唯一一次学潮，也是鲁迅在日本留学期间，经历的唯一一次学潮。[1]

鲁迅遭遇第二次学潮，是他回国后，在杭州发生的事。

二

弘文风波时，鲁迅还是个学生；“木瓜之役”时，鲁迅已是名教师，在杭州的浙江两级师范学堂的教师。这是鲁迅的第一份职业，也是鲁迅第一次当老师。

到校任职半年后，鲁迅碰上了“木瓜之役”。

据鲁迅当时同事张宗祥的回忆文章，事情发生的背景是这样的：

1　1905 年，在日本发生中国留学生因日本政府宣布《清国留学生取缔规则》而引起的“归国潮”。运动发生时，鲁迅在仙台学医，未见有确切资料证明鲁迅与此次“归国潮”有关。至于声势浩大的“拒俄运动”，远超出通常所说学潮范围，我也没有把它看作是一次学潮。

> 我们在前清末年的教书匠，除了一班‘禄蠹’之外，没有一个不提起皇帝就头痛，提起政府就眼乌的。而且师道自尊的架子也很不小。历来新监督（当时名校长为监督）到任，先要拜见拜见各位教师，教师眼中看监督就有点等于一般官僚，倘然谈话不投机，或者有点外行，就有点爱理不理，尖刻一些的简直要挖苦几句了。（《回忆鲁迅先生》，鲁迅博物馆等选编《鲁迅回忆录》散篇中册，北京出版社）

但张宗祥和鲁迅他们，偏偏就碰上了一位让人既好笑又好气的监督（校长）。

风潮的起因，是一位名叫夏震武的人，接替沈钧儒来浙江两级师范学堂执掌校务。夏震武是晚清进士，时年已近花甲，面对一帮留洋归来的青年，圆通乖巧点的，自然相安无事，但夏进士大概是过于具备理学家的风范了，下车伊始，冲突即起，结果新的胜了旧的，年轻的战胜了年老的。

相比于弘文风波的模糊表现，“木瓜之役”的鲁迅形象，要明确多了，因为他得了一个《水浒》上的绰号：拼命三郎。从这个绰号可以想见，一定是鲁迅在“战役”中有过突出表现，才有可能获此殊荣。

不过，虽然得了个“拼命三郎”的勇号，鲁迅在此役中的具体表现，还是呈现出模糊的面貌。在许寿裳、张宗祥、杨莘耜等人的回忆文章中——这些文章都以鲁迅为标题或主题，尽管都说到了鲁迅在“木瓜之役”中的英勇表现，却不约而同的，全都缺乏细节描写，反倒在几个次要人物身上，有细微传神的刻画，落在鲁迅身上的笔墨，要么语焉不详，要么一语带过，总之，缺乏精彩性。许寿裳是鲁迅毕生老友(“木瓜之役”，许寿裳首当其冲，因为他是教务长，鲁迅的英勇表现，与此有关），他所写《亡友鲁迅印象记》里，对“木瓜之役”颇有情节铺叙，但说到鲁迅的，只有一句抽象的“鲁迅最富于正义感，义之所在，必尽力以赴，不畏强御而强御畏之”，就没有下文了。跟在这句后面的，是鲁迅若干年前的一段往事，跟“木瓜之役”毫无关系。张宗祥和杨莘耜的笔下，同样看不到鲁迅何以能获得“拼命三郎”的称号。这是为什么呢？是鲁迅当时的言行表现，过于缺乏典型特征，难以描述？还是显得过于特别，以至不宜载入史册？

跟学校风潮通常由学生引起和为主体不同，“木瓜之役”的主角，是一班学校的青年教师。对立的双方，是老师和他们的最高校领导。“木瓜”一词，即是由闹事的老师们（鲁迅好像是第一知识产权人）颁赠给他们最高领导人的“荣誉称号”，意为“傻瓜”（不宜翻译得更粗俗）。杨莘耜的文章，写到老师们集体搬出学校，住到黄醋园去时，后面跟了一句：“学生们都瞠目而视”。

三

“木瓜之役”后不久，鲁迅离开杭州，回了绍兴老家。直接原因，是同乡杜海生执掌绍兴府中学堂，请鲁迅去教博物课。

鲁迅刚到绍兴府中学堂，旋即卷入了另一场学潮。[1]

对于这场学潮，人民文学出版社《鲁迅书信》（一）的注释是这样：

> 一九一〇年八月初，杜海生兼任绍兴府中学堂监督，同月下旬，他决定要全体学生重新考试编级，学生遂罢课抗议，并“索费出堂”（《绍兴公报》第六一七号），杜被迫去职。九月，由陈子英继任，十一月中旬，学宪命令考试仍须进行，学生乃又罢考，表示反对。

鲁迅正是这年八月中旬，到绍兴府中学堂的。三个月后，给许寿裳的信里，鲁迅说到了这场学潮（这场学潮实际为两次，或者可以看作上下半场）。

> 顾校中又复有事，不遑暇矣。今兹略闲，率写数

1 鲁迅到绍兴府中学堂之初，有过一场所谓的“剪辫风潮”（鲁迅自己后来也这么说），但实际上，这场所谓“剪辫风潮”的发生时间和经过都很模糊，而且，“府校学生剪辫后，照常上课，未受任何处分”（敬三《鲁迅“两遇于越”“经二大涛”事迹考》，载《鲁迅研究资料》5），故本文暂且将其忽略不提。

语。……仆自子英任校长后，暂为监学，少所建树，而学生亦尚相安。五六日前，乃复因考大哄：盖学生咸谓此次试验，虽有学宪之命，实乃出于杜海生之运动，爰有斯举，心尚可原杜君太用手段，学生不服，亦非无故。今已下令全体解散，去其谋主，若胁从者，则许复归。计尚有百余人，十八日可以开校。此次荡涤，邪秽略尽，厥后倘有能者治理，可望复兴。学生于仆，尚无间言；顾身为屠伯，为受斥者设身处地思之，不能无恻然。颇拟决去府校，而尚无可之之地也。（1910年11月15日《致许寿裳》）

“校中又复有事”，显然就是指人文社注释中“十一月中旬，学宪命令考试仍须进行，学生乃又罢考，表示反对”一事。这事对鲁迅的影响，从信首数语可以看出，“不遑暇矣”，以至于要“今兹略闲”，方能“率写数语”。

现在看来，这场风潮的起因，简直有些微不足道。但那个年头的学潮就是这样，别说这还算有点由头，擦枪走火、误打误撞的事，也是司空见惯。李大钊说过一件事，某校一次学潮，起因是一名学生在学校食堂等饭吃，闲手敲碗边引起的。晚清著名的南洋公学风潮，直接起因是有人在老师的座位上，放了一只空墨水瓶（见万仕国编著《刘师培年谱》，广陵书社，2003年版，16~17页）。在逾半个世纪的晚清民国时期，基本上只要有学校，就有学潮；只要有中国学生的地方，就有学潮。这就是那个年代普遍的社会和校园现象。

绍兴府中学堂的这场风潮，是鲁迅经历过的历次学潮中，心情最为痛苦的一次。

这场学潮，跟“退学风波”和“木瓜之役”有明显不同。

首先，鲁迅的身份不再是学生，也不是闹事的老师，是学校当局者友情邀请来的教师。而学潮的矛盾双方，正是邀请鲁迅来的学校当局者与在校学生。于是鲁迅的处境，就多少有了一种尴尬、进退维谷的性质。大体上说，杜海生和陈子英，都算是鲁迅的朋友，按一般常理，鲁迅首先应该站在校方立场来说话，但鲁迅对于学校，尤其是对杜海生（后来也包括陈子英）都颇有微词，所谓“杜君太用手段，学生不服，亦非无故”。与此同时，鲁迅对于闹事的学生，也并非一味袒护，信中用语，有“去其谋主，若胁从者，则许复归”，甚至说“此次荡涤，邪秽略尽”。不过，鲁迅思路一转，反躬自省，觉得“顾身为屠伯，为受斥者设身处地思之，不能无恻然”。鲁迅说自己“身为屠伯”，不知是真的在这场学潮中，做过什么“屠”事？还是仅此一说，属于修辞夸张？总之，在鲁迅所经历的历次学潮中，这是唯一一次站在跟学生对立的立场上的。鲁迅参与处理了这次学潮，从这封书信的字里行间，能看出些许端倪。或许正是这种立场、身份和行为，使鲁迅内心的痛苦、矛盾和纠结，切实感到了强化。

从这封书信看，一个痛苦、纠结的鲁迅，展露无遗。

一个多月后，鲁迅给许寿裳的另一封信里，再次说到了这次学潮：

> 府校迩来大致粗定，藐躬穷奇，所至颠沛，一遘于杭，两遇于越，夫岂天而既厌周德，将不令我索立于华夏邪？然据中以言，则此次风涛，别有由绪，学生之哄，不无可原。我辈之挤加纳于清风，责三矢于牛入，亦复如此。……顾此府校，乃不如彼师校之难，百余学生，亦尚从令，独有外界，时能射人，然可不顾，苟余情之洵芳，固无惧于憔悴也。（1910 年 12 月 21 日）

从这封信可以看出，鲁迅对于绍兴府中学堂的风潮，再次表现出自我伤怀的感慨。而且跟之前相比，更强烈得多，简直到了向天发问的程度。同时鲁迅也再次表达了对学生的同情，“然据中以言，则此次风涛，别有由绪，学生之哄，不无可原。我辈之挤加纳于清风，责三矢于牛入，亦复如此。”接着，鲁迅的心理由伤感到痛苦，到理解同情，最后转到希望的重建，理想的恢复，甚至希望许寿裳能回到绍兴，和他一起奋斗，纵使“独有外界，时能射人”，“然可不顾，苟余情之洵芳，固无惧于憔悴也。”从这封书信，让人再次看到，鲁迅这一时期心理的痛苦、迷乱和跌但起伏。

> 归国之后到辛亥革命的大约两年间，是目前鲁迅传记中资料最少的时期之一。这样一来，这两年的空白就

格外显得惹眼。鲁迅当时的思想与感情，总是残留着暧昧不清的地方。（《鲁迅·革命·历史——丸山升现代中国文学论集》，北京大学出版社，王俊文译）

鲁迅思想与感情呈现出这种状态，原因是多方面的，绍兴府中学堂的这场学潮，无疑加剧了鲁迅痛苦与迷乱的程度。鲁迅这一时期给许寿裳的书信中，始终在持续着一个相同的主题和诉求，就是托好友帮忙找一处地方，只要是能离开绍兴，离开杭州，离开浙江，“虽远无害”，同时他又盼望许寿裳能回绍兴跟他一起奋斗。

十多天后，鲁迅又给许寿裳写信。

仆归里以来，经二大涛，幸不颠陨，顾防守攻战，心力颇瘁。今事已了，正可整治，而子英渐已孤行其意。至于明年，恐或莫可收拾。（1911 年 1 月 2 日《致许寿裳》）

所谓“经二大涛”，说的就是绍兴中学堂的学潮。鲁迅的感受是，“幸不颠陨，顾防守攻战，心力颇瘁”。“今事已了，正可整治”，说的是眼前景象而已。至于今后的前景，恐怕早已灰心，所谓“至于明年，恐或莫可收拾”。但不管怎么说，绍兴府中学堂这场持续了四五个月的学潮，在鲁迅的疲惫不堪中，总算是偃旗息鼓了。

四

绍兴府中学堂风潮平息后不久，鲁迅从这所学校辞职了。当时徘徊不定，无处可去的鲁迅，想去上海，做个文员之类，正犹豫不决时，辛亥革命发生了。鲁迅虽然已经从府中辞职，但他还是带了学堂的学生，去迎接王金发的军队进入绍兴城。随后王金发以督军的身份，任命鲁迅为山会（绍兴）师范学校校长。之后的情况，鲁迅写在《朝花夕拾·范爱农》里了。

1912 年元月，鲁迅经许寿裳引荐，到了当时在南京的中华民国临时政府教育部任职。如果算上鲁迅 7 岁时，入叔祖周玉田的私塾，到三味书屋，到南京求学，再到日本留学，以及回国后在杭州、绍兴的任教，鲁迅持续不断地，在可统称为“学校”的环境里，已待了将近 25 年！从 1912 年元月起，一直到 1920 年受聘为北京大学的兼职讲师，这期间有 8 年时间，鲁迅跟学校没有直接关系，不属于学校的身份：学生或老师。当然，也不是说跟学校绝对没有联系，毕竟是在教育部工作，不可能不跟学校发生事务性的联系。当蔡元培当了北大校长，鲁迅先是帮周作人进北大当了教授，几年后，自己也成了北大的兼职讲师。这是后话。

虽然没有身在学校，但有一件跟学校密切相关的重大历史事件，却不能说跟鲁迅无关，这就是“五四运动”。

“五四运动”堪称是中国近现代史上最大的一次学潮。

“五四运动”发生时，鲁迅还住在京城南半截胡同的绍兴会馆。从这年 2 月起，鲁迅已在物色购买新居。经过近半年的勘访选择，7 月 23 日终于定下，“午后拟买八道弯罗姓屋”。又经过数月修缮布置，11 月 21 日，鲁迅先和周作人一家迁入新居。一个月后，鲁迅只身专程回到绍兴老家，把母亲、夫人和三弟周建人等一大家子，全都接到了八道湾居住。

“五四运动”当天，刚好是星期天，鲁迅在家休息。《日记》里的记载，跟平常一样简略；上午去同事家赴丧仪，下午孙福源（即孙伏园）君来。

孙伏园的到来，跟“五四运动”直接有关，是鲁迅跟“五四运动”事件本身最接近的一件事。

据孙伏园写的《五四运动中的鲁迅先生》一文，当天作为北京大学二年级学生的孙伏园，在参加完天安门大会和示威游行后，“我便到南半截胡同找鲁迅先生去了，我并不知道后面还有‘火烧赵家楼’的一幕。”但接下来的叙述，再次陷入简单而抽象的窠臼：“鲁迅先生详细问我天安门大会场的情形，还详细问我游行时大街上的情形。”只有这两句，属于情景再现式的客观叙述，其余部分，便都是作者的评述了。

鲁迅在“五四运动”之前，在《新青年》上已有一年多的文学发表活动，据孙伏园统计，计有“一共有三十一篇，其中论文一篇、诗六篇、小说三篇、随感二十一篇”。孙伏园说“每一篇都在青年思想上发生影响的”，这是实情。李长之在《鲁迅批判》中也说，“鲁迅的杂感，一如这时其他学者的言论，是这个运动（即“五四运动”）的助成者。”所以，说鲁迅跟“五四运动”之间有某种实质联系，这是无可置疑的。

不过从那天大街上具体的游行示威活动来说，鲁迅却在相隔不算太远的地方，在周末休息的家里，以“隔岸观火”的形式，跟它“擦肩而过”。

在其后延续一个多月的全国性“五四运动”期间，鲁迅也始终没有具体介入过这场意义远非一般学潮能比的运动。

说来碰巧，第二年，即 1920 年 5 月 4 日那天，鲁迅在给以前的一位学生的回信中，说到了“五四运动”。鲁迅以一种看似客观、居中的立场，却抱持一种平淡、悲观的心态，对这场日后被看作是具有历史时代标志性的社会运动，给出了自己近于灰色且轻描淡写的评价。[1]

书信结尾，鲁迅还说了一段这样的话：

> 仆以为一无根柢学问，爱国之类，俱是空谈；现在要图，实只在熬苦求学，惜此又非今之学者所乐闻也。

这跟后来鲁迅批判的胡适等人的观点，可谓如出一辙。

五

绍兴府中学堂后，鲁迅再次跟学潮相遇，是北京大学的“讲

1 见鲁迅 1920 年 5 月 4 日《致宋崇义》

义风潮”。

“五四运动”后的第二年，1920年8月6日，鲁迅接到了来自北京大学的聘书。

这是鲁迅离开绍兴后，时隔八年，再次走进学校大门。学校风潮，也就随之而来。

1922年10月发生的北京大学“讲义风潮”，说起来是件说大不大、说小不小的事。

说大不大，是这起风潮，基本是北大校内的一件事，虽然中间曾怀疑，是否有校外因素的介入（后来证明有）。风潮的主题，就事件本身而言，纯粹是学生与校方的一场经济利益之争，教师讲义，到底该收费，还是免费？除此以外，并没有其他社会或政治背景的存在。怎么又说说小不小？这可以从校长蔡元培的角度来看。这场风潮，不仅导致蔡元培再次辞职（蔡元培一生七辞北大校长，这是第五次），还引出蔡元培的一句豪言壮语，面对群情汹涌的闹事学生，蔡元培扔出一句：我要和你们决斗！

鲁迅当时是北京大学的兼课讲师，“讲义风潮”持续一个多月的时间里，鲁迅始终未发一言，这跟胡适等人的忙碌，形成鲜明对比。这一点跟鲁迅在北京大学的身份有关。对于鲁迅与北京大学的关系，钱理群教授有一个说法：客卿。这说法是从周作人那里来的。但我认为，“客卿”并不是鲁迅对“讲义风潮”不发一言的原因，道理很简单，鲁迅在女师大的身份跟在北大是一样的，照理说也是“客卿”，但两种表现，天差地别，判若两人，可见“客卿”并非沉默不语的（全部）原因。有人因此指责鲁迅在北大“不称职”，实在有点好笑。我对鲁迅在北大“讲义风潮”中的角色定位，是一位沉默的观察家，加一位简约评论员。“讲义风潮”烟消云散后，鲁迅在《晨报》副刊上发表了一篇短评《即小见大》，专门讲述了他对这场风潮的感受和看法。

> 北京大学的反对讲义收费风潮，芒硝火焰似的起来，又芒硝火焰似的消灭了，其间就是开除了一个学生冯省三。
>
> 这事很奇特，一回风潮的起灭，竟只关于一个人。倘使诚然如此，则一个人的魄力何其太大，而许多人的魄力又何其太无呢。
>
> 现在讲义费已经取消，学生是得胜了，然而并没有听得有谁为那做了这次的牺牲者祝福。
>
> 即小见大，我于是竟悟出一件长久不解的事来，就是：三贝子花园里面，有谋刺良弼和袁世凯而死的四烈士坟，其中有三块墓碑，何以直到民国十一年还没有人去刻一个字。
>
> 凡有牺牲在祭坛前沥血之后，所留给大家的，实在只有“散胙”这一件事了。（《热风　即小见大》）

全文如上，很短，不到250字。

1925年5月，已经跟许广平通信的鲁迅，再次提起这件往事：

> 提起牺牲，就使我记起前两三年被北大开除的冯省三。他是闹讲义风潮之一人，后来讲义费撤去了，却没有一个同学再提起他。我那时曾在《晨报副刊》上做过一则杂感，意思是牺牲为群众祈福，祀了神道之后，群众就分了他的肉，散胙。

尽管时隔两年半，鲁迅的两次议论，却几乎完全一样，连用词都近于雷同。这其中有种打抱不平的因素，但又并非只是打抱不平。鲁迅把这件事情，放到了历史文化的隧道和背景中，赋予它一种范本式的经验性质，凸显了它的意义。

对个体价值的看重，始终是鲁迅思想的重要构件之一，一直没变。

顺便说一句，北大“讲义风潮”中的蔡元培形象，有点像《水浒》梁山上的“托塔天王”，胡适则有点像宋公明。

六

许广平在《鲁迅回忆录》中《女师大风潮与“三一八”惨案》一节里说：

当学校风潮起来时，他（鲁迅）作为一个讲师，没有很多时间在校，开始采取慎重态度。

说鲁迅“开始采取慎重态度”，这是可信的。如果从“女师大风潮”刚开始的一段情况来看，鲁迅的表现，跟他在北大“讲义风潮”中没什么不同，但后来怎么就风云突变，忽然间翻江倒海、大闹起天宫来了呢？

关于鲁迅与“女师大风潮”，人们说的实在够多了。说重复的话没意思，我们还是以简单列表的方式，来快速一览。

1923 年 7 月，鲁迅兄弟失和；

同月，鲁迅收到女高师聘书（校长许寿裳签发）；

8 月 2 日，鲁迅携夫人朱安从八道湾搬出，迁居砖塔胡同；

10 月 13 日，鲁迅正式到女高师上课，许广平是国文系二年级学生；

1924 年 2 月，许寿裳辞去女高师校长；

28 日，教育部任命杨荫榆为校长；

5 月，女高师改名女师大；

本月，鲁迅和夫人迁居西三条胡同；

同年秋，因南方大水及江浙战争，部分学生返校耽误，没有按时报到。杨荫榆说，逾期返校者都要开除，但在具体处理时，严厉处置了平时不听话的国文系三名学生，要求他们退学，对和她关系好的学生却放过不问，引起学生和教职工不满，女师大“驱杨风潮”由此爆发。

1925 年 1 月 28 日，学生自治会总干事许广平主持召开全校学生紧急会议，学生自治会要杨荫榆主动去职，同时请求教育部撤换校长。

3 月 11 日，许广平给鲁迅写信，鲁迅当天回信，《两地书》由此开始，持续不断；

4 月 12 日，许广平和一个同学第一次到了鲁迅家。

4 月 14 日，司法部长章士钊受命兼任教育总长，章士钊公开支持杨荫榆。

5 月 7 日，“国耻纪念日”，杨荫榆和学生冲突陡然升级；

9 日，杨荫榆宣布开除许广平等 6 人；

5 月 10 日，鲁迅写杂文《忽然想到》（七），首次触及“女师大风潮”话题。文章没有点名地说到杨荫榆，“和一些狐群狗党趁势来开除她私意所不喜的学生们”；

11 日，女师大学生召开全校紧急大会，决定驱逐杨荫榆出校，同时请鲁迅等人出面维持校务；

5 月 27 日，鲁迅等 7 人联名发表《宣言》，表示坚决支持女师大学生；

6 月 25 日，许广平等几位女生在鲁迅家过端午节，两人关系迅速升温，明显“升华”；

进入七八月份后，“女师大风潮”愈演愈烈，此起彼伏，进入“白热化”的相持不下阶段。

8 月上旬，许广平一度躲入鲁迅家中。在此前后，章士钊下令免去鲁迅教育部佥事职务。鲁迅生病。经过两个多月的较量，11 月，章士钊被迫辞职，女师大成功复校。

鲁迅在教育部的职务在 1926 年 3 月得以恢复。

这是一部真正的大片，人物众多，情节繁杂且跌宕起伏。

“女师大风潮”刚刚尘埃落定，“三一八惨案”旋即接踵而至。两件事前后相连，经常被合在一起说，但毕竟是两件事。

鲁迅在“女师大风潮”中的表现，很多人认为跟许广平与鲁迅的感情进展有关，这是很容易看到的。不容易看到的，是鲁迅在这次风潮中的表现，其实还跟周作人和许寿裳有关，而且我认为周作人更值得注意。（章士钊的“搅动”作用，算是凑巧）周氏兄弟 7 月失和，无巧不巧，鲁迅当月收到女高师聘书，于是周作人随即向女高师提出辞职，一直辞到年底，没辞掉。来年继续想辞，还是没辞掉，结果反而跟鲁迅一道，成为“女师大风潮”中最英勇善战的七勇士之一！最终完成“女师大”成功复校的胜利大合唱的欢乐颂！

鲁迅后来对友人说，我的一生“很像个橄榄核，两头尖，中间大”。[1]何谓中间？“女师大风潮”及“三一八惨案”就是鲁迅说的“中间”。没有“女师大风潮”及“三一八惨案”，

1　徐伦《鲁迅先生在厦门大学》，文刊《绍兴鲁迅研究专刊》第 11 期，转见于吴作桥等编《再读鲁迅，鲁迅私下谈话录》，时代文艺出版社，2009 年版；

也就没有我们今天说的鲁迅。我把“女师大风潮”和“三一八惨案”，看作是鲁迅诞生的另一个时间，一个比《狂人日记》更具内涵和意义的诞生时间。“女师大风潮”及“三一八惨案”成为鲁迅生命中一道至关重要的分水岭。

但在其他人眼里，未必也会这么看。钱稻孙是鲁迅在教育部的同事，还是鲁迅住绍兴会馆期间的“饭友”或“酒友”，无论工作还是生活上，俩人都算是一度“过从甚密”。钱稻孙晚年回忆鲁迅，提到了鲁迅在“女师大风潮”中的表现：

> 鲁迅身体并不很健康，常生病，瘦瘦的，我看他顶起劲是在女师大风潮中。当时他精神很兴奋。我吃一惊，觉得他精神上有些异常。（《访问钱稻孙记录》，《鲁迅研究资料》第4辑）

这样，鲁迅在“女师大风潮”中的表现，从开始时许广平所说的“慎重”，到最后，成了同事眼里的“精神上有些异常”。

七

鲁迅生平遭遇的最后一次学潮，也是擦肩而过的。

不过这次学潮的擦肩而过，跟“五四运动”和北大“讲义风潮”有所不同，因为这次风潮的起因，跟鲁迅有关。

1926 年 9 月 4 日，鲁迅抵达厦门大学，12 月 31 日辞职。

1927 年 1 月 16 日，鲁迅离开厦门。

就在鲁迅从辞职到离开的这段时间，一场学潮不期而至。

说不期而至，是鲁迅一开始，有点判断失误了。

学生对于学校并不满足，但风潮是不会有的，因为四年前曾经失败过一次。（1927 年 1 月 2 日《两地书》）

没过几天，鲁迅觉得情形有些不对。

这几天，“名人”做得太苦了，赴了几处送别会，都要演说，照相。我原以为这里是死海，不料经这一搅居然也有了些波动，许多学生因此而愤慨，有些人颇恼怒，有些人则借此来攻击学校或人们，而被攻击者是竭力要将我之为人说得坏些，以减轻自己的伤害。所以近来谣言颇多，我但袖手旁观，煞是有趣。然而这些事故，于学校是仍无益处的，这学校除全盘改造之外，没有第二法。（1927 年 1 月 5 日《两地书》）

这是公开出版的《两地书》里的话。与原信比，跟学潮有关的，一是把原来的“小乱子”，改为了“波动”，再就是删掉了“小乱子”后面的一句，“总算还不愧为‘挑剔风潮’

的学匪”。果然，风潮接踵而至：

> 校内大约要有风潮，现正在酝酿，两三日内怕要爆发。这已由挽留运动转为改革学校运动，本与我不相干，不过我早走，则学生少一刺戟，或者不再举动，但拖下去可不行了。那时一定又有人归罪于我，指为“放火者”，然而也只得“听其自然”，放火者就放火者罢。（1927年1月6日《两地书》）

这是鲁迅当时经观察后的最新结论。从这里可以看出，鲁迅明白这场风潮，本质上是与自己无关的，但已经难脱干系。不过虽然如此，此时鲁迅的心里，反倒激起了一股鲁迅式的逆反情绪——“听其自然”“放火者就放火者罢”——显示出鲁迅不以“借名”或“构陷”为忤，反而有种趁机快意其事的劲头。

所谓“改革学校运动”，人文社的注释是这样的：

> 厦门大学学生自治会得知鲁迅辞职的消息后，于1927年1月2日派代表前往挽留。当他们知道鲁迅去志已定时，就组织罢课风潮委员会，于1月7日召开全校学生大会，发动停课罢考，张贴打倒校长亲信刘树杞的标语和传单。据《福建青年》第四期（1927年2月15日）《集美停办与厦大风潮之再起》一文说：“这次风潮的目的就是：一、求整个的——学生、教员、学校——的生机。

二、拯救闽南衰落的文化。三、培植福建的革命气息。”

五天后，在给许广平的信中，鲁迅这样评论正在发生的厦大学潮：

> 这里的风潮似乎还在蔓延，但结果是决不会好的。有几个人已在想利用这机会高升，或则向学生方面讨好，真令人看得可叹。（1927年1月11日《两地书》）

风潮发生后，鲁迅在厦门大学，滞留了10天左右。1月16日上船后，给李小峰的信里，鲁迅再次说到了风潮的发生和自己的关系：

> 我辞职时，是说自己生病，因为我觉得无论怎样的暴主，还不至于禁止生病；倘使所生的并非气厥病，也不至于牵连了别人。不料一部分的青年不相信，给我开了几次送别会，演说，照相，大抵是逾量的优礼，我知道有些不妥了，连连说明我是戴着“纸糊的假冠”的，请他们不要惜别，请他们不要忆念。但是，不知道怎地终于发生了改良学校运动，首先提出的是要求校长罢免大学秘书刘树杞博士。（《华盖集续编的续编·海上通信》1月16日）

纵观厦门大学这次风潮，鲁迅的反应完全是私人性质的，只是在书信里，提及了有关事情。虽然这些书信，后来照例都公开发表了，但书信毕竟是书信，跟正式的报刊评论还是不同。信中说及风潮的言词重点，和绍兴府中学堂风潮时一样，更多是落在自身的遭际和感受上，以至于像北大“讲义风潮”那样的事后公开短评也没有。

借用鲁迅的自喻，鲁迅跟厦门大学这场学潮的关系，就像一只“引火乌鸦”，火势起来后，“乌鸦”却振翅远走高飞了。

鲁迅跟这场风潮之间，假如说有什么切实关联的话，是几位学生跟随鲁迅离开厦大，转学到了中山大学。

厦门大学的这场风潮，最后在国民党厦门市党部和海军司令部的调停下，校长林文庆作出让步，学潮方告结束。

据新加坡籍学者李庆年先生在其《厦门大学两次风潮——兼论陈嘉庚、林文庆与风潮的关系》一文中说，国民党厦门市党部和海军司令部的调停条件是：

> （一）教育党化；（二）刘树杞不得回校；（三）收回开除学生；（四）恢复国学研究院。

校方全都接受答应了。

八

鲁迅离开厦大后，到了中山大学。

1927 年 4 月 21 日，鲁迅从中大辞职。

前后也是四个月，跟在厦门大学的时间相同。

鲁迅辞职后一个月，中大发生过一次学潮（时间很短，能否称学潮，实属存疑）。这时鲁迅跟中大已毫无瓜葛，但他还是在给章廷谦的书信中，以一名纯粹局外旁观者的身份，吐了几口不咸不淡的“酸水”话。（见 1927 年 5 月 30 日《致章廷谦》）

这要算是鲁迅生平跟学潮（非典型性的）最后一次靠得最近的——实际上已毫无关系，似乎预示了鲁迅今后与学潮关系的彻底疏远。

同年 9 月底，鲁迅和许广平一道离开广州，10 月初抵达上海。起初劳动大学校长易培基还约请他每周开讲座一次，后来这讲座也被鲁迅辞掉了。从此以后，鲁迅不再在学校任职，鲁迅跟学潮的关系，也就渐行渐远，最多只有文字上的一点关联了。

2011 年 9 月 26 日初稿

2019 年 3 月 10 日改定

鲁迅一生中的避难与风险

但手枪子弹穿进脑子里，则将更遗憾。（鲁迅）

一

鲁迅第一次避难在十三岁，起因是祖父坐牢。

祖父坐牢，何以孙子要去避难？这一点，鲁迅没说。1925年5月写的自传，鲁迅只是说，自己十三岁的时候，家里遭了一场很大的变故，寄住在一个亲戚家。

好多鲁迅研究者说到这件事，也是顺着鲁迅的说法，没有说明为何祖父坐牢，孙子鲁迅要去避难，最多只是把鲁迅那句像隐语一样的话——“家里遭了一场很大的变故”，点明为鲁迅祖父周福清科场案发，被捕入狱，后被判为斩监候。

祖父坐牢，孙子避难，两者之间，好像还应该有点说明性的文字。对此周作人有句话：

> 大人们怕小孩子在这纷乱的环境不合适，乃打发往外婆家去避难。（《鲁迅的青年时·避难》）

话说得含糊其辞，而且似是而非。

其他书里的说法，有些不同。

俞芳《我记忆中的鲁迅先生》，回忆鲁迅母亲的说法是：“怕牵连被难，只得叫他们兄弟（案：鲁迅和周作人两人）到外婆家去避避。”

“怕牵连被难”，透露出一种对于实际性后果的担忧，其含义绝非“环境不合适”而已。

朱忞等编著的《鲁迅在绍兴》中有一句：

> “周家怕株连到孩子”，“使得鲁迅全家人心惶惶，为了免遭株连，男人们便纷纷外出避难”。

株连与牵连的意思相近，内涵却有不同。牵连是个宽泛含糊的词，株连却是个含有法律性质的词汇。

说得最透彻的，是下面这段话：

> 周建人同志和周冠五先生都说案子发生后，不但鲁迅祖父逃走了，而且连家里的其他男人也逃走了，包括

少年鲁迅在内。因为清朝的法律，一人犯法逃走，就要捉其他的男人去抵押的。（张能耿著《鲁迅早期事迹别录》）

“鲁迅祖父逃走了”，这个情节的真伪先不去管它；清朝是否有上述“抵押”法律，或即使有，其执行，尤其是在清末光绪时期的执行情况如何，也权且搁置一边。上面这段话，至少给出一份说明，即为何祖父周福清犯案坐牢，孙子鲁迅要去避难。看来，鲁迅这回的避难，并非只因为祖父坐牢，孙子就得“顺理成章”地去避难，或者如周作人所说，“怕纷乱的环境不合适”，而是有切切实实的担忧和躲避。

《乡土忆录——鲁迅亲友忆鲁迅》（周芾棠编撰）书中，提供了一个容易被人忽略的细节：

鲁迅这时在三味书屋，饭都是家里拿去吃的，恐怕牵连。

这可以看作是避难的预演，或初步的避难。

避难，意味着躲避风险。鲁迅第一次避难，风险有多大?

站在事后和旁观者的角度看，鲁迅第一次避难的风险几乎为零。

为什么这么说?

周福清科场贿赂案发，被捕入狱，后被判斩监候，在当时是一件轰动一时的大事，以至于后来的《清史稿》编撰者，还把它写入了《德宗本纪》。这件由皇帝亲自改判的案件，带给整个周家台门，当然首先是周福清一家人以极大的震惊和恐惧。然而，没过多久，这种震惊和恐惧就渐渐平复下来。几年后，周家人忙于家事，竟然忘了还有一位在杭州坐牢的祖父。[1] 造成这种戏剧性变化的原因，跟清朝当时的最高政治生态，和人们——主要是官场中人——对当时科举考试实际状况的某种共识有关。[2] 正是在这种背景下，被判斩监候的周

---

1 《鲁迅故家的败落》（周建人口述，周晔编写）151 页：“这一年（1898 年），家里出了这么一件大事情（指四弟椿寿的夭亡），却把祖父给忘记了，等事情办完后一想，还有祖父呢，他怎么（样）了？”

2 周福清出人意料地被光绪皇帝改判为斩监候，明显是这位年青而苦闷的皇帝积蓄已久（光绪四岁登基，在位已近二十年）的政治心理的一次借机发作。从光绪的心理轨迹来说，改判周福清为斩监候，几乎可以看作是四年后“百日维新”的一道影子先声，而且它们同样很快地失效和失败了。

从房兆楹和朱正的文章（房文题为《关于周福清的史料》，原载 1957 年 12 月 31 日台湾出版的《大陆杂志》，转见于《鲁迅研究资料》7；朱文题为《周福清科场案述略》，见朱著《鲁迅回忆录正误》），可以清楚看到，周福清被判斩监候前后，上至刑部尚书，御史，下到浙江巡抚，杭州知府（可能还包括苏州知府），以及绍兴知县，对于周福清的案件，不仅没有一人落井下石，反而处处可见为之开脱之言辞。这是因为，当时一般社会，尤其是官场中人，十分清楚科举考试的状况，已经败坏到什么程度。周福清欲行贿赂，固然并非正道，但因此被判斩监候，却足以令人震骇。御史林绍年在奏折中说：“窃维近来考事，风气卑坏，弊窦丛生，外间所传，令人骇怪。风闻浙江一案周福清所供，交通关节者已不止一科。京闱乡会试，舞弊幸中者更指不胜屈。毫无顾忌，一至于此，良可慨矣。”（转见于朱正文）这是真正的实话实说。光绪皇帝后来的自身难保，和官场中的这种共识，是周福清最终得以不死的根本原因。

从某种角度说，幽闭于深宫的光绪皇帝在十九世纪末的一次政治“喷嚏”，却成为了二十世纪初文化思想鲁迅诞生的“第一推动力”。

福清最终没有被杀头。[1]不仅如此，周福清在杭州坐牢期间，待遇也颇为不错，可以订报、看书、写信，还有妾室和儿孙陪侍。七年后，趁着“庚子事变”造成的一个不是机会的机会，周福清安然无恙地回到了绍兴家中。

主犯如此，与案情私毫无涉的孙子鲁迅，又会有怎样的风险？

案发之初，周福清曾逃匿上海，官府随即扣押了周福清的长子（“抵押”一说，或与此有关），也就是鲁迅的父亲周伯宜，并革去了周伯宜的秀才身份。前引《鲁迅早期事迹别录》中的一段话——即“不但鲁迅祖父逃走了，而且连家里的其他男人也逃走了”——恐怕并非事实。如果周伯宜也逃走了，官府应该没那么快能抓到他（迄今未见有周伯宜逃走的资料证明）。随着周福清很快投案自首，官府也就释放了周伯宜，以后也不再有追究（官府对于周伯宜的扣押和处理，不完全只是因为他是周福清的儿子，从案件本身来说，周伯宜不说是涉案人员，起码也是事件的利益相关人，贿赂若成，周伯宜首先得益，所以，官府对他的扣押和处理，就不能简单看作是牵连或株连）。周伯宜之外，周福清另有幼子周伯升，现有资料中也没有看到有周伯升逃走的证明。不仅如此，周

1 清朝的斩监候与如今的死缓之间，存在某种渊源关系。但相较其实际执行情况，斩监候似更为复杂。简言之，如今的死缓，通常情况下，几乎是免死的代名词；而清朝的斩监候，最终处死的比例，显然要更高。鲁迅《且介亭杂文·隔膜》中有一句，“而运命大概很悲惨，不是凌迟，灭族，便是立刻杀头，或者‘斩监候’，也仍然活不出。”把斩监候排在了“活不出”之列。

建人的书里还写到，周伯升听说周福清被判斩监候，哭嚷着要替父亲去杀头的情景。从血缘和伦理关系上说，如果案件真有牵连或株连，那周伯升肯定比鲁迅先要受到牵连或株连，而事实是，周伯升不但没有去避难，周福清坐牢期间，还和庶母（周福清的姨太太）一直在杭州陪侍，直到他先鲁迅一步考取南京水师学堂并去就读，才换由周作人顶替他去陪侍周福清。

周伯宜兄弟外，鲁迅家里当时还有两位男丁。一是尚在襁褓之中的四弟椿寿，一是比周作人小三岁的周建人。如果周作人背负风险需要避难，那周建人怎么就没有风险，无需去避难呢？

所以事后来看，鲁迅的第一次避难，从实际风险的角度说，是一次不必要的避难。

但这次避难，却是鲁迅平生避难时间最长的一次。从1893年的八九月间，直到来年的清明时节，鲁迅和周作人哥俩，才重新回到绍兴城的家中。

这次避难，也成为鲁迅生平的一段重要经历。周作人后来撰文说："这个刺激很不轻，后来又加上本家的轻蔑与欺侮，造成他的反抗的感情，与日后离家出外求学的事情也是很有关联的。"（《鲁迅的青年时代·避难》）

纵观鲁迅一生，周作人这个说法，还是有点轻描淡写了。

二

1898 年，鲁迅去南京上学。1900 年，中国北方爆发了“义和团”运动。

“义和团”的风声也波及到了江南，周建人的书里，有具体的描述。家里人向在南京的鲁迅询问情况，鲁迅回信说：“拳匪滋事是实，并无妖术。”

之后不久，在绍兴的周作人收到在江南水师学堂任职的叔祖周庆蕃来信，信中说：“江南信息不佳，遣伯文叔先归，日后当同升叔、大哥由内河而走，盖长江有交战之信也。”（《周作人日记》1900 年农历七月十四，公历 8 月 8 日）

随后几天，周庆蕃的长子伯文果然先回来了。

但鲁迅和伯升、周庆蕃他们没有回来。由于著名的“东南互保”的缘故，长江流域没有发生战事，所以鲁迅他们当时没有回绍兴。鲁迅回到绍兴，已是年底的寒假里。

鲁迅他们虽然没有回绍兴，但有其他人从外地回来了。据周作人当年《日记》以及后来的叙述：

> “八月初九日，晴。阮立夫兄自金陵回绍，得大哥初三日函。”阮立夫名文鼎，为阮梦庚的从弟，在水师学堂，与伯升同班，这回大概也是同伯文一样，回家来避难的。（《鲁迅小说里的人物》附录《旧日记的鲁迅》）

伯升也是在年底回到绍兴的。回来后，周建人问他，为什么早几个月说要回来，又不回来，伯升解释说：

> 那时，只听得人说拳匪要杀二毛子，水师学堂的师生都是二毛子，至于教员，更有不少洋人，水师大多是英国人，陆师大多是德国人，当然是义和拳攻击的目标。学校下达命令要加紧操练，如拳匪来攻，就开枪，学生天天一早打靶，实弹三枪都打中的话，就吹洋号；打不中，再练。军械库里的武器都拿了出来，发给教师、同学，大家轮流值班。操场里有两支桅杆，很高，就作为瞭望台，每天派人爬上去，如发现拳匪，就吹号，大家紧急集合，准备拿枪射击。可是，义和拳没有来攻，紧张了个把月，没有消息了，枪又放回军械库。所以他也不必回家逃难了。

按伯升这个说法，鲁迅也应该属于“二毛子”，就是鲁迅后来小说里说的“假洋鬼子”。

鲁迅那时已由水师学堂转入陆师学堂所属矿路学堂，学堂情形，跟伯升所在的水师学堂应当相近。如果南京当时也出现“义和拳”现象，并发生战事，鲁迅要么随叔祖回家避难，要么像伯升所说，在校武装训练和保卫，舍此还能有什么选择?

关于鲁迅对“义和拳”的态度，1912 年 6 月 27 日的《鲁迅日记》，有这么一则记载：

下午假《庚子日记》二册读之，文不雅驯，又多讹夺，皆记拳匪事，其举止思想直无以异于斐、澳野人。齐君宗颐及其友某君云皆身历，几及于难，因为陈述，为之瞿然。

这段文字并不晦涩难解，但它曾经被包括许广平在内的众多人士误读，把鲁迅的本意完全颠倒了。

“庚子事变”十二年后，犹“为之瞿然”！可以想象，1900年在南京的鲁迅，如果没有回家避难，而是留在学校，假如确如伯升所述，遭遇到“义和拳”的进犯，他会怎样面对？时年20岁的周树人，会不会平生第一次扣动板机，射出防卫的子弹？[1]

1900年，鲁迅经历了一次后来中止的避难。

三

辛亥革命发生时，鲁迅正好在绍兴。

王金发是当时绍兴的都督，也就是军政一把手。

---

1 矿路学堂附设于江南陆师学堂内，《刘坤一集　拟设农工商矿学堂片》中，有“于陆师学堂内添矿路学一斋”之句。鲁迅在矿路学堂所获毕业《执照》，为陆师学堂《执照》，《执照》上印有陆师学堂字样。《鲁迅故家的败落》第161页，周建人写鲁迅庚子年（1900）寒假自江南陆师学堂回家过年，“穿着一身制服，……，五十伯说‘这是兵’，伯文

鲁迅跟王金发之前认识。《朝花夕拾》里《范爱农》写到鲁迅在日留学期间，去横滨迎接徐锡麟、范爱农等人，据说王金发也在其中。假如鲁迅确实加入过光复会，那他和王金发就是同一阵营里的革命同志和战友。

所以，鲁迅跟王金发是熟人，或者还是同志，尽管王金发带兵到绍兴时，鲁迅已经辞去绍兴府中学堂的职务，但他还是带领府中学生亲自去城郊迎接王金发入城。

鲁迅对王金发率军来到绍兴，先是欢迎，后是合作，最后起了矛盾。

《范爱农》里有一大段：

> 这样地骂了十多天，就有一种消息传到我的家里来，说都督因为你们诈取了他的钱，还骂他，要派人用手枪来打死你们了。
>
> 别人倒还不打紧，第一个着急的是我的母亲，叮嘱我不要再出去。但我还是照常走，并且说明，王金发是不来打死我们的，他虽然绿林大学出身，而杀人却不很轻易。况且我拿的是校款，这一点他还能明白的，不过说说罢了。
>
> 果然没有来杀。

叔说‘这是兵’，好多人说这是兵。是的，这是江南陆师学堂附设的矿路学堂的制服，是兵。我大哥却以此为荣。”

其中没有说到避难。

接着就有谣言传来，说王金发要派人用手枪打死鲁迅，鲁迅的母亲听到这个风声十分不安，叮嘱鲁迅不要再出门去了，鲁迅并不畏惧，也不轻信，说："会捉老鼠的猫勿叫，……王金发这个人，可能真的讲过这种话，但未必真会干出这种事。"照样每天晚上提着写有"德寿堂周"的四字灯笼去学校办公，回家后还风趣地对母亲说："怎么样？又回来哉。"（《鲁迅在绍兴·鲁迅在山会初级学堂》）

叙述得颇为生动、传神，也没有说到避难。

但其实有过一次避难。

《乡土忆录——鲁迅亲友忆鲁迅》里《骂都督》一节，详细讲述了鲁迅与王金发冲突的前后情形：

> 针对王金发及其"军政府"在绍兴的一些行径，鲁迅在《越铎日报》上发表过一篇讽刺文章，王金发看后大发雷霆，说："豫才是什么东西，给他好看好看"。有位叫徐叔荪的把情况告诉鲁迅的学生宋紫佩，宋紫佩于是叫自己堂弟宋子俊送信给鲁迅。

据宋子俊老先生回忆，这送信的事，大约是一九一二年的二月上旬，这天信送到鲁迅先生家里，已是傍晚的时候。鲁迅先生正和范爱农在小堂前吃酒谈天。宋老先生说："我把信交给鲁迅先生，他拆开一看，眉头一皱，就放在桌子上了。

并厉声说：‘我料他不敢！’”宋子俊问鲁迅先生，有没有回信叫他带回去？鲁迅先生说：“告诉宋紫佩，谢谢他。但是我不怕，我不走！”范爱农一看这情景，就把信取过去看了。爱农看来信，也是竭力劝鲁迅先生：“王金发是武官，骂过完了。但王金发手下的一批嵊县人，靠不住，可能真的会动一动手脚。还是当心一点好，避一二天再说。”鲁迅先生听了范爱农的话，就笑笑说：“好，依你话！依你话！”稍微转动了一下身子，又对宋子俊说：“不过明天稿子还是照常拿。什么地方拿，你明天问我母亲好了。”第二天，宋子俊去，鲁迅先生的母亲鲁老太太告诉他，鲁迅先生到皇甫庄附近的一个村子里去了。

有资料说，王金发在督绍兴期间，“好吃好杀人好赌好色好穿”，并曾“先后杀了五十几个人”，其中不少是他亲手处决。[1]

虽然鲁迅认定王金发不会杀他，但大概鉴于上述情形，鲁迅听从了范爱农的劝告，再次到舅父家所在的皇甫庄去避难，这是鲁迅第二次在皇甫庄避难。

所谓，宁可信其有，不可信其无。

这是一次以防万一的避难，也是一次不太为人所知的避难。

1　岑梦楼《王金发》，上海华洋书局出版，裘孟涵《王金发其人其事》，载《浙江辛亥革命回忆录》，均转见于章念驰《面壁集》（中国社会科学出版社，2008 年）

四

1912年鲁迅随教育部北迁北京。鲁迅到京后的第五年，遇上了“张勋复辟”，于是鲁迅在京城经历了第一次避难。《鲁迅日记》简略而完整地记下了这次避难的全过程。

> 七日　晴，热。上午见飞机。午齐寿山电招，同二弟移寓东城船板胡同新华旅馆，相识者甚多。

周作人当年4月1日到北京（就职于北京大学），7月1日碰上了“复辟”。

> 从七月一日复辟之日起，北京城开始了骚乱中的人员流动。

吕云松、朱火鑫编写的《“辫帅”张勋外传》中，有一段当时情景的描写：

> 从七月一日起，北京市民纷纷离开京城，京奉、京汉两线火车，无不超载，出现了通车以来最严重的壅塞，仅一、二两日的票款，就达七十五万元。

张勋复辟后，时在天津的段祺瑞迅速组织人马，讨伐张勋。

7 月 3 日在马厂誓师，次日发布讨伐张勋的通电和檄文。“讨逆军”兵分两路，沿京津、京汉铁路向北京进逼。7 月 5 日，双方正式交火，但无伤亡。6 日，南苑航空学校轰炸丰台，这是中国战争史上的首次空袭，也应该是鲁迅第一次看到飞机。据说空袭炸伤了一名轿夫，炸死了一条狗。7 日，双方发生廊坊之战，也没有伤亡。当天，“讨逆军”攻占丰台，张勋的“辫子军”大败，由丰台退入永定门，退进北京城内。8 日，外围战结束。经过数日休战和敦促，12 日拂晓，“讨逆军”发动总攻，张勋中午之前逃入荷兰使馆。段祺瑞 7 月 14 日到北京，重掌政府大权。

《鲁迅日记》7 月 14 日：

晴。时局小定。与二弟俱还邑馆。

张勋复辟时，鲁迅和周作人依然住在宣武门外的绍兴会馆。绍兴会馆地处京城西南，也就临近丰台，所以鲁迅兄弟俩接受好友齐寿山安排，转移到城东的船板胡同。但从后来的战事发展来看，城东的船板胡同，其实反倒更临近了后来的主战场——天坛和南河沿（也临近东交民巷），绍兴会馆反倒远离了战区。不过船板胡同虽然更临近战场，却也并无太大危险，因为这场“讨逆”之战，正像复辟本身一样，更像是一场闹剧和游戏，基本可称之为“无伤亡战争”。从这个角度说，这场军阀之战，跟后来的战事相比，多少显示出一点类似春秋之战的特点。

有几本书中提供了这场“讨逆之战”的战场情景：

> 讨逆军士兵距大开之城门遥遥伫立，对于守门警兵，颇持友好态度。敬稍前进，警兵辄挥手，使之退后。（吕云松、朱火鑫编写《“辫帅”张勋外传》）

这是8日外围战结束后，到12日总攻之间，一段和平间隙时的情况。12日的总攻，战况又如何呢？英国《泰晤士报》驻华记者莫理循有过如下记述：

> “伤亡人数总共二十五人，多数死于流弹。”“那天没有一只鸟能够安全越过北京上空，所有的枪几乎全是朝天发射的。”（转见于周俊旗著《百年家族段祺瑞》）

周作人《知堂回想录》中，也有几句对这场战事的叙述：

> 第一天的枪炮声很是猛烈，足足放了十小时，但很奇怪的是，死伤却是意外的稀少，谣言传闻都是朝天放的，死的若干人可能是由于流弹。（《复辟前后二》）

跟莫理循所写近乎完全一致，应当确实是当时实况。

在鲁迅经历的历次避难中，这更像是一次观剧式的避难。

鲁迅后来的名句“城头变幻大王旗”，很可能跟这次避难有关。

鲁迅在北京的三次避难，三次都跟段祺瑞有关，两次跟齐寿山有关。

五

周作人到北京三个月，碰上“张勋复辟”而避难。1919年底，鲁迅家人随鲁迅迁居北京，半年后，他们遇到了直皖战争而避难。

这两次事件和避难，都发生在当年七月。

所谓直皖战争，直，是指曹锟、吴佩孚一派，皖指段祺瑞。

这次战争前后历时五日。1920 年 7 月 14 日正式开战，18 日战事结束，皖军大败。自此，皖系军阀作为一个军事、政治集团，退出了中国历史舞台。

7 月 18 日，战事结束的那一天，溃败的皖系士兵欲退入北京城，京城骚动起来。

《鲁迅日记》18 日记：“消息甚急，夜送母亲以下妇孺至东城同仁医院暂避。”

仍然是由西城往东城去避难。

但北京城后来没有发生战事。

19 日，段祺瑞通电辞职。

《鲁迅日记》7 月 19 日："上午母亲以下诸人回家。"

这是鲁迅没有亲身加入的一次避难，恰如昙花一现。

六

"三一八"惨案后，鲁迅第三次因段祺瑞而避难。

这是鲁迅所经历的避难中，最有名的一次。避难过程最为繁复曲折的一次，精神最为亢奋的一次，也是避难期间写作最为丰硕的一次，还是一次带有恋爱气息的避难。

这次避难的背景是"三一八"惨案。"三一八"惨案中有数十人死亡，上百人受伤，这也是鲁迅之前的避难经历中未曾有过的。

避难的直接起因，是《京报》上的一篇报道。1926 年 3 月 26 日，《京报》登载消息说，段祺瑞政府已制定出一份通缉令，其中"罗织之罪犯闻竟有五十人之多"，而周树人（原注：即鲁迅）名列其中。

鲁迅当天避入莽原社。

三天后，转入山本医院（据说是有学生模样的人到莽原社"探头探脑"，疑为政府的探子）。

4 月 8 日，鲁迅回家，住了一个星期。

4 月 15 日晚，移住德国医院。（是日，冯玉祥的国民军——自 1924 年 10 月发动"北京政变"后，一直控制着北京地区——

全部退出北京。奉军占领京郊通州。齐寿山电招并安排鲁迅、许寿裳避于德国医院。）

4 月 23 日，鲁迅又开始回家居住。

4 月 26 日，离家住进法国医院。（这天清晨，邵飘萍在天桥被奉系军阀杀害。）

5 月 2 日，避难结束，回家。

鲁迅在避难期间的写作，计：3 月 26 日，《可惨与可笑》；4 月 1 日，《纪念刘和珍君》；4 月 2 日，《空谈》；4 月 6 日，《如此“讨赤”》；4 月 8 日，《淡淡的血痕中》；4 月 10 日，《一觉》；5 月 2 日，避难结束。

鲁迅避难期间，有传闻说，如果抓不到鲁迅等被通缉人，政府将扣押他们的家属，于是鲁迅托学生荆有麟把母亲和夫人朱安安排到东安饭店（在东城）。这是鲁迅母亲和夫人朱安在北京第二次避难。

避难期间，鲁迅有七八次以上，“回家一省视”，或临时住一晚。

在一个多月的时间里，鲁迅像一道影子，飘移在风声鹤唳的北京城中。不过，避难没有完全中止鲁迅的社会活动，从《鲁迅日记》可以看出，鲁迅在这段时间，有十分丰富的社会活动。

避难结束三个月后，鲁迅和许广平同车离京南下。有理由相信，鲁迅当时飘忽不定的避难身影中，已经带有恋爱的气息。

避难起初跟段祺瑞有关，后来就不再跟段祺瑞有关（段在 4 月 9 日以后，已基本失去自由，并于 20 日逃往天津），而是跟奉系军阀尤其是奉系旗下的直鲁联军有关。许寿裳干脆直接说是："一九二六年，因三一八惨案后，张作霖入京而避难。"（《鲁迅的避难生活》）

《京报》在 3 月 26 日披露包括鲁迅在内的五十人通缉令后，4 月 9 日再次刊出《三一八惨案之内幕种种》，揭露通缉名单的出笼经过。正是《京报》上的这两篇报道，成为后来包括鲁迅在内的五十人（实则四十八）被通缉一事的说法源头。鲁迅本人也曾在多篇文字中，提及被段政府通缉。但据倪墨炎先生考证，五十人被通缉一事，其实并不存在。[1]

但鲁迅当时的避难，是实实在在的。

不止是鲁迅，整个北京城，当时都陷入了一场集体性的避难潮中。有的像鲁迅这样在京城里不停地移动，有的逃出北京，如蒋梦麟，朱家骅，胡适乘机去了英国，刘半农也曾加入避难行列。邵飘萍被杀后，《社会日报》主笔林白水于 8 月 6 日被直鲁联军枪杀，所谓"萍水相逢百日间"。7 日，《世界日报》主笔成舍我被捕，《民立晚报》主笔成济安事前逃走。这是袁世凯死后，北京城最为恐怖、人心惶惶的一段岁月。风声鹤唳，草木皆兵，喋血街头，再次成为北京城里真实骇人的景象。鲁迅后来说，那时的北京，也真黑暗得可以。鲁

1　倪墨炎《鲁迅遭段祺瑞政府"通缉"的真相探讨》（2007 年 1 月 14 日上海《文汇报》）；《鲁迅是否遭段政府"通缉"再探讨》（上海《文汇报》2008 年 3 月 9 日）

迅离开北京南下半年多，李大钊被张作霖父子送上了绞刑架。

不过，据倪文所说，名单上的五十人，有的离家避难，有的没有，如周作人、林语堂、孙伏园、沈兼士等人，也没有遭遇到不测或非常之事。[1]

因此，对于鲁迅在这次避难期间，所面临的实际风险，理应作更具体和更切实的分析与评估，才能得出更让人信服和更具意义的结论，不至于流于空泛虚浮，像我们现在所看到的。

七

鲁迅生命的最后十年，是在上海度过的。在上海，鲁迅经历了四次避难，四次避难都跟内山完造有关。

第一次避难时间是 1930 年 3 月 19 日至 4 月 19 日，避居地点是内山书店。

1930 年 2 月 13 日的加入“中国自由大同盟”和同年 3 月 2 日加入“中国左翼作家联盟”，是鲁迅人生的重要节点。鲁迅在上海的第一次避难，就发生在这之后不久。

避难的原因，据一种流传很久、很广的说法，是因为鲁迅参加了“中国自由大同盟”，因此遭到浙江省党部呈请国民党中央而被通缉。像被段祺瑞政府通缉一样，这种说法在

1　倪墨炎《鲁迅是否遭段政府“通缉”再探讨》。

鲁迅笔下也多次出现。但同样据倪墨炎考证，最后的结论是：事出有因，查无实据。[1]

“查无实据”，就是并无其事。

因此，这也是一次传言背景下的避难。

曾经跟鲁迅有过书信联系（鲁迅还给他写过一幅诗作），又被鲁迅点名批评过的浙江文人黄萍荪，有过相关文字叙述：

> 为了通缉这件事，特往信上的所谓浙江党部去找熟朋友打听究竟，据说并无此案，不知鲁迅从何听来，要我写信反诘，部中高级人员并向我负责担保，鲁迅如果不信，可以请他到杭州来，看有没有人找他的麻烦。（《鲁迅与“浙江党部”之一重公案》）

黄萍荪又说他曾亲访鲁迅于内山书店，询问此事，鲁迅回答说：

> “通缉”一事，“是朋友转述的，不过照当时的情形，推想决非捕风捉影之谈，但事已过去可不提了。”[2]

黄萍荪的这两段话，未见有人证实，也未见有人证伪。

1　倪墨炎《南京民国政府是否通缉过鲁迅》，《新文学史料》2009 年第 1 期。

2　两段文字，均转见于散木《是“无耻文人”还是民国名编》，《中华读书报》。

鲁迅自己的说法，也呈现出扑朔迷离的姿态。[1]

从《鲁迅日记》来看，这次避难期间，鲁迅的状态相对来说比较轻松，期间有写字、理发、买书、看牙，适逢海婴半岁，还一起照相留念（一幅颇具特色的摄影），朋友往来更是甚密，川流不息、穿梭往来的状况，让人联想到当今广、深等商业大都会里的甲方老板。期间还频频去看屋，最后看定了拉摩斯公寓。避难结束后没多久，1930 年 5 月 12 日，鲁迅携家从景云里迁居拉摩斯公寓。[2]

应该是海婴出生未久的缘故，这次避难，是鲁迅一人避居在外。

避难期间，鲁迅还写了两篇文章，《“好政府主义”》和《“丧家的”“资本家的乏走狗”》（写于 4 月 19 日，也可能是避难结束那天回寓所作）。

这是鲁迅在上海避难期间，唯一有作品写作的一次。

第二次避难，时间是 1931 年 1 月 20 日至 2 月 28 日，避居地是日本人开设的花园庄旅馆，是通过内山完造联系住进去的。

避难的原因，是柔石的被捕。柔石于 1931 年 1 月 17 日被捕，2 月 7 日被杀。

柔石被捕时，口袋里有一张鲁迅写的便条，后来被搜出，

1　鲁迅 1930 年 5 月 24 日《致章廷谦》与同年 9 月 20 日《致曹靖华》，两次说法似有出入。

2　人民文学出版社 2006 年 12 月北京第 1 版的《鲁迅日记》（二），第 194 页注释 [1]，讹写为“后于 4 月 12 日迁入”。

并曾被问到鲁迅。柔石留下的一封信中说：

> 捕房和公安局，几次问周先生（案：原文为“大先生”）地址，但我哪里知道。[1]

这当然是柔石在故意说谎，事实上他不仅知道鲁迅的住址，而且是鲁迅家不多的常客之一。柔石与鲁迅之间，有近似父子之情。

正是考虑到此，鲁迅决定离家避难。这次是和许广平、海婴一起住在了花园庄。

柔石的被捕与被杀，并非因为他是“左联”作家，而是因为他是共产党。现已公开证实，柔石等“左联”五烈士及其他四十几位被杀青年，是由于“同一阵营”的人告密而出事的。[2]但在很长一段时间，柔石等五人仅仅被强调为“左联”五烈士，这不是一种十分准确的说法。冯雪峰写的《回忆鲁迅》中，说到柔石等人在东方饭店被捕时正在开会，鲁迅说了一句：“怎么会这样不留心！”。要是鲁迅知道（鲁迅生前是否知道？）

1　见《南腔北调集·为了忘却的纪念》。人民文学出版社 2006 年 12 月北京第 2 版在此信前的注释，释鲁迅文中所说“同乡”为王育和，实际上，这封信是写给冯雪峰的，另有一封信写给王育和。

2　赵歌东《雕像是怎样塑成的——“左联五烈士”史迹综述》，刊于《文史哲》2009 年第 1 期。贺宏亮有网文补充，题为《关于“左联”五烈士的三则材料》，证明柔石等人的被捕与被杀，确是出于“自己人”的蓄意告密，是政治宗派斗争和“借刀杀人”之计的牺牲者。

柔石他们的被捕与被杀，其实是“自己人”的蓄意告密所致，他会作何感想？这跟他所遭遇的纯属文字上的“倘有同一营垒中人，化了装从背后给我一刀，则我的对于他的憎恶和鄙视，是在明显的敌人之上的”相比，要真实得多，也残酷、血腥、龌龊得多。

有一则材料说，柔石他们被捕被杀后，许多“左联”成员都动摇而退缩了。“左联”的人数，立即从 90 多人减少到只剩 12 人。

这很真切地显示了当时的环境和氛围。但即便如此，对于鲁迅当时的风险状况和程度，仍需要作更详细、直接和具体的分析与评估。做到这一点，对于认识和把握鲁迅当时隐居性的生活状态以及鲁迅的思想和心理至关重要。按一种由来已久的说法，这种风险跟鲁迅所使用过的花样繁多的笔名有关。

这次避难时值年初，雨雪交夹。2 月 16 日是农历除夕，漫天飞雪给这次避难，平添了一种悲愤的气氛。

这次避难期间没有作品写作，只有一首旧体诗《送 O.E. 君携兰归国》（诗作内容与避难直接有关），以及一些书信，其中给李秉中的书信尤其值得关注。

鲁迅在上海经历的第三次避难，缘于“一·二八沪战”。

鲁迅在上海的第二处住所拉摩斯公寓，是鲁迅第一次避难期间看定的。拉摩斯公寓位于北四川路 194 号的，它的左边，就是日本在上海的海军陆战队司令部。

鲁迅选择居住在日本海军陆战队司令部旁边，原因之一，应该是出于安全考虑，但就像“张勋复辟”那次从绍兴会馆搬到船板胡同一样，鲁迅这次也是置身在了一个更危险的地方，确切说是战线的最中心。

从1932年1月28日的23时30分开始，“一·二八沪战”持续到3月3日才宣布停战。鲁迅的这次避难，则从1月30日至3月19日，总共49天。

从这个时间可以看出，鲁迅在开战后的一天多时间里，依然住在自己的公寓里。在家里，鲁迅差点被流弹击中。[1]

30日起，先在内山书店避居一个星期。一个星期后，内山书店也不能保证安全了（内山夫妇及店内其他日本人已先后返回日本，只留下一名叫镰田诚一的日本店员）。2月6日以后，鲁迅避居于四川中路的内山书店支店（属英租界）。3月13日，移住大江南饭店，这时战事宣告结束已有10天了。

在鲁迅经历过的全部避难中，这毫无疑问是最危险的一次。鲁迅第一次也是平生唯一一次成了真正的战争难民。从避难的角度说，它带给鲁迅的震荡和冲击也最大，可以说空前绝后。

有一篇写鲁迅与镰田诚一关系的文章，从中可以看出鲁迅在这次避难中，曾经遭遇，或者说可能遭遇到怎样的危险。

1　横地刚《鲁迅与镰田诚一》：“当二十八日晚鲁迅正在写作的时候，书桌面对着司令部，突然电灯全行熄灭，……隐隐听到枪声，由疏而密，鲁迅在晒台上，看见红色火线穿梭般在头顶掠过，急忙退至楼里，鲁迅的书桌旁边，一颗子弹已洞察而入，这时危险达于极点。”引文中的最后一句，来自许广平的《鲁迅回忆录》。

鲁迅所住的北四川路成了中国军队向日本陆战队射击的集中地。

仅二十九日一天，（日军）就“处刑便衣队（中国军民）三百人”；

三十日天刚微明，日军也来到鲁迅的公寓检查。因为公寓这边有人朝日军司令部开枪，所以嫌疑是无法避免的。

结果使宝山路和淞沪铁路一带化为废墟。……战线包围了虹口、闸北一带，特别是虹口、北四川路，都变成了死与恐怖之街。

2 月 16 日、17 日炮击激烈，一天就有一百五十发炮弹。21 日、22 日更加激烈，北四川路、施高塔路、狄思威路等日本人所在的街道上，几乎连足迹也烧毁了。

2 月 22 日，诚一在拉摩斯公寓（案即鲁迅家中。鲁迅全家撤离后，由镰田诚一代为看守）给寿（镰田诚一的哥哥镰田寿，也是内山书店职员）写信，其中有这样的话：“二十二日半夜，我住在拉摩斯公寓，附近每三十秒落下一颗炮弹，这次恐怕得把命送掉。……一百一十发，一百十一发，我数着，想到自己生命的最后一刻。”[1]

战乱中，仅仅是出于偶然的一瞥，内山完造搭救了被日军和日本自警团逮捕的周建人一家。当时只要被日军和日本自警团抓住的中国人，大部分都被杀害了。[2]

1　横地刚作，王惠敏译《鲁迅与镰田诚一》，刊《鲁迅研究资料》14。

2　《内山完造 < 花甲录 > 中有关鲁迅的资料》，载《鲁迅回忆录》（散篇）下册，中跟上次避难期间一样，鲁迅在这次避难中也没有任何作品的写作，甚至连基本上从不间断的日记书写，也因此中断了一个多月。鲁迅自1912年以后的日记，只有两次出现中断情况，一次是晚年生命垂危时，即“颇虞淹忽”的那段日子[1]，另外就是这次避难期间。

《鲁迅日记》3月19日：“遂于上午俱回寓，夜补写1月30日至今日记。”

鲁迅在这次避难期间，尤其是避难结束后，写有大量书信，对此次战事及避难多有言说，其中写给李秉中的信，仍然是最值得关注的一封。

后来补记的《鲁迅日记》中，有一次“饮酒颇醉”的记录，反映出鲁迅在避难期间，某种近乎异常的心理迹象。

鲁迅在上海的第四次避难，是1934年8月间，内山书店有两名店员被捕，同样是担心被泄露住址和行踪，23日起，到9月18日，鲁迅再次离家避居，住进了千爱里内山完造的家里。两名店员被释放后，鲁迅也就随即回家了。

这次避难期间，鲁迅也没有写作任何作品，但书信照常，书信中以淡淡的，看似还有点欣快的语气，提到自己“不在家”，给人一种习以为常、闲庭信步的感觉。

第三次和第四次避难之间，1933年6月18日，“中国

有；“因为当时有一种传言说，抓来的人，陆战队不可能一一地审问，统统都在底下传来传去的过程中被暗暗杀掉了。”

1　《鲁迅书信》，1936年6月19日《致邵文熔》。

民权保障同盟”总干事杨铨（杏佛）被国民党蓝衣社特务杀害。鲁迅也是“中国民权保障同盟”成员，杨铨被杀后，又传出一份“黑名单”，鲁迅也名列其中，于是有人劝鲁迅要小心。同时报纸上很快登出“确讯”，说“鲁迅赴青岛”。（《伪自由书·后记》）

但鲁迅这次没有去避难。不仅如此，杨铨被杀后第三天，鲁迅冒雨和好友许寿裳一道，前往殡仪馆为杨铨送殓，并对林语堂的缺席，表示了自己的看法“其实，他去送殓又有什么危险！”（冯雪峰《回忆鲁迅》）（实际上，林语堂参加了之后杨铨的下葬仪式）

> 不能漫谈，虽觉遗憾，但手枪子弹穿进脑子里，则将更遗憾。

这是鲁迅在杨铨被杀后，给增田涉信中说的话。

对于这种来自国民党和国家机器的威胁与危险，鲁迅曾有过一番评述：

> 我在和国民党周旋，但结果还是我胜利了，为什么这么说呢？国民党现在对我施加压力，所以谣传我被车撞死了，可是一般人都认为我是被国民党杀害的，这是有损于国民党的声誉的，因为国民党尽管要对我施加压力，但是还不打算杀掉我。（原胜《紧邻鲁迅》，见于《鲁

迅研究资料》14）

这是鲁迅晚年的总结，因为原胜（案：即浅野要）跟鲁迅相识，是在大陆新村。《鲁迅日记》中第一次出现浅野的名字，是1936年1月9日。

增田涉的书中，也曾写到这一点：

> 他（鲁迅）说过，虽然对我发出逮捕令，但是在政府和国民党里，有我的老朋友，大概是不会被捕的。不过地方的省政府、省党部下面的党徒会做出什么事情来，却不知道了，所以不能不警戒。（《鲁迅的印象·鲁迅在敌人面前的兀傲姿态》）

鲁迅的这一判断，是否牢靠，恐怕很难说。蓝衣社（即复兴社）并不是地方的省政府或省党部之类的党徒，而是中央级的机构。邓演达被蒋介石抓住时，也认为自己不会被杀，结果却正相反。[1]

对于鱼肉来说，刀俎的意志，是难以逆料的。

---

1 杨天石主编《民国谈史》（上册），《邓演达被捕实情》（作者：陈漱渝），中共中央党校出版社，2008年版；

九

1927 年 2 月，鲁迅从厦门到广州后不久，因为中山大学还没开学，于是受邀到香港作了一次演讲。鲁迅之后写了一篇《略谈香港》，文章中说到一件被鲁迅称为“笑话”的趣事：

有一个船员，不知怎地，是知道我的名字的，他给我十分担心。他以为我的赴港，说不定会遭谋害；我遥遥地跑到广东来教书，而无端横死，他——广东人之一——也觉得抱歉。于是他忙了一路，替我计画，禁止上陆时如何脱身，到埠捕拿时如何避免。到埠后，既不禁止，也不捕拿，而他还不放心，临别时再三叮嘱，说倘有危险，可以避到什么地方去。

鲁迅最后总结说：

三天之后，平安地出了香港了，不过因为攻击国粹，得罪了若干人。现在回想起来，像我们似的人，大危险是大概没有的。

写到文章后面，鲁迅又拐回来一句：

我现在还有时记起那一位船上的广东朋友，虽然神经过敏，但怕未必是无病呻吟。他经验多。

这是他人为鲁迅设计的一次预备型避难。

另一次是鲁迅自行设计的。

鲁迅的学生兼好友李霁野1936年写的《忆鲁迅先生》一文中，有这样一段叙述：

> 先生（鲁迅）故作庄重的向F君（冯雪峰）说，你们来到时，我要逃亡，因为首先要杀的恐怕是我。F君连忙摇头摆手地说：那弗会，那弗会！

这种预言式的逃亡，算不算一次预想中的避难？

2011年12月31日初稿

2019年3月11日改定

鲁迅自己的两面之词

两人争执，容易各执一词；一人说话，也有前后不同。普通人是这样，鲁迅也不例外。

下面是我找到的几个例子。

一、关键词：国粹

> 中国国粹、虽然等于放屁，而一群坏种要刊丛编，却也毫不足怪。……敝人当袁朝时、曾戴了冕帽出无名氏语录、献爵于至圣先师的老太爷之前，阅历已多，无论如何复古，如何国粹，都已不怕。但该坏种等之创刊屁志，系专对《新青年》而发，则略以为异，初不料《新青年》之于他们，竟如此其难过也。然既将刊之，则听其刊之，且看其刊之，看其如何国法，如何粹法，如何

发昏，如何放屁，如何做梦，如何探龙，亦一大快事也。国粹丛编万岁！老小昏虫万岁！！（鲁迅《致钱玄同》）

这封信写于1918年7月5日。

《蹇安五记》见赠，谢谢。但纸用仿中国纸，为精印本之一小缺点。我亦非中庸者，时而为极端国粹派，以为印古色古香书，必须用古式纸，以机器制造者斥之，犹之泡中国绿茶之不可用咖啡杯也。（鲁迅《致曹聚仁》）

这封信写于1935年1月17日。

同一个名词，前者加之以“放屁”，后者自承为“极端国粹派”。两封信的书写时间，相差近17年，但这不等于说，17年前的鲁迅，是个“国粹‘放屁’”派，17年后成了“极端国粹派”。终其一生，鲁迅对于国粹的态度，几乎没什么变化，就是说，一开始（至少可以从1918年算起）鲁迅就是集“国粹‘放屁’”和“极端国粹派”于一身的，晚年也依然如故。这要看“国粹”一词如何理解？用在什么地方？用意如何？如果你看到鲁迅说“国粹‘放屁’”，就忘了他的“极端国粹派”，或者听到他说自己是“极端国粹派”，就忘了他的“国粹‘放屁’”说，那是你偏颇了。

顺便说一句，鲁迅给钱玄同的信里说“一群坏种要刊丛编”，指的是刘师培等人计划复刊《国粹学报》和《国粹汇编》，信里还有一句“奉卖过人肉的侦心探龙做祭酒”，说的也是刘师培。但在1927年所作《魏晋风度及文章与药及酒之关系》里，鲁迅却几次提到刘师培的名字，“辑录关于这时代的文学评论有刘师培编的《中国中古文学史》。这本书是北大的讲义，刘先生已死，此书由北大出版。”“上面三种书（其中之一是刘师培的《中国中古文学史》）对于我们的研究有很大的帮助。能使我们看出这时代的文学的确有点异彩。”“我今天所讲，倘若刘先生的书里已详的，我就略一点；反之，刘先生所略的，我就较详一点。”

二、关键词：旧历年

> 我不过旧历年已经二十三年了。(《花边文学·过年》)

这句话写于1934年2月15日。换算一下，就是说，鲁迅从1912年（即中华民国元年）起，就没有过旧历年了。

这话大体确实可信，但也不能看得太绝对，滴水不漏。

看《鲁迅日记》，1920年的旧历除夕，是过了的。

> 晴。休假。旧历除夕也，晚祭祖先。夜添菜饮酒，放花爆。徐吉轩送广柑、苹果各一包。

记述得很简单，但过年的“花样”基本具备：祭祖，夜添菜饮酒，放花爆，还收了同事的新年贺礼。

为何1920年会有这种过年景象？之前（1912年以来，直到1919年）好像没有。

原因很容易想到，1919年年底，鲁迅回老家把母亲、夫人及周建人一家，全都接到了北京，跟已先行搬入八道湾的周作人家团聚一处，从此算是定居北京。三兄弟异地飘蓬多年，终于又和母亲、家人合为一家，即使从母亲的心愿来说，年（旧历）也应该要过一下的。

1922年的除夕，应该也过了。

《鲁迅日记》中1922年的部分，因为后来许广平的被捕而遗失。鲁迅研究专家马蹄疾先生根据一些相关资料，对1922年的鲁迅日记重新进行钩辑、考订、整理和复原，下面是马蹄疾的“复原”结果：

> 旧除夕也，晚供先像。柬邀孙伏园、章士英晚餐，伏园来，章谢。夜饮酒甚多，谈甚久。

过年的“花样”依然略备：祭祖，邀请同乡亲友来家一起吃年夜饭（肯定也得添菜饮酒）。最值得注意的，是“谈甚久”。马蹄疾的“复原”，主要依据的是《周作人日记》。《周作人日记》1922年除夕的记载是：

旧除夕。晚供祖像，分岁闲谈，至十二点始睡。

“分岁闲谈，至十二点始睡”，分明是守岁的意思。守岁正是传统过年习俗之一。

如此，1920 年和 1922 年的除夕，鲁迅他们在八道湾，是过了的。虽然看来没有大操大办，但应景是必须的。既然 1920 和 1922 年都过了除夕，1921 年没过吗？是的，没过。原因是周作人生病了。从 1920 年底，一直到 1921 年 9 月，几乎一直在西山养病，把鲁迅忙得够呛，可以说心力交瘁，后来小说《兄弟》写的就是这件事，里面有担心弟兄身后事处理的情节。所以，过年也就无从谈起了。要不然，我想 1921 年的除夕，鲁迅他们照例也会过的。

1923 年 7 月，鲁迅兄弟失和。但过年是在年初，他俩《日记》里有记载吗？《鲁迅日记》完全是“痕迹全无”，连提都没提一句（以前有时会提一句）。《周作人日记》则有“旧除夕，晚祭祖”的字样，给人以“例行公事”的感觉。

1924 年的农历除夕，兄弟俩已经失和，各自分居。《周作人日记》里是“旧除夕，晚祭祖”六个熟字，但有了一种“人去楼空”的感觉。《鲁迅日记》里也是一句话：

旧历除夕也，饮酒特多；

此时无声胜有声。

这个除夕夜，鲁迅和夫人朱安是在砖塔胡同临时租住的房子过的。

除此以外，鲁迅在京期间，从《鲁迅日记》以及其他资料来看，确实没有过过旧历年。过年的“过”，是有特殊含义的一个字，并非吃饭喝酒，就算过年。1917 年除夕，《日记》里有一句，“夜独坐录碑，殊无换岁之感”。

这种状况，跟鲁迅当时的思想状况有关。

中华民国成立后，宣布废除旧历，鲁迅在思想和心理上都是赞成的，这一点见于他的各种文字，也体现在他的实际生活中。

1919 年 4 月 30 日，鲁迅给钱玄同写信，落款处以谐谑的笔调，大开夏历和公历的玩笑，发明出一个词：“夷歪”，来跟“夏正”对照，对中国旧历极尽调侃、揶揄之能事。

同年发表的《随感录》里，鲁迅引他人著作里的话，“他若贺阳历新年者，复贺阴历新年；奉民国正朔者，仍存宣统年号。一察社会各方面，兼无往而非二重制。即今日政局之所以不宁，是非之所以无定者，简括言之，实亦不过一种‘二重思想’在其间作祟而已。”认为说得“很透澈”，并加结论说：“要想进步，要想太平，总得连根的拔去了‘二重思想’。”实际就是要去掉旧历，只用新历。

但到了 1926 年年初，鲁迅的年历思想起了一点变化，他说自己“近来对于年关颇有些神经过钝了”，意思是，对于旧历固然早已无动于衷，对新历也“不觉得怎样”。鲁迅对新旧年历，开始有了点一视同仁的意思。

国民党经北伐统一中国后，再次宣布，自1929年1月1日起，全国使用公历，同时废除旧历和禁过旧年。一年后，鲁迅写了一篇题为《习惯与改革》的杂文。这是一篇专门谈论年历改革的文章，是一篇相当“正经”的文章，堪称“正能量”！作者站在改革的立场，却着力强调了改革必须知道民众的习惯和风俗，否则任何好意的改革，都只能归于失败。这篇杂文在肯定年历改革大方向的同时，透露出鲁迅对于新旧年历在思想和心态上的某种自我“反动”，预示着鲁迅在新旧年历一事上，有向“民众的习惯和风俗”靠拢或者说回归的迹象。

于是，我们在1933年的《鲁迅日记》里，看到了这样的记载：

> 旧历除夕也，治少许肴，邀雪峰夜饭，又买花爆十余，与海婴同登屋顶放之，盖如此度岁，不能得者已二年矣。

“不能得者已二年矣”，指的是1931年和1932年。1931年1月17日，柔石被捕，2月7日被枪杀。鲁迅从1月20日起到2月28日，携家眷避居在旅馆。2月16日是农历除夕，身在旅馆的鲁迅一家三口，“托王蕴如（周建人夫人）制肴三种，于晚食之”。无论如何，这都不能算是“过年”。

1932年除夕，鲁迅遭逢“一·二八沪战”。鲁迅携全家避难于内山书店（分店），在书店的地板上，席地而卧地度过了旧历年的年初一，“旧历元旦。昙。下午全寓中人俱迁避英租界内山书店支店，十人一室，席地而卧。”（之前五天包括除夕日的日记失记，情形可想而知。）

所以，当1933年除夕到来时，有劫后余生之感的鲁迅，跟海婴一起，度过了一个久违的欢快的除夕夜晚。

1934年初，南京国民政府宣布停止强制废除阴历，民间又可以名正言顺地过农历春节了。

> 上海已渐温暖，过旧历年之情形，比新历年还起劲。（《致姚克》1934年2月11日）

> 这回却连放了三夜的花爆，使隔壁的外国人也‘嘘’了起来；这却和花爆都成了我一生中仅有的高兴。（《花边文学·过年》，写于1934年2月15日，13日为除夕）

此时的鲁迅，已经完全站在为旧历年辩护的立场上，就像一辆重新上路的“老爷车”，鲁迅过旧历年的玩兴，显得更加盎然。到了下年，即1935年，鲁迅过旧历年的借口，也进一步地提高了理论档次。

> 今年爆竹声好像比去年多，可见复古之盛。十多年前，我看见人家过旧历年，是反对的，现在却心平气和，觉得倒还热闹，还买了一批花炮，明夜要放了。（《致黄源》

1935年2月3日）

今年上海爆竹声特别旺盛，足见复古之一斑。舍间是向不过年的，不问新旧，但今年却借口新年，烹酒煮肉，且买花炮，夜则放之，盖终年被迫被困，苦得够了，人亦何苦不暂时吃一通乎？况且新生活自有有力之政府主持，我辈小百姓，大可不必凑趣，自寻枯槁之道也，想先生当亦以为然的。（《致杨霁云》1935年2月4日）

这可以说是鲁迅一生中的最后一次过旧历年。转年到1936年年初，鲁迅的身体，日陷沉疴。当1936年的旧历新年即将来临时，头年那样的兴奋和欢喜，已不可复得。鲁迅只是在给母亲和朋友的信中，以淡淡的、平静的，看上去有点有心无力的语气，略略提到了过年的事：

上海这几天颇冷，大有过年景象，这里也还是阴历十二月底过年。寓中只买一点食物，大家吃吃。（《致母亲》1936年1月21日）

此地已安静，大家准备过年，究竟还是爱阴历。（《致曹靖华》1936年1月21日）

有一个细节，值得提一下。在鲁迅生命的最后两年，当农历新年快到来时，在给一些友人的书信中，鲁迅会顺手添上一两笔“鲁氏”俏皮语，比如1935年《致孟十还》，落款“并贺年禧”，年字后面插入“旧的”两字，还有二月四日＝正月元旦。同日《致杨霁云》结尾的“并颂年禧”的年，是鲁迅自创的合体字，即左边一个繁体旧字，右边一个年；给其他友人的信中，还每每特意把夏历时间和公历时间并列合写，以示“共荣共存”。同时鲁迅在信末的祝福语，好像特别喜欢用到“禧”字，年禧之外，还有春禧。这在鲁迅以往的书信中，是极少见，或者说是绝迹的。

把这些跟十几年前给钱玄同写信时，像个活蹦乱跳的“光屁股”玩童一样，以“夷歪”一词大开夏历玩笑的鲁迅合起来看，还真有点像《在酒楼上》吕纬甫说到的蜂蝇，飞了一圈，又绕回来了。

三、关键词：梁实秋

> 《益世报》久未见，只是朋友有时寄一点剪下的文章来，却未见有梁实秋教授的；但我并不反对梁教授这人，也并不反对兼登他的文章的刊物。

这是鲁迅1935年9月12日，写给李长之信里的一段话。在新中国上过学的，应该都知道《“丧家的”“资本家的乏走狗"》这篇杂文。"走狗"而且"丧家"而且"乏"，这算不算"反对这人"？也许"走狗""丧家"和"乏"，都是就其思想言论而言，但思想言论，跟"这人"是什么关系？虽然不好说是一回事，但能说是两回事？

《南腔北调集》的《题记》里有一句话："低能好像是也可以传授似的"，话意所指，看上去很含糊，但联系前后文看，这话跟梁实秋有关，几乎应该是肯定的。

"这个家伙（指梁实秋），我怎能饶他。"（张友松《鲁迅和春潮书局及其他》，《鲁迅研究资料》第七辑）[1]

"这个家伙，我怎能饶他"，分明是奔人而去的。鲁迅为帮冯乃超而写《"丧家的""资本家的乏走狗"》，说"乃超太忠厚"，"我来帮他一把"，显然也是冲梁实秋人去的。当然也可以说，只是冲梁实秋的思想和言论而去的。

鲁迅一生笔战不断，但真正有来有往，能旗鼓相当者，并不多，绝大多数对手，都被鲁迅"一刀斩于马下"，根本没有第二回合。梁实秋不同，他跟鲁迅之间，有过"你枪来我棍往"的交锋，鲁迅也把梁实秋看作是一个对手。在《答杨邨人先生公开信的公开信》里，鲁迅特地带了一句：

> 先生似乎羞与梁实秋张若谷两位先生为伍，我看是排起来倒也并不怎样辱没了先生，只是张若谷先生比较

---

1 有一次我请鲁迅和林语堂等人吃饭，林企图替梁实秋说情，要求鲁迅不要对梁抨击太甚，鲁迅立即以严正的态度答道："这个家伙，我怎能饶他！"

> 的差一点，浅陋得很，连做一“嘘”的材料也不够，我大概要另换一位的。

这句话可以跟“我并不反对梁教授这人”，连起来读。

最后也顺便说一句，鲁迅跟梁实秋为“硬译”问题，争得针锋相对，寸土不让，但在给许广平翻译的《小彼得》写序时，鲁迅留下了这样一段话：

> 凡学习外国文字的，开手不久便选读童话，我以为不能算不对，然而开手就翻译童话，却很有些不相宜的地方，因为每容易拘泥原文，不敢意译，令读者看得费力。这译本原先就很有这弊病，所以我当校改之际，就大加改译了一通，比较地近于流畅了。（《三闲集〈小彼得〉译本序》）

这段话可以（应该）跟鲁迅有关“硬译”的文字对照看，藉以理解鲁迅所说“硬译”，究竟是什么意思。

四、关键词：邻猫生子

这词的含义是梁启超从国外引入的，浓缩为这个词，是鲁迅的“杰作”。

鲁迅在《华盖集续编》的《杂论管闲事·做学问·灰色等》一文中，对“邻猫生子”，很发了一通议论：

即使是动物，也怎能和我们不相干？青蝇的脚上有一个霍乱菌，蚊子的唾沫里有两个疟疾菌，就说不定会钻进谁的血里去。管到“邻猫生子”，很有人以为笑谈，其实却正与自己大有相关。譬如我的院子里，现在就有四匹邻猫常常吵架了，倘使这些太太们之一又诞育四匹，则三四月后，我就得常听到八匹猫们常常吵闹，比现在加倍地心烦。

所以我就有了一种偏见，以为天下本无所谓闲事，只因为没有这许多遍管的精神和力量，于是便只好抓一点来管。

总之，不为“邻猫生子”之说所阻，一定要发扬爱管闲事的战斗精神和作风。

但在鲁迅给朋友的信里，“邻猫生子”还有另一种用法：

清初学者，是纵论唐宋，搜讨前明遗闻的，文字狱后，乃专事研究错字，争论生日，变了“邻猫生子”的学者，革命以后，本可开展一些了，而还是守着奴才家法，不过这于饭碗，是极有益处的。（1934年4月9日《致姚克》）

这里“邻猫生子”的意思，约等于鸡零狗碎。所以，“变了‘邻猫生子’的学者”，意思是“乃专事研究错字，争论生日”。可见，同一个“邻猫生子”，在鲁迅笔下，地方不同，意思也不一样，褒贬各异。

这本来也没什么好奇怪的，但借此可以明了鲁迅笔法之一种。

五、关键词：喝咖啡

> 因为：一，我是不喝咖啡的，我总觉得这是洋大人所喝的东西（但这也许是我的“时代错误”），不喜欢，还是绿茶好。（《三闲集·革命咖啡店》）

在一般人的印象中，鲁迅对咖啡好像有点偏见，有点排斥，至少是不“感冒”的。有一句流传很广的鲁迅名言：“哪里有天才，我是把别人喝咖啡的时间都用在了工作上。”鲁迅在给友人的书信里，也表达过自己对于咖啡的反感和讨厌：

> 创造社开了咖啡店，宣传“在那里面，可以遇见鲁迅郁达夫”，不远在《语丝》上，我们就要订正。田汉也开咖啡店，广告云，有“了解文学趣味之女侍”，一伙女侍，在店里和饮客大谈文学，思想起来，好不肉麻

煞人也。（1928年8月15日《致章廷谦》）

在上海，五步一咖啡馆，十步一照相馆，真是讨厌的地方。（1933年10月7日《致增田涉》）

但鲁迅真的是“我是不喝咖啡的”吗？我们还是借《鲁迅日记》，来回答一下。

下午同许季上往观音寺街晋和祥饮加非，食少许饼饵。（1913年5月28日）

午同齐寿山出市，食欧洲饼饵及加非，又饮酒少许。（1913年9月2日）

午与齐寿山、徐吉轩、戴芦苓往益昌食面包、加非。（1914年1月10日）

午后同齐寿山出饮加非。（1914年12月7日）

午后同齐寿山、戴螺舲、许季上至益锠饮加非。（1914年12月8日）

午后往同仁医院视沛，二弟亦至，因同至店饮冰加非，又至大学。（1920年7月26日）

上午往伊东寓治齿，遇清水安三君，同至加非馆小坐。（1923年8月1日）

午后李茂如、崔月川来，即同往菠萝仓一带看屋，比毕回至西四牌楼饮冷加非而归。（1923年8月16日）

这是鲁迅在北京时期“饮咖啡”的记录，从中可以看出，咖啡和面包，曾经几乎是鲁迅和他的同事的午餐，当然更多时候，只是一种休闲方式。（鲁迅在北京时期，如此欧化的生活方式，估计要出乎很多人的意料）。到上海后，《鲁迅日记》也有到咖啡店的记载，但这时的进咖啡店，跟北京时期有所不同。北京的喝咖啡，纯属是私人生活性质的，在上海进咖啡店，多半——如果不说是全部——是因为工作的原因，而且是非同一般的工作（具有危险性的政治活动）。“左联”一些极其重要的活动，基本是在咖啡馆（著名的“公咖”）进行的，像“午后同柔石、雪峰出街饮加菲”（《鲁迅日记》1930 年 2 月 16 日），“午后同柔石往公啡喝加啡”（1930 年 6 月 5 日），都是参加“左联”活动的记录。有人说鲁迅在上海期间进咖啡馆，从不喝咖啡，只喝绿茶，我想这有可能是受了上述鲁迅在《革命咖啡馆》一文中声明的误导，对鲁迅的自我陈述，有点过于“轻信”了。像《鲁迅日记》1933 年 1 月 28 日，“午后同前田寅治及内山君至奥斯台黎饮咖啡”，也是喝的绿茶？或者只是陪人？还有魏猛克《回忆鲁迅二三事》中有段文字：“同鲁迅见面的机会就较多，有时是为左联的工作到内山书店去找他的……内山书店右边，横过马路，在北四川路转角处，是希腊人开的小酒店 Astoria。这酒店柜台前靠墙摆三张条桌，一张可坐四人，挤一点便能坐五六人。鲁迅常坐在这样的桌边与友人边喝咖啡边谈工作。”“与友人边喝咖啡边谈工作”，只是场景概况？其实喝的也是绿茶？

这真教人难以判断了。但我们看上面所引鲁迅北京时期的日记记载，可以确信，至少在北京时期，鲁迅是喝咖啡的，而且喝的，经常还是冰咖啡。

六、关键词：彩票

《鲁迅回忆录》（散篇中册）收录了吴朗西《片断的回忆》一文，文中有个片断：

> 大概是一九三六年春天的一个傍晚，我到永安公司附近去参加鲁迅先生也出席的一个宴会，我在日升楼下了电车，就跑到一家彩票店去买航空奖券。忽然有人在拍我的肩膀，我回头一看，原来是鲁迅先生，我好像一个做了错事被老师抓住的学生一样，窘得脸都红了，我找不出旁的话说，却问鲁迅先生道："先生，您买不买奖券？"鲁迅先生笑着说："我从来不买发财票。"

还是《鲁迅日记》：

> 午后在月中桂买上海竞马采票一张，十一元。（1924年4月25日）

第二天的《日记》，鲁迅记了“下午寄三弟信并竞马券一枚。”这一枚竞马券，应该就是头天买的那张了。为什么要寄给在上海的周建人呢？是替周建人买的？还是因为“上海竞马券”，所以要寄到上海去（兑奖）？

这段时间，鲁迅购买的西三条胡同新屋，已经装修到了最后阶段。一个月后的 5 月 25 日，鲁迅“晨移居西三条胡同新屋”。为了买下这座新屋，鲁迅四处借贷，期间的《鲁迅日记》，不断出现借款多少多少的记录，数目动辄数百，假如说这时候鲁迅动了买彩票的念头，并不是一件奇怪的事。

十一元一张的彩票，当然说不上是很大的数目，不过也不能说是微不足道的小数字。鲁迅有几次从北大和北师大领到的月薪，还不到十一元，大中公学给他开的的月薪是三元二角。

顺便说一下，《呐喊》中《端午节》最后一大段文字，写的就是彩票。这篇小说写于 1922 年。

七、关键词：莎剧里的群众

1934 年 9 月，鲁迅针对杜衡的一篇文章，写了一篇《“以眼还眼”》的杂文。杜衡的原文，题为《莎剧凯撒传里所表现的群众》，鲁迅摘引了其中的一段：

在这许多地方，莎氏是永不忘记把群众表现为一个力量的；不过，这力量只是一种盲目的暴力。他们没有理性，他们没有明确的利害观念；他们底感情是完全被几个煽动家所控制着，所操纵着。……自然，我们不能贸然地肯定这是群众底本质，但是我们倘若说，这位伟大的剧作者是把群众这样看法的，大概不会有什么错误吧。这看法，我知道将使作者大大地开罪于许多把群众底理性和感情用另一种方式来估计的朋友们。至于我，说实话，我以为对这些问题的判断，是至今还超乎我底能力之上，我不敢妄置一词。……

针对杜衡这段话，鲁迅又引述了俄国哲学家显斯妥夫（今译舍斯托夫）的一段话，最后给出自己的结论，结束全文：

所以，杜衡先生大可以不必替莎士比亚发愁。彼此其实都很明白："阴险而卑鄙的卡西乌斯，和表面上显得那么麻木而糊涂的安东尼"，就是在那时候的群众，也"不过是余兴"而已。

鲁迅跟"第三种人"的笔仗，对鲁迅有兴趣的人都知道，杜衡即苏汶，就是"第三种人"。鲁迅与"第三种人"的话题有点太大，我们这里只是说说《"以眼还眼"》这篇文章。在写这篇杂文的 26 年前，当时还在日本留学的青年鲁迅，写过一篇《文化偏至论》，里面有段话：

> 故多数相朋，而仁义之途，是非之端，樊然淆乱；惟常言是解，于奥义也漠然。常言奥义，孰近正矣？是故布鲁多既杀该撒，昭告市人，其词秩然有条，名分大义，炳如观火；而众之受感，乃不如安多尼指血衣之数言。于是方群推为爱国之伟人，忽见逐于域外。夫誉之者众数也，逐之者又众数也，一瞬息中，变易反复，其无特操不俟言；即观现象，已足知不祥之消息矣。故是非不可公于众，公之则果不诚；政事不可公于众，公之则治不郅。

其中“是故布鲁多既杀该撒，昭告市人，其词秩然有条，名分大义，炳如观火；而众之受感，乃不如安多尼指血衣之数言”，跟鲁迅在《“以眼还眼”》里批评杜衡的文章，说的是同一个典故。不仅如此，《文化偏至论》里的鲁迅观点，跟杜衡的观点，看上去何其相似乃尔！其中最突出的，正是对于群众盲目性的感慨，或者说，愤慨。

鲁迅写《“以眼还眼”》时，已经阅读和翻译了不少马克思主义著作，懂得了从群众的立场和角度，来反观英雄的形象。杜衡则似乎还停留在26年前的鲁迅的思想状态，结果被鲁迅轻巧地一击即中。这里要说明一下的是，鲁迅写《文化偏至论》时，是27岁；写《“以眼还眼”》的时候，杜衡即苏汶，也是27岁。

思想的变迁，不是什么奇怪的事，尤其对鲁迅来说，但通过同一个典故展示出来，可就有点无巧不成书的意思了。我想起以前看过的一部美国电影，公路旁一块尖角指示路牌，被飞驰而过的汽车撞了一下，结果方向完全掉了个个，木牌还是那块木牌，方向却完全转了 180℃。

八、关键词：乱写

这个地球上，大概没有人会否认，鲁迅是个严肃认真的作家，所以，假如鲁迅主张反对乱写，这肯定是理所当然的事。

> 随便翻翻是可以的，但必须不随便乱写！（唐弢《纪念鲁迅先生》）

这是鲁迅对青年唐弢一次很严肃的谈话。

此外，鲁迅在杂文里写过：

> 我有时候想到，忠厚老实的读者或研究者，遇见有两种人的文意，他是会吃冤枉苦头的。一种，是古里古怪的诗和尼采式的短句，以及几年前的所谓未来派的作品。这些大概是用怪字面，生句子，没意思的硬连起来的，还加上好几行很长的点线。作者本来就是乱写，自己也

不知道什么意思。但认真的读者却以为里面有着深意，用心的来研究它，结果是到底莫名其妙，只好怪自己浅薄。（《且介亭杂文·“寻开心”》

这是从读者角度着笔，对乱写的批评不言而喻。

不过，对于乱写，鲁迅也说过另一番话：

我想你还是到东京去写作好，即使是胡乱写写也好，因为不乱写就不能有所成就。等到有所成就以后，再把乱写的东西改正就好了。（1932年1月16日《致增田涉》）

假如只有前面一句，“即使是胡乱写写也好”，我还有点拿不准鲁迅到底是什么意思，但加上后面一句：“因为不乱写就不能有所成就”，这就要让人挠挠头了。这里说的“乱写”，应该别有“深意”吧？起码应该看作是一种写作技巧或途径，看起来简直像是写作诀窍或秘诀之类，否则，怎么个“因为不乱写就不能有所成就”呢？鲁迅这里的话，虽然有些诙谐逗乐的成份，但总不能看作是纯粹的乱说吧？

好玩的是，紧接着上面这段话，鲁迅在信里又说：

日本的学者或文学家，来中国之前大抵抱有成见，来到中国后，害怕遇到和他的成见相抵触的事实，就回避。这样来等于不来，于是一辈子以乱写告终。

看最后一句，鲁迅还是反对乱写的，这很有点“始乱终正”、曲终奏雅的味道。

1933年10月23日，鲁迅给陶亢德的信里这样说：

> 我并非全不赞成《论语》的态度，只是其中有一二位作者的作品，我看来有些无聊。而自己的随便涂抹的东西，也不觉得怎样有聊，所以现在很想用一点功，少乱写。

看来鲁迅认为自己的东西，也有属于乱写的（所谓“随便涂抹的东西”），并且对此很不以为然，打算以后要“改邪归正”，要“少乱写”——不是“不”乱写，是“少”乱写。看来还是难以完全割舍对“乱写”的爱好。这是自谦呢，还是留有余地？

2010年5月19日初稿

2019年3月12日改定

一九二二年五月二十三日，鲁迅等摄于北京世界语学会。

前排左起：周作人、鲁迅、爱罗先珂、徐耀辰。

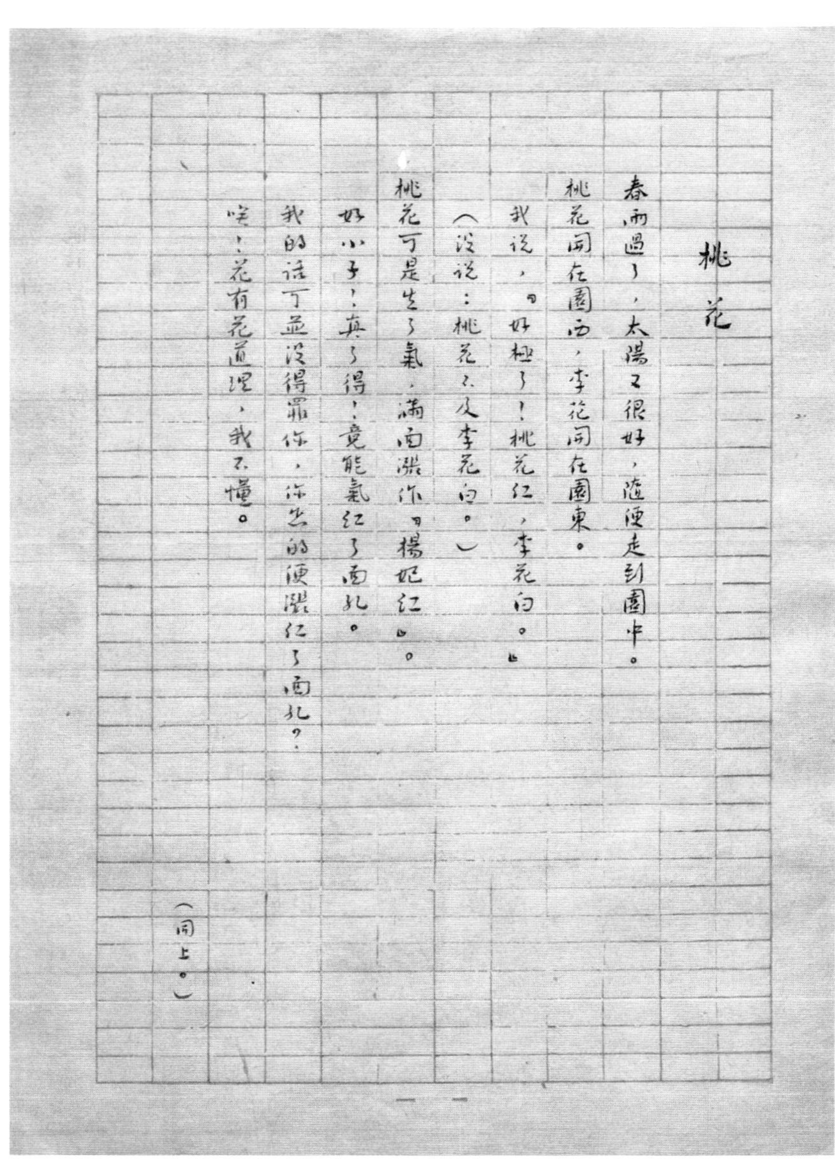

桃花

春雨過了，太陽又很好，隨便走到園中。

桃花開在園西，李花開在園東。

我說，“好極了！桃花紅，李花白。”

（沒說，桃花不及李花白。）

桃花可是生了氣，滿面漲作“楊妃紅”。

好小子！真了得！竟能氣紅了面孔。

我的話可並沒得罪你，你怎的便漲紅了面孔？

唉！花有花道理，我不懂。

（同上。）

《桃花》，系一九三四年杨霁云编《集外集》时鲁迅重新整理抄录的。

我的所愛在豪家
欲往從之兮沒有汽車
仰頭無法淚如麻
愛人贈我玫瑰花
何以贈之赤練蛇
從此翻臉不理我
不知何故兮——由她去罷

魯迅

《我的失恋》之四，刊于一九二四年《语丝》周刊第四期，收于《野草》。

唐摭言 五代王定保 雅雨堂叢書中有

唐文人取科名之狀態

抱朴子 外篇 葛洪 有单行本

內論及晉末社會狀態

論衡 王充

內可見漢末之風俗迷信等

今世說 王晫

明末清初之名士習氣

神仙眷屬林和靖 鐵石心腸宋廣平 溥心畬

纪有功 宋人　唐诗纪事　四部丛刊本　又有单行本

辛文房 元人　唐才子传　今有木活字单行本

严可均　全上古……隋文　今有石印本　其中零碎不全之文甚多，可不看。

丁福保　全上古……隋诗　排印本

吴荣光　历代名人年谱　可知名人一生中之社会大事，因其书为表格之式也。可惜的是作者所记为历史上的大事者，未必真是「大事」，最好是买日本三省堂出版之「模范最新世界年表」。

胡应麟 明　少室山房笔丛　广雅书局本　亦有石印本

四库全书简明目录　其实是现有的较好的书籍之批评，但须注意

鲁迅开给许寿裳长子许世瑛的书单。『纪有功』，鲁迅笔误，应为『计有功』。

一九二七年一月二日，鲁迅、林语堂与泱泱社青年摄于厦门南普陀。

左起：杜煌、卓治、林语堂、鲁迅、谢玉生、崔真吾、王方仁。

一九三二年十一月二十七日，鲁迅在北京师范大学演讲。

桃花树下的鲁迅

1936 年 4 月，一直在病中的鲁迅，收到一封署名颜黎民的来信，虽然是一封让人猜疑的陌生来信——来信人是以儿童口吻写的信，这着实让鲁迅和许广平猜测了一番，但鲁迅还是及时地回了信，而且前后回复了两封。在第二封回信里，有这么一段话：

> 说起桃花来，我在上海也看见了。我不知道你到过上海没有？北京的房屋是平铺的，院子大，上海的房屋却是直叠的，连泥土也不容易看见。我的门外却有四尺见方的一块泥土，去年种了一株桃花，不料今年竟也开起来，虽然少得很，但总算已经看过了罢。至于看桃花的名所，是龙华，也有屠场，我有好几个青年朋友就死在那里面，所以我是不去的。（1936 年 4 月 15 夜《致颜黎民》）

从这段话看，一定是来信人在信中提到了桃花，这才会引起鲁迅的回应。这位叫颜黎民的来信者，为何会在信中说到桃花，原信早已不存，缘由也就无从推断，但想必跟时节有关。颜黎民给鲁迅写信，是阳历三月底，也就是阴历的三月上旬，正是桃花绽放、盛开的时节。也许颜黎民在信里，只是一句随手无心的应景之语，却触动了鲁迅某根情感的心弦。

颜黎明给鲁迅写信时，人在北京。北京对鲁迅来说，不仅是重要的，也是充满感情的，尤其是跟上海对比时，鲁迅情感的天平，明显倾向北京。鲁迅回信颜黎民时，北京早已改名北平，但在这封信中，鲁迅还是按老习惯，写成了北京，而在给颜黎民的第一封信中，写的却是北平，并且动情地说："我也住过十七年，很喜欢北平。现在是走开了十年了，也想去看看，不过办不到。"

我猜想，鲁迅在北京时，就留意过桃花，因为北京也是桃花的盛产地。"我在上海也看见了"，其中的"也"字，似乎也隐隐透露出这方面的消息，当然也许只是针对颜黎民说到北京桃花而说的。

鲁迅对上海，虽然有极尽失望、愤恨之语，但说到桃花，情绪却是愉快的。"连泥土都不容易看见"的上海，种的是一株桃花（树）；不管这株门外的桃树，是不是鲁迅家自己种的，"不料今年竟也开起来，虽然少得很，但总算已经看过了罢"。几个连接转折词语之间，淡淡的语气，流露的却是难以掩饰的欣悦之情。“至于看桃花的名所，是龙华，也有屠场，我有好几个青年朋友就死在那里面，所以我是不去的。”似乎在表明，如果不是有屠场在，龙华的桃花，也会有兴趣去看看的。

鲁迅说的“门外的桃花”，萧红在她那篇《回忆鲁迅先生》里也写到了，但却把品种弄错了，说成了柳桃：

> 客厅的后门对着上楼的楼梯，前门一打开有一个一方丈大小的花园，花园里没有什么花看，只有一棵很高的七八尺高的小树，大概那树是柳桃。（萧红《回忆鲁迅先生》）

柳桃又名夹竹桃，只要是南方人，大概没有人会把这两种不同的植物搞错。鲁迅家门前的肯定是桃树，不会是夹竹桃，否则鲁迅的植物学知识（这是鲁迅的强项，可以称专家）就太糟糕了，不但错认了自家门前树，还把它跟龙华的桃花混为一谈了。

说到上海的桃花，鲁迅好像真的留意过，在给颜黎民写信的头两年，给日本友人山本初枝的信里，鲁迅两次提到过上海的桃花。

> 上海一带今年特别冷，因此什么都迟了。但桃花已开。（1934 年 4 月 25 日《致山本初枝》）

第二年春暖花开的时候，还是给山本初枝的信里，鲁迅又说到了上海的桃花：

> 上海变成讨厌的地方了，去年不曾下雪，今年迄未转暖。龙华的桃花虽已开，但警备司令部占据了那里，大杀风景，游人似乎也少了。倘在上野盖了监狱，即使再热衷于赏樱花的人，怕也不敢问津了罢。（1935 年 4 月 9 日《致山本初枝》）

把上海的桃花，跟东京上野的樱花相提并论，无形间，似乎拔高了桃花在上海的地位。

鲁迅给颜黎民的信里，有些兴致盎然地说到桃花，而且笔墨细致委婉，起因当然是由颜黎民的来信引发，却不好说只是应景之笔——如果只是纯粹的应景，那就没什么必要回应，何况是细致周详的回应。综观这封信，可以看出，只有说到桃花这一部分，不属于谆谆教诲的内容。那是什么原因，让鲁迅愿意在桃花上面稍费笔墨？联系到之前给山本初枝的信件，鲁迅在他生命的最后三年，在相同的时节月份里，跟人通信时，一而再、再而三地提到桃花，这不能不让人产生某种联想。

我想，这跟鲁迅的生命状态有关。

鲁迅给颜黎民回信时，生命只剩下最后的六个月，濒临病危只有两个月。这封书信的语气、笔调，读起来有一种柔缓，以至于近乎沉滞的感觉，跟鲁迅平生所作绝大多数文字、书信相比，都显得面目迥异。除了流露出鲁迅一贯的爱幼之情，即“俯首甘为孺子牛”的情怀，同时也不难让人感受到一种传统格言所说的“其人将死其言也善”的温婉苍凉。这时候，桃花这一意象的突然沁入，会给即将病入膏肓的鲁迅带来一种什么的触动？是否唤醒了鲁迅生命中某种曾经有过业已遥远的明丽讯息？

1918 年对鲁迅来说，是个重要年份。这一年，37 岁的鲁迅发表了后来影响他一生的白话小说《狂人日记》。也许只有很少的人注意到，就在发表《狂人日记》的同期《新青年》上，还刊有鲁迅以唐俟的笔名写的三首新诗，其中一首的标题，就叫《桃花》，全诗如下：

> 春雨过了，太阳又很好，随便走到园中。
> 桃花开在园西，李花开在园东。
> 我说，“好极了！桃花红，李花白。”
> （没说，桃花不及李花白。）
> 桃花可是生了气，满面涨作“杨妃红”。
> 好小子！真了得！竟能气红了面孔。
> 我的话可并没得罪你，你怎的便涨红了面孔！
> 唉！花有花道理。我不懂。

《狂人日记》直到今天，都是鲁迅研究和爱好者们津津乐道的话题，但我很少，或者说，从来没有，看到有人专门单独研究过这首新诗《桃花》。迄今为止，我看到有关这首新诗印象最深的评语，来自日本学者青木正儿。

> 唐（指唐俟）则能像扒拉茶泡饭一样，爽利地处理诗味淡泊、不够诗境的情况，往坏了说是平庸。（转见于丸山升著《鲁迅·革命·历史——丸山升现代中国文学论集　日本的鲁迅研究》，译者王俊文）

丸山升在这段话后补充解释说：

> 这是对鲁迅用唐俟笔名发表的《梦》《爱之神》《桃花》《他们的花园》《人与时》和《他》等白话诗的批评。

青木正儿是日本上世纪一位汉学家，跟鲁迅有过一次通信，但未曾谋面，是最早将鲁迅引入日本的学者。早在1920年，青木正儿就对鲁迅作出了“是一位有远大前程的作家”的评价，但青木正儿不知道，鲁迅和写新诗的唐俟是同一人，并对唐俟的新诗，给出了“平庸”的评语。

因为写作《桃花》等新诗，鲁迅得到了一个“平庸”的评语，这在鲁迅身上，大概是绝无仅有的。丸山升说这是一件非常有趣的事。是啊，想想看，除了这一次，鲁迅还有什么机会，能“荣膺”这样一种评价？对于生前身后，身上堆满了诸如伟大、深刻和非凡杰出的鲁迅来说，“平庸”的评语，简直有种“拨乱反正”的性质。在此我敢放下一句话，只知道鲁迅伟大、深刻，非凡杰出，而不知其平庸者，不足与语鲁迅。

鲁迅对于自己写新诗，后来有过谦虚而诚恳的解释：

> 只因为那时诗坛寂寞，所以打打边鼓，凑些热闹；待到称为诗人的一出现，就洗手不作了。(《集外集序言》)

“打打边鼓”“凑些热闹”，具体来说，这首《桃花》诗作得怎么样呢?

就诗本身看，平易、简单，顺口，几乎没什么诗意和诗味，但口语感极好（许广平称之为“语体白话诗”），在我看来，比鲁迅大部分散杂文的口语感，还要更好，也不乏情致趣味性，只是离诗比较远，有点“桃花体”的味道，被人遗忘，也属当然。但如果不从诗歌本身，而从另一个角度，即诗歌作者的角度——这角度的前提当然因为诗作者是鲁迅——来审视一下这首诗，也许能看出些别的价值和意义。这首《桃花》诗跟《狂人日记》发表于同一期《新青年》上，其写作时间，想必也比较接近，但两者的差异，让人难以相信，它们是出于同一时间同一作者之手，难怪青木正儿会作出截然相反的两种评判。你看《狂人日记》，是何等的阴暗、沉重、尖利，通篇充满了一种窒息感；再看这首新诗《桃花》，又是何等的自然、轻松、明快、亮丽，充满阳光明媚，还加上些打趣、逗乐，两种“黑白分明”的风格内容，是怎样在同一时间集于一人之身的？不过，如果细细品察，还是能看出两者之间，那种若有若无、隐隐约约的草蛇灰线。《桃花》一诗，正像是作者刚刚从一个地方走出来，又像是刚刚结束一件什么事，全诗的第一句，“春雨过了，太阳又很好，随便走到园中”——其中的“过了”“又”“走到”等字眼，传递出的，不正是一种解脱后的轻松、愉悦感？由此我判断，刊登于同一期《新青年》上的《桃花》和《狂人日记》，在写作时间上，应该是《狂人日记》在先，《桃花》在后。

1918年，鲁迅已年近四十，按一般说法，要归于中年，可我们看新诗《桃花》，分明洋溢着青春的气息，说它出自一位风华正茂的青年之手，是没有人会怀疑的。因此，假如说《狂人日记》要更接近反映鲁迅此时的实际年龄，那么新诗《桃花》所反映的，就是鲁迅此时的某种心理年龄。从这个角度说，鲁迅此时的作品，刊登在《新青年》上，是名副其实的。

历来鲁迅的研究爱好者，注目埋首于《狂人日记》，意图奋力探赜索隐者，不知凡几，可曾有人注意过这首同时诞生的新诗《桃花》？当人们极力想在《狂人日记》里探寻出更多的价值和意义，搜寻出更多鲁迅的影迹，殊不知，有个鲁迅的身影，从一株桃花树底下，悄悄溜走了。

1926年对鲁迅来说，同样是一个重要年份。这年八月，鲁迅和许广平同车离京南下，做出了自己人生旅程一次关键而重大的选择。鲁迅的人生，在这一年“断为两截”（海子诗句）。在厦门度过了最初的两个月后，鲁迅的生活，又有了新的动向（计划内的，但被提前付诸行动了）。1926 年 11 月 7 日，在给李小峰的一封信里，鲁迅的笔触，再次伸展到了桃花上。

> 我本来不大喜欢下地狱，因为不但是满眼只有刀山剑树，看得太单调，苦痛也怕很难当。现在可又有些怕上天堂了。四时皆春，一年到头请你看桃花，你想够多么乏味？即使那桃花有车轮般大，也只能在初上去的时候，暂时吃惊，决不会每天做一首“桃之夭夭”的。（《华盖集续编的续编·厦门通信》（二））

天堂跟桃花是什么关系？出自什么典故？《西游记》？孙悟空大闹天宫，偷吃王母娘娘的蟠桃？天宫和天堂是一个意思吗？我想鲁迅这里说的天堂桃花，更有可能来自《幽明录》中《刘阮天台遇仙》的故事。鲁迅在《古小说钩沉》里，辑录过早已散佚的《幽明录》逸文，——但山中仙界，能说就是天堂吗？

鲁迅给李小峰的这封信，也是一封“断为两截”的信。前半截具体清楚明白，是正常的书信内容，从“接到漱园兄的信”起，内容就“漫天飞雪”起来。说的全是些天气和花草，而且一说就没个停。我怀疑李小峰收读这封信，读到后面会不会有坠入“五里云雾”之感？但是了解鲁迅此时境况的人知道，鲁迅写这封信的时间，对鲁迅来说，又是一个人生转折点，而且还是个“沉甸甸”的转折点。因此，这种看似漫天漫地、漫不经心的“哈哈哈”的文字，所折射出的，正是鲁迅在一个非常时间里的情绪指数与内在表情。由同一天以及之前之后写给许广平的书信可知，此时的鲁迅，已经打定离开厦门、前往广州的主意，因此，这封信里看似不着边际的四时春秋、花花草草之语——桃花正是其中之一——就多了一份惹人遐想的弦外之音。天堂和桃花，其所指究竟是眼前（厦门）实景，还是远方未来的人与事？

让我们还是回到信里，看看鲁迅对桃花说了些什么。

“四时皆春，一年到头请你看桃花，你想够多么乏味？”假如不是“四时皆春”，也不是“一年到头请你看”呢？还会感到乏味吗？“即使那桃花有车轮般大，也只能在初上去的时候，暂时吃惊，决不会每天做一首‘桃之夭夭’的。”——又是假设，又是否定，鲁迅为何这里说桃花，说的全都是些不存在的事？整个就是“空对空”！（热情洋溢的否定的情绪背后，到底是什么？）很显然，这些对于桃花离奇、夸张的空洞设想，只是为了传递出写信人内心某种兴奋得难以抑制的快意而已！这是一种幸福萌动的快意，也是一种像是难以平衡的快意。俗话说，有点晕乎乎的感觉。

可是桃花，无辜的桃花，却被莫名其妙说成有“车轮般大”，让曾经写过《桃花》的非诗人之诗人，也不愿每天都写一首“桃之夭夭”了。

“桃之夭夭”一词，出自《诗经·周南》，这是一首广为人知的贺婚诗。家庭在鲁迅的心灵，曾经占有极重要的位置，但偏偏在家庭一事上，鲁迅两次“遇劫”，一次是自己的婚姻，然后是兄弟失和。现在鲁迅又站在了一个家庭问题的节点上，这是一个足以让人为之晕眩与颤栗的节点。地狱，天堂，桃花，如此人生转折，跌宕起伏的选择，欣喜与疑虑之间（《刘阮天台遇仙》中所谓“欣怖交并”），徙倚徘徊的内心情绪，就这样透过“车轮般桃花”的夸张奇喻，折射、透露出来了。

就在给李小峰写出这封“桃花信”前不久，鲁迅完成了《故事新编》中“最不油滑”的作品《铸剑》。

《铸剑》写眉间尺母亲给他讲述他“父亲的仇”，说到他父亲二十年前为王铸剑的过程，其中有段描写：

> 当最末次开炉的那一日，是怎样地骇人的景象呵！哗拉拉地腾上一道白气的时候，地面也觉得动摇。那白气到天半便变成白云，罩住了这处所，渐渐现出绯红颜色，映得一切都如桃花。

《吴越春秋·阖闾内传》里，也有一段叙述著名剑匠干将铸剑的故事，其中有一句，“候天伺地，阴阳同光”。《铸剑》中这段“骇人”的剑气与桃花的相互交融与辉映，何者为阴？何者为阳？自然是寒光凛冽的剑气为阴，三月盛开的桃花为阳。剑与桃花，说来并非是在鲁迅的笔下才偶然相逢，它们之间的渊源其来久矣。《考工记》里就有“桃氏为剑”的说法，这可能是桃与剑的最初相遇。道教中道士所用桃木剑，在以往岁月里几乎童孺皆知，至今仍是普通的旅游纪念品。《红楼梦》第六十六回“情小妹耻情归地府”，尤三姐挥剑自尽，曹雪芹给了句“揉碎桃花红满地”，不仅是桃花与剑的相逢，也是鲜血与桃花的相融。

鲜血与桃花，自古以来就相互映衬，互为借喻。上海龙华的桃花与屠场，算是“恰巧”成例。据说是出自杜甫之手的“君看墙头桃树花，尽是行人眼中血”，应该是最早将桃花与鲜血联系在一起的诗句。《桃花扇》结尾处，杨文骢就李香君自尽鲜血的血滴，点染而成桃花一枝，更是桃花与鲜血凝合的撼人经典。

鲁迅在描写《铸剑》里剑气与桃花的相互辉映，——其实是剑气与桃花相互变幻时，——用到一个词：绯红。这个词在鲁迅笔下，曾反复出现，最为人熟悉的，是《藤野先生》。

> 东京也无非是这样。上野的樱花烂熳的时节，望去确也象绯红的轻云。（《朝花夕拾·藤野先生》）

这里的绯红，既是形容花色，也是形容云彩。

其次是《纪念刘和珍君》。

> 然而既然有了血痕了，当然不觉要扩大。至少，也

当浸渍了亲族；师友，爱人的心，纵使时光流驶，洗成绯红，也会在微漠的悲哀中永存微笑的和蔼的旧影。（《华盖集续编·纪念刘和珍君》）

这里是形容血色。

绯红，词典里的解释是深红、鲜红和通红，也就是所谓大红色，程度最高的红色，但樱花和桃花是“绯红”色的吗？应该是粉红吧。鲁迅《桃花》诗中说，“满面涨作杨妃红”，“杨妃红”是什么红？也应当是粉红或嫩红吧，绝不可能是深红、大红或通红，否则唐明皇的杨贵妃成啥模样了？再看《纪念刘和珍君》里的“洗成绯红”，怎么越“洗”反倒越成深红和鲜红了？只能越“洗”越淡才对吧？（所以有人说鲁迅这里出现了笔误。）《野草·死后》一文里，有“但觉得满眼绯红，一定是太阳上来了。”——初升太阳的红，倒似乎应该是通红了。那鲁迅笔下的绯红，到底是什么意思呢？究竟是深红还是浅红？总不可能又是深红又是浅红吧？假如鲁迅笔下的绯红，所表达的其实是浅红、淡红、或粉红、嫩红的意思，那那句“恰如冢中的白骨，往古来今，总要以它的永久来傲视少女颊上的轻红似的”，这里的“轻红”，也就是鲁迅所说绯红。以轻红而非深红来形容少女的脸颊，才是恰当正确的修辞手法。

如果一个人也像一个国，也有一面标志性的旗帜，那鲁迅的旗帜会是什么样的？我想应该是一面三色旗，——黑白红的三色旗。在很多人的心目中，鲁迅的基本色是黑色，所谓“月光如水照缁衣”，许广平称之为“一团的黑”和“一团漆黑”（见《欣慰的纪念》）。黑色以外呢，我想应该是白色，月光如水么。但只有黑白两色，未免单调了些，尤其是对于鲁迅这位本质上是位艺术家的人来说，所以我觉得还应该补上红色（但“可爱深红爱浅红”？）。黑色代表历史和力量，白色代表道德和幻想，红色代表浪漫和温暖，这样才构成一面完整的鲁迅之旗。

没有红色（尤其是鲁迅喜欢的绯红）的鲁迅，决不是完整的鲁迅。

这种红色，可以通过桃花，得到最形象直接的表现。鲁迅翻译爱罗先珂的童话剧，剧名译为《桃色的云》。桃色的云，当然不是指情色的云，只是说绯红的云，像《藤野先生》里写的那样。

从给李小峰的信到《铸剑》，在前后相差不到一个月的时间里，鲁迅两次在笔下写到绯红的桃花，这在鲁迅，也许只是纯粹顺手的偶然碰巧，但在我看来，却又好像并非纯粹偶然的顺手碰巧。所谓“碰巧”，也要有巧在那里，才好碰上。

桃花除了作为名词概念，出现在鲁迅笔下，也曾作为实物，出现在鲁迅的生活里。

《鲁迅日记》1920 年 1 月 17 日：“上午同僚送桃、梅花八盆。”

1919 年底，鲁迅只身返乡，把母亲、夫人以及周建人一家全都接到北京，安置在装饰一新的八道湾新居。上面的《日记》虽只是简略一笔，透露出的，却是无言的喜悦之情。还有一个月就是农历新年了，这是多年以来，“有弟皆分散”的兄弟三人和母亲及家人第一次团聚在一起过农历年。同僚赠送的桃花和梅花，正对应了鲁迅当时的心情。尽管这场团圆好梦只有短短不到四年，就破碎了，像《好的故事》写的那样，但鲁迅当年《日记》里的这一笔同僚送桃、梅花八盆的生活细节，就像是往日梦境里的一点残痕，依稀可见。

另一样东西，也在鲁迅和桃花之间，构成一层浅浅而持久的情缘，这就是鲁迅喜爱的花笺纸。依然是《鲁迅日记》，1915 年 6 月 17 日，记有“上午得二弟寄桃花纸百枚，十二日付邮，许季上托买。”许季上是民国时期佛教界的重要人士（居士），也曾经和鲁迅是教育部的同事。在 1915 年前后的几年，许季上与鲁迅过从甚密，鲁迅出资刻印《百比经》，就是由许季上促成其事。许季上是杭州人，却托鲁迅帮忙邮购桃花笺纸，让已经从杭州回到绍兴的周作人大老远地邮寄到北京。不排除一种原因，是许季上看到鲁迅有桃花纸，在用桃花纸，这才会托请帮忙邮购。鲁迅跟花笺纸的渊源，说起来可真不一般。第一次返京探亲，就专门到琉璃厂，把想买的笺纸买全了。我还记得鲁迅有一回说，最近写东西比较少，是因为喜欢用的一种稿笺纸用完了，桃花笺纸也应该是鲁迅的常用稿纸之一吧？鲁迅晚年和郑振铎合编《北平笺谱》和《十竹斋笺谱》，里面想必也不会少了桃花笺。

如果我们有意来盘点一下鲁迅的生平著述，看看里面语涉桃花的文字，会发现，好像很少有对桃花的“不敬”之词。唯一被人说的，就只有《热风·随感录三十九》里的那句，“红肿之处，艳若桃花；溃烂之时，美如乳酪。”乍看很像是对桃花的攻击语，但仔细一想，其锋芒所向，真在桃花吗？并不是的。这句话的攻击对象，是所谓国粹，桃花在这里，不过是一种喻体，而且，显而易见，在这个讽刺句语境中，只有当桃花是好的正面事物，才有资格来做这个喻体，才有可能产生讽刺效应。这让我想起了鲁迅把贾府里的焦大说成屈原，又以司马迁受宫刑写《史记》，来影射顾颉刚的《古史辨》。屈、马何辜？比喻其辜。《热风·随感录》里的桃花，不也一样吗？

说到这里，让我们暂且放开鲁迅，就来聊聊桃花。

从古至今，在中国的典籍诗书里，积累了繁花乱眼般的无数桃花典故。《山海经》里有夸父逐日；《尚书》中有“归马于华山之阳，放牛于桃林之野”（鲁迅在《故事新编·采薇》里用到了它）；《三国演义》有桃园三结义；陶渊明有《桃花源记》；唐寅有桃花坞；《桃花扇》是中国古典名剧；《红楼梦》里的黛玉葬花，葬的正是桃花。

可以说，在中国传统文化长河里，桃花构成了一道鲜明而独特的风景。桃花在中国文化史上，拥有最早的诗歌形象，最热烈的气氛，最旺盛的人气，最丰富的意象。桃花中有情，各种情，男女之情，朋友之情，同性之情，夫妻之情，邂逅之情；有色，有长寿，有驱邪，有青春生命，有刚烈，有柔媚，象征鲜血，象征和平，也象征幸福。

《红楼梦》第七十回，林黛玉重建桃花社，宝钗说：“从来桃花诗最多”。有哪些桃花诗，是人们最熟悉的呢？随手略举几例：

桃花尽日随流水，洞在清溪何处边？（张旭《桃花溪》）

桃花潭水深千尺，不及汪伦送我情！（李白《赠汪伦》）

桃花一簇开无主，可爱深红爱浅红。（杜甫《江畔独步寻花七绝句之一》）

西塞山前白鹭飞，桃花流水鳜鱼肥。（张志和《渔歌子》）

兰溪三日桃花雨，半夜鲤鱼来上滩。（戴叔伦《兰溪棹歌》）

人面不知何处去，桃花依旧笑春风。（崔护《题都城南庄》）

人间四月芳菲尽，山寺桃花始盛开。（白居易《大林寺桃花》）

况是青春日将暮，桃花乱落如红雨。（李贺《将进酒》）

竹外桃花三两枝，春江水暖鸭先知。（苏东坡《惠崇春江晓景》）

举不胜举，真是“夕阳返照桃花坞，柳絮飞来片片红”！

我认为，桃花在中国的花卉草木中，是最具民间性的，但也并非不登大雅之堂，上面这些文人雅士的诗句不说，据说唐太宗还作过一首《咏桃》诗。所以桃花是最能雅俗共赏的，也是最具中国特色和气派的。我在一份有关太平天国的资料里看到说，当时在江南（鲁迅家乡一带）的“贼人”，也是用桃花纸来互相通风报信的！可见岂止是雅俗共赏，简直是雅“匪”共赏了！

但不知从何时起，桃花成了一种被轻视和贬斥的对象。写过“桃花潭水深千尺”的李白，笔下又有过“松柏本孤直，难为桃李颜”。杜甫的“颠狂柳絮随风舞，轻薄桃花逐水流”，此处“轻薄”，未必跟我们今天所说轻薄完全同义，就像李白的“难为桃李颜”，纵有鄙薄之意，也还略显含蓄。到了东坡笔下，刻画过“竹外桃花三两枝”的子瞻，又写下了“嫣然一笑竹篱间，桃李漫山总粗俗”的“俗句”，可以说是直截了当的指斥了。忽而赞美，忽而排斥，这正是诗人的自由天性和特权所在。桃花真正陷入悲惨命运，应该始于元代。王冕有“冰雪林中若此身，不同桃李混芳尘”（《白梅》）。最恶毒的攻击，来自元人程棨，其《三柳轩杂识》里有一句：“余尝评花，以为梅有山林之风，杏有闺门之态，桃如倚门市倡，李如东郭贫女。”把桃花和倡门妓女并列比肩，混为一谈了。

至今未能评定的国花推选，排位在前的，自然是梅花、牡丹、兰花、莲花、菊花，再往下，也是先轮到玫瑰、茉莉之类，好像连石榴都有人提议，但有谁会想到桃花么？！原因不言自明，桃花多俗啊。谁要提议桃花为国花，不被人嗤笑出声，一通乱棍打出！才怪呢。

但是鲁迅，以笔调犀利、尖刻著称的鲁迅，说过“其中既没有死呀活呀的热情，也没有花呀月呀的佳句”的鲁迅，遍览其笔下有关桃花的辞句，包括那些比喻、夸张句，可曾有过真正对桃花施加攻击和轻视的句子么？没有。不仅没有，鲁迅说到桃花，其心情多是欣喜和愉快的，更别说鲁迅喜欢用的那个词：绯红，正是用来形容桃花的颜色。

对于鲁迅来说，桃花是个温暖鲜明的意象。

当然，如果非要说鲁迅对桃花有多好，有多特殊的感情，那也说不上。如果来个花中排序，鲁迅首先喜欢的，应该是兰花和梅花。但最起码的，鲁迅不讨厌桃花，也不鄙薄轻视桃花，像某些文人或假文人笔下或口头表现得那样，相反，鲁迅还无意间把上海的桃花与东京的樱花相提并论，而不是把桃花看成是粗俗的代表，认为它混芳尘，倚倡门。在《野草》的《风筝》里，鲁迅还有过这样的描写：

> 此时地上的杨柳已经发芽，早的山桃也多吐蕾，和孩子们的天上的点缀相照应，打成一片春日的温和。我现在在哪里呢？四面都还是严冬的肃杀，而久经诀别的故乡的久经逝去的春天，却就在这天空中荡漾了。

山桃和桃树并非一回事，但这里就没必要细分了。

桃花开在桃树上，没有桃树，何来桃花？既有桃花，则有桃子。鲁迅对桃花无不敬之词，对桃树和桃子，也颇有好感。鲁迅挑剔章士钊在“二桃杀三士”典故上的笔误，说是“在‘桃子’上给一下小打击”。[1]但对海婴的桃子“天问”，却生出另一番感慨：

> 说到小孩子，真难对付，……看见桃子，问哪里来的，说核种出来的，没有核的时候最早最早，桃子甚么东西生出来的？（许广平《鲁迅回忆录·札记》）

舐犊欣喜之情，溢于言表。

而鲁迅本人跟桃树的关系，见于他的几个笔名。

许广平在《欣慰的纪念·略谈鲁迅先生的笔名》中写到：

> 桃椎，“《典术》：桃，五木之精，仙木也；《左传》昭四年，桃弧棘矢，以除其灾。《后汉书·礼仪志》为桃印施门户以止恶气。”大约含有除敌之意。符灵，意略同。……尤刚、苇索、白在宣等，似乎都是。

桃椎、符灵和苇索三个笔名，都见于《准风月谈》。苇索用的最多，有6次，桃椎3次，符灵1次。三个名字从字

1　见《华盖集续编 再来一次》。

面看，直接跟桃有关的是桃椎，但其实三个名字之间有密切关系，系同一类别，不仅跟桃树有关，也跟道教有关。

桃椎，一说即是指门神之一。《淮南子·诠言训》说“羿死于桃棓”。许慎注：“棓，大杖，以桃木为之，以击杀羿，由是以来，鬼畏桃也。”椎字与棓字，不仅音相近，义也相通，或为一声之转。

苇索：用苇草编成的绳索。东汉应劭《风俗通·祀典·桃梗苇茭画虎》：“谨按《黄帝书》：‘上古之时，有神荼与郁垒昆弟二子，性能执鬼，度朔山上有桃树，二人於树下简阅百鬼，无道理，妄为人祸害，神荼与郁垒缚以苇索，执以食虎。’於是县官常以腊除夕饰桃人，垂苇茭，画虎於门，皆追效於前事，冀以御凶也。”

南朝梁宗懔《荆楚岁时记》：“帖画鸡户上，悬苇索于其上，插符其傍。”清唐孙华《门神同查夏仲恺功戏作》诗：“桃符苇索一时新，对立春风突兀身。”

可见苇索和桃符是经常在一起的。

符灵，有人说符即是指桃符。王安石《元日》诗：“爆竹声中一岁除，春风送暖入屠苏；千门万户曈曈日，总把新桃换旧符。”可以为证。

鲁迅在《中国小说史略》第二篇引述典籍资料：

沧海之中，有度朔之山，上有大桃木，……其枝间东北曰鬼门，万鬼所出入也。上有二神人，一曰神荼，一曰郁垒，主阅领万鬼，害恶之鬼，执以苇索而以食虎。于是黄帝乃作礼，以时驱之，立大桃人，门户画神荼郁垒与虎，悬苇索，以御凶魅。

东南有桃都山，……下有二神，左名隆，右名窌，并执苇索，伺不祥之鬼，得而煞之。今人正朝作两桃人立门旁，……盖遗象也。

由此我想起鲁迅评说道教的两句话：

人往往憎和尚，憎尼姑，憎回教徒，憎耶教徒，而不憎道士。懂得此理者，懂得中国大半。（《而已集·小杂感》）

这是 1927 年写的。将近十年前，鲁迅还说过：

前言中国根柢全在道教，此说近颇广行。以此读史，有多种问题可以迎刃而解。（《致许寿裳》1918 年 8 月 20 日）

以上两段话，大有把道教看作中国历史文化问题总根源的意思，也就是有全盘否定之意。

清代学者刘熙载在其《艺概》中说书法，有这么一句，“书宜平正，不宜欹侧。古人或偏以欹侧胜者，暗中必有拨转机关者也。”不看前句，单就后句论，确实能解释许多人文艺术现象。鲁迅对道教攻击不遗余力，却在不太为人注意的自己的笔名上，以桃为媒，奉行“拿来主义”。只看到鲁迅对道教的抨击和否定，而不见其暗渡陈仓者，同样不足与语鲁迅。

2010 年 11 月 10 日初稿

2019 年 3 月 13 日改定

鲁迅的哭泣

鲁迅笔下的哭，给人印象最深、最震撼的，无疑是小说《孤独者》中这段描写：

其次是哭，凡女人们都念念有词。其次入棺；其次又是拜；又是哭，直到钉好了棺盖。沉静了一瞬间，大家忽而扰动了，很有惊异和不满的形势。我也不由的突然觉到：连殳就始终没有落过一滴泪，只坐在草荐上，两眼在黑气里闪闪地发光。

大殓便在这惊异和不满的空气里面完毕。大家都快快地，似乎想走散，但连殳却还坐在草荐上沉思。忽然，他流下泪来了，接着就失声，立刻又变成长嚎，像一匹受伤的狼，当深夜在旷野中嗥叫，惨伤里夹杂着愤怒和悲哀。这模样，是老例上所没有的，先前也未曾豫防到，大家都手足无措了，迟疑了一会，就有几个人上前去劝止他，愈去愈多，终于挤成一大堆。但他却只是兀坐着号啕，铁塔似的动也不动。

大家又只得无趣地散开；他哭着，哭着，约有半点钟，这才突然停了下来，也不向吊客招呼，径自往家里走。

据周作人和周建人书里的说法，小说中魏连殳回家奔祖母丧事的情节，完全是作者的亲身经历。

第一节魏连殳的祖母之丧说的全是著者自己的事。（周作人《鲁迅小说里的人物·孤独者》）

其中这一件事确是写他自己的；……这篇是当作小说发表的，但这一段也是事实。（周作人《鲁迅的故家·祖母二》）

当然这并不是说，小说中的魏连殳，就是鲁迅。周作人所说，只是小说中料理祖母后事这一情节，是鲁迅的亲身经历。

那么，鲁迅当时是否也像小说里的连殳一样，在祖母葬礼的最后，独自一人惊天动地地号啕大哭了呢?

祖母去世时，周作人在日本，鲁迅在杭州，接到电报后往家赶，他们的小叔伯升人在军舰上，不知停泊在哪里；但周建人一直在家里，是祖母丧事全过程的在场亲历者。由周建人口述、周晔编写的《鲁迅故家的败落》，写到祖母去世的章节，直接用了《孤独者》为标题，内文写鲁迅回家料理祖母丧事的过程，也跟《孤独者》的叙述几乎完全一致，连不少字词句都相同，可见也是认为小说的叙述，就是自己祖母丧事的经过。但在说到丧事最后部分时，周建人有一段这样的话：

> 我大哥却坐在草荐上陷入了沉思。
>
> 族长、远房的长辈这样对待他，也许大哥内心曾想长嚎、号啕，想呼喊出这人世间的不平和颠倒，但事实上，他却始终极为冷静和镇定，也许他长嚎、号啕过，但我没有看见，丧事完毕，他回杭州去了。

话说得很委婉，但意思是清晰明确的。

大概是看到了周建人的这段话，日本学者丸山升在他的书里也有一句：

> 但我想连殳哭着然后长嚎的部分，还是看成创作上的虚构比较好。事实部分应该是鲁迅照旧礼俗默默地完满主持了祖母的葬礼吧。（丸山升著《鲁迅·革命·历史——丸山升现代中国文学论集》，王俊文译，北京大学出版社，2005 年版，27 页）

如果真是这样，那鲁迅为何要在基本写实的情况下，末尾却凭空“添加”了一笔流泪失声、长嚎号啕的痛哭场景？难道仅仅只是为了增强小说的艺术感染力？

如果就这么看，我觉得有点简单了。

为此我们得了解一下鲁迅的祖母，以及她和鲁迅的关系。

鲁迅的这位祖母，并不是他的“亲生”祖母。

鲁迅父亲的生母在生下他后不久就去世了，因此鲁迅兄弟从没见过自己的“亲生”祖母。他们从小熟悉、朝夕相处的是另一位祖母，姓蒋，是祖父周福清的后妻。小说《孤独者》中还有一大段同样是十分写实的文字，说到了这一点，而且写得十分细腻生动：

> 那时，抱着我的一个女工总指了一幅像说：这是你自己的祖母。拜拜罢。我真不懂得我明明有着一个祖母，怎么又会有什么自己的祖母来。……然而我也爱那家里的，终日坐在窗下慢慢地做针线的祖母。……（原文太长，只能略微摘引）

这位“终日在窗下慢慢地做针线的祖母”的原型，就是鲁迅他们的蒋氏祖母。鲁迅兄弟和她共同生活的时间，前后长达二三十年，所以尽管没有血缘关系，但完全可以说是名正言顺、名副其实的祖母。而他们“自己的祖母”，对他们来说只是一个抽象概念，是逢年过节墙上挂着的一幅年青、好看的人物画像。

鲁迅祖父再婚时，只有二十来岁，因此蒋氏陪伴并目睹了其夫周福清崛起和身沐荣光的全过程——中举，中进士，点翰林。翰林散馆后，周福清赴江西金溪县任县令，蒋氏也随同前往，做了几年县令夫人。但往后的情景就有点急转直下，应该是跟周福清的仕途不顺有关，也因为两人的关系早已龃龉不合，结果用周作人的话说，蒋氏在周福清重新上京谋官、居官期间，一直被“遗弃”在家。周福清在外先后纳妾多人，回到绍兴后，对蒋氏“终年的咒骂、欺凌，真是不可忍受”（《鲁迅小说里的人物·祖母》）。据说原因之一，是“太平天国”战乱期间，逃难途中，蒋氏一度与家人失散，结果被周福清疑心身陷“贼阵”，贞洁不保。

鲁迅后来对祖父的态度和对祖母的感情，显然与此有关。他对祖父最痛恨的地方之一，就是纳妾，为此他把祖父几十年的《日记》付之一炬！说里面说的尽是姨太太的事。

蒋氏婚后育有一女，就是鲁迅他们的小姑。小姑比鲁迅只大十二三岁，姑侄们的感情十分要好。出嫁时，小孩子们恋恋不舍地不让走。小姑婚后也有一女，但再次怀孕，却因生产而死。年少鲁迅为此作文，“诘责神明”，“为何不使好人有好寿，语多不逊”（《鲁迅的故家·祖母》）。《朝花夕拾》里有一篇《五猖会》，写要到东关去看五猖会，东关正是小姑家所在，因此，《五猖会》里没有写小姑，实际是有小姑的，所以少年鲁迅的兴头会那么高。很显然，小姑和她的早逝，也一定会影响到鲁迅他们对于祖母的感情。

夫妻不睦，唯一的女儿早逝，长年被遗弃，终年受欺凌与咒骂，也许有人会想，这蒋氏大概是个命运灰暗、生性懦弱，只会逆来顺受的传统弱女子吧。事实恰恰相反，即使在整个绍兴周家台门，蒋氏都是一个个性鲜明的人物。她身材高大，能言善道，风趣幽默，口才极为出众，喜欢讲故事，包括“太平天国”故事，而且敢爱敢恨，机智泼辣，平日里待人和善慈爱，遇有不平事，即会挺身而出。不过偶尔也难免有言词过头，玩笑失当的时候，鲁迅大姑的溺水身亡，就多少与蒋氏的不恰当玩笑话有关。这位生长于放翁故里的女性，身上着实有些文艺气息和生活情趣。个人的不幸命运，似乎并没有在她身上留下太重、太外在的痕迹。除了鲁迅兄弟笔下的祖母形象外，这些形象大抵亲切而可爱，极富生活气息。《朝花夕拾》的第一篇《狗・猫・鼠》里面，夏天在大桂树下乘凉，坐在桌旁，摇着芭蕉扇给童年鲁迅讲猫、虎故事的，就是这位蒋氏祖母。——在几本以周氏家族为内容的书籍里，但凡涉及蒋氏故事，都给人以吉光片羽之感，虽然简短，却丰神十足，光彩焕然。[1]蒋氏晚年，当地有位基督教女传教士，劝她顾将来救灵魂，蒋氏答曰：“我这一世还顾不周全，哪有功夫管来世呢！”（《鲁迅的故家》）堪称铿锵有力。

这样一位传统女性，在以往的中国社会，她们的命运遭际，其实是十分普遍平常的，她们的这种个性精神，也并不罕见。说到鲁迅这位祖母，我有时会想起鲁迅《纪念刘和珍君》里

1　关于蒋氏其人其事，从各书中撷取数例。周冠五著《鲁迅家庭家族和当年绍兴民俗》

的一句话："中国女子的勇毅，虽遭阴谋秘计，压抑至数千年，而终于没有消亡"，也许有些拟于不伦，但好像也并非毫不挨边。

所以，鲁迅在小说中"创作"了一段号啕痛哭的场景，不也可以说是顺理成章、合情合理的吗？况且本来就是小说。至于鲁迅在现实情境中有没有痛哭流泪，用句周星驰电影里的话说：重要吗？

里，周福清在金溪县令任上时，他母亲和蒋氏及一位姨太太在一起生活。周福清时常在姨太太房内，引起蒋氏不满，有一次就到窗外偷听。周福清知道是蒋氏，就在屋内骂了一句"王八蛋"。第二天晚上，蒋氏叫上周福清母亲一道来到窗下，故意发出声响，周福清不知"有诈"，又骂了一句"王八蛋"，这下中计了！蒋氏乘机高声叫嚷："老太太在此，你连老太太都骂了！"周福清知道闯祸，连忙出门赔罪。县太爷骂娘，一时竟弄得满城风雨。另一个故事是在绍兴家里，台门有一位叫伯文的，素来以暴虐著称，当时周建人年少，从他身旁经过，他故意卡住不让过，周建人人小，遂从其胁下钻过。伯文操起手中烟筒，就往周建人头上敲了一下，说："见了阿叔为何不打招呼！"蒋氏听说，立即占据一个有利地形，伯文恰好经过，蒋氏二话不说，即刻操起旱烟筒在伯文头上敲了一下，说："见了长辈为何不叫！"伯文一边忍痛，一边赶紧打招呼，说自己知错了。据周冠五书中说，他们去鲁迅母亲那里聚会闲聊时，蒋氏总是一声不响地坐着，静静地听人说笑，听到必要时突然画龙点睛地来一句，引得大家哄堂大笑，前仆后仰，她却形色自若地问你们为什么这么好笑。这就是蒋氏的风采。但有时"发挥"也难免过头，鲁迅大姑的死，就与此有关，但绝非蒋氏有意造成，最多只能说是无心之失。周作人《鲁迅的青年时代》里写到一件事，鲁迅小时候喜欢影描绣像画，有一次描到中途出去玩了，正好祖母进来，觉得好玩，就去描了几笔，结果画坏了，鲁迅回来看到，就扯去另画，"祖母有点怅然"，就是有点尴尬，带有不好意思的意思。多么可爱的一位老祖母！她始终是慈祥的，也是充满童心和有趣的，却又是一位命运带悲剧色彩的传统女性。我以前光注意到鲁迅和他祖父的关系，其实，鲁迅和他这位祖母，也是完全可以也应该单独属文的。

不过鲁迅自己在小说里，倒是借魏连殳之口，对于葬礼最后这场惊天动地的长嚎痛哭，作了这样的解释：

> “她的晚年，据我想，是总算不很辛苦的，享寿也不小了，正无须我来下泪。况且哭的人不是多着么？连先前竭力欺凌她的人们也哭，至少是脸上很惨然。哈哈！……可是我那时不知怎地，将她的一生缩在眼前了，亲手造成孤独，又放在嘴里去咀嚼的人的一生。而且觉得这样的人还很多哩。这些人们，就使我要痛哭，但大半也还是因为我那时太过于感情用事……”

这段解释，既解释了现实生活中鲁迅没哭的理由，也解释了小说人物魏连殳放声号啕的原因，可以说是一举两得，一石二鸟。看来鲁迅对于自己在小说中“插入”的这一段号啕痛哭的描写，还是很在意的，或者内心还有点“得意之笔”的感觉吧（周作人也说这一段“写得很好”），所以小说中“我”和连殳重逢，又说起大敛时的情景，有两句这样的对话：

> “我总不解你那时的大哭……”
>
> “是的，你不解的。”

听上去很有点意味深长的味道。[1]

1　除去小说中魏连殳的解释（实即鲁迅的解释）外，所谓“你不解的”的含义，我认

正如魏连殳在祖母葬礼上的失声痛哭，死亡总是哭泣的一处洞穴源泉。跟普通人一样，鲁迅一生也经历了众多身边人物的死亡，比如范爱农的死。

周作人说，鲁迅和范爱农的缘份很奇特。

这话什么意思？怎么个“奇特”法？

鲁迅和范爱农同在日本好几年，见面却只有一两次，第一次见面，鲁迅还完全没了印象，事后经范爱农提醒，才恍然想起。这跟同许寿裳的同学同居、朝夕相处相比，简直可以说是有天壤之别，迥然不同。回国后，鲁迅和范爱农纯属偶然相逢，却发现彼此情投意合，加上机缘巧合，绍兴光复后，两人有机会在同一所学校任职，鲁迅当校长，范爱农当教务主任，朝夕相见，日日往来，饮酒畅谈，无话不说，对于两人来说，这都是一段极为难得的美好时光，不仅因为两人性格相合，相谈甚欢，更由于这段时间对两人来说，都是人生低谷，知己相逢，也算是一种“空谷足音”了。但其后不久，鲁迅在许寿裳的引荐下，远走南京、北京，范爱农独自一人留在原地，徘徊于杭、绍之间，徙倚无定，最终落水而亡。

所以，鲁迅和范爱农，相识虽然有年，相处却极为短暂，

为至少还有这几层：其一是鲁迅祖母去世的时间，正是鲁迅一生中最低谷的时期（即从日本回到到就职教育部之前的这段时间）；其二是小说《孤独者》的写作时间，即1925年的10月下旬，正是“女师大风潮”双方抗争相持进入“白热化”阶段，鲁迅和许广平他们即将取得最终的胜利的时候，也就是钱稻孙觉得鲁迅“精神上有些异常”的时候。另外，鲁迅笔下魏连殳哭祖母的方式，其实是遵循古法来的，即所谓“三年之丧，哭之不文也”（《荀子·礼论》），这也是民国以后的新派青年所不懂的了。

前后相加，充其量不过两三个月而已！却能彼此投契，心心相印，其友情可概括为：极短暂而极热烈。之后遽然分离，且分别仅数月，范爱农就以“落水而亡”的方式，彻底告别了好友和人世间。这就是周作人所说“缘份很奇特”的意思。

范爱农的死，除他的家人外，大概再也找不出一个人，像鲁迅那样深感悲怆和创痛了。用鲁迅自己的话说，“我于爱农之死，为之不怡累日，至今未能释然”，也就是在好几天的时间里，鲁迅的情绪一直是低落、悲伤的。兔死狐悲，也许最能形容鲁迅的感受。

> 有一天，大概是七月底吧，大风雨凄黯之极，他（鲁迅）张了伞走来，对我们说，“爱农死了”。（许寿裳《集外文录·怀旧》）

这像是电影分镜头一样的一笔，极其传神地写出了鲁迅在得知范爱农死讯后好几天的神情状态。

范爱农的死，对鲁迅来说，像一面镜子，像一道闪电，让刚刚而立的鲁迅，刚刚走出人生低谷的鲁迅，看到了自己，看清了自己的现实生存环境。

鲁迅得知范爱农死后的第三天，写了《哀范君三章》，也就是三首旧体诗。1934 年，杨霁云为鲁迅编《集外集》，想收入《哀范君三章》，时隔二十多年，鲁迅已记不得原作，便凭记忆重写了其中一首，并且把题目改为《哭范爱农》。

从《哀范君三章》到《哭范爱农》，改后的标题显然要比原标题更能直截表达出鲁迅对于故友的真切感情。许寿裳所记“雨中张伞”的镜头，尽管没有出现泪水，但其所传递出的，正是一种欲哭无泪、伤痛悲凉的状态。所以多年以后写下《哭范爱农》标题，也算是对当时情感的真切定格。

> 鲁迅的朋友中间不幸屈死的人也并不少，但是对于范爱农却特别不能忘记，事隔多年还专门写文章来纪念他。（《鲁迅的青年时代·鲁迅与范爱农》）

周作人这话指的是《朝花夕拾》的《范爱农》，其时距范爱农之死已有十多年。事实上，我认为，范爱农的死，在鲁迅生平所经历过的亲友死亡事件中，是除他父亲之死外，在当时最给他以触动和创痛者，其性质绝非仅限于普通朋友间（何况相处时间还那么短）那种因闻其死讯而产生的惊讶和意外。竹内好说：“鲁迅在范爱农身上看见了自己。”丸山升的说法是：“范爱农的死，对于鲁迅在某种意义上，预示着中华民国的前途。”这些话语，点出范爱农之死对于鲁迅的特殊意义。[1]

就在凭记忆重写《哭范爱农》的一年多前，鲁迅还写过一首著名的悼念友人的旧体诗：

---

1 《近代的超克》，[日]竹内好著，李冬木、赵京华、孙歌译，生活 读书 新知三联书店，2005年；《鲁迅革命历史——丸山升现代中国文学论集》，丸山升著，王俊文

岂有豪情似旧时，花开花落两由之。

何期泪洒江南雨，又为斯民哭健儿。（《悼杨铨》）

杨铨（杏佛）当时是中央研究院总干事，同时也是中国民权保障同盟的总干事。1933年6月，杨铨被国民党“蓝衣社”特务枪杀于上海街头。

据宋庆龄说，鲁迅和杨铨1911年同在南京临时政府里任职，但直到1927年同时加入中国济难会以后，才有机会相识。（《鲁迅回忆录》散篇下册）不过即便如此，估计相处的机会也不多，看《鲁迅日记》，杨铨名字第一次出现，是在1933年2月，这显然是因为“中国民权保障同盟”的缘故了。因此，可以说，鲁迅和杨铨相识与相交，始终是公谊大于私交，或者说是寓私交于公谊之中的。在由濮存昕饰演鲁迅的电影里，编导把杨杏佛的遇刺，安排在杨氏父子离开鲁迅家之后，好像以此来显示杨、鲁关系的近密，即使是作为电影艺术，我觉得也既不真实，也没必要，也不高明。事实上，鲁迅和杨杏佛的交往，主要就是以中国民权保障同盟为背景的，包括那几张著名的摄影像片，其中有一张是杨铨给鲁迅拍摄的。鲁迅和杨杏佛之间，好像从未见有过单独相处的经历。

但鲁迅在杨铨被刺后，冒着可能存在的危险，毅然参加了杨铨的公祭仪式，回来后写下了这首《悼杨铨》。

译，北京大学出版社，2005年版。

诗里的“哭”字，当然是文化意义上的。荀子把基于死亡的哭泣，分为“文哭”和“情哭”两种。前者指“礼”哭，即有节制的，甚至是象征性的哭；后者则是通常所说的“放声痛哭”，一任情感的宣泄。如果说魏连殳在祖母葬礼上的号啕痛哭，属于“不文之哭”（《荀子·礼论》）即“情哭”，那《悼杨铨》的“哭”，就是文化意义上的哭，《哭范爱农》，则属于“情文”交融。

顺便说一句，跟鲁迅和杨铨的关系相比，胡适和杨铨可以说是多年老友了，他俩之间有各种亲密关系，一度简直可以说是亲密无间。杨铨被杀前后，胡适刚好要到国外参加一个学术会议，途经上海，还跟杨铨见了一面，没想到隔天杨铨即被刺杀。《胡适日记》记下了这件事情：

> 今早上八点半，杏佛从研究院出门，被四个人从三面开枪射击，杏佛即死，……
>
> 此事殊可怪。杏佛一生结怨甚多，然何至于此！凶手至自杀，其非私仇所想。岂民权同盟的工作招摇太甚，未能救人而先招杀身之祸耶？似未必如此？
>
> ……
>
> 我常说杏佛吃亏在他的麻子上，养成了一种“麻子心理”，多疑而好炫，睚眦必报，以摧残别人为快意，以出风头为作事，必至于无一个朋友而终不自觉悟。我早料他必至于遭祸，但不料他死的如此之早而惨。他近

两年来稍有进步，然终不够免祸！（1933年6月18日《胡适日记》）[1]

把上面的《胡适日记》跟鲁迅的《悼杨铨》对比一下，能立即看出胡、鲁二人的不同。所谓越亲近者越苛刻，越生疏者越客气，有时候，人际关系上的实际远近，恰恰就会以这种类似逆反的方式呈现出来。但谁又能说，这中间没有某种思想性格的差异和选择呢？

杨铨被杀当晚，胡适乘船离开了上海，没有参加第二天杨铨的公祭。会期、行程已事先确定，这是可以理解的。

鲁迅写自己祖母和两位友人的死，笔下都用到了哭字，但实际上都没有哭，难道鲁迅就真是个“笔头主义”者？于哭泣也只是个“纸上谈兵”之人？即所谓“光说不练”者？——非也。

最起码，小时候的鲁迅不是这样的，不仅不是，好像还有点爱哭。

鲁迅八岁时，他唯一的妹妹，出生才十个月的端姑，夭亡于襁褓之中。

当其病笃时，先生在屋隅暗泣，母太夫人询其何故，答曰：“为妹妹啦。”（许寿裳编撰《鲁迅先生年谱》）

1　转见于朱正《鲁迅回忆录正误》（增订本），人民文学出版社，2006年版，210~211页。

这大概是除呱呱坠地外——纵使是鲁迅，想必也应该有过这一“获奖感言”的——我们现在所知鲁迅最早的一次哭泣。

《狂人日记》结尾部分，写“狂人”有个妹妹死掉了，不过年纪不是十个月，是五岁；哭的人也不是“我”，是母亲。——毕竟是小说，还是《狂人日记》。读过《狂人日记》的人，大概很少有人留意到，小说写到的这位有可能被“吃”了的妹妹，其实是有作者的真实生活经历为其素材成份的。虚实结合，虚实相混，这是我们阅读鲁迅时，会经常碰到的现象，就像“狂人”说的，“未必不和在饭菜里，暗暗给我们吃”。

《社戏》和《故乡》里面，也有这种情况。

> 就在我十一二岁时候的这一年，这日期也看看等到了。不料这一年真可惜，在早上就叫不到船。平桥村只有一只早出晚归的航船是大船，决没有留用的道理。其余的都是小船，不合用；央人到邻村去问，也没有，早都给别人定下了。外祖母很气恼，怪家里的人不早定，絮叨起来。母亲便宽慰伊，说我们鲁镇的戏比小村里的好得多，一年看几回，今天就算了。只有我急得要哭，母亲却竭力的嘱咐我，说万不能装模装样，怕又招外祖母生气，又不准和别人一同去，说是怕外祖母要担心。(《社戏》)

开头一句的年龄，就是真实的；看社戏当然也是真的。至于一些无关紧要的细枝末节，则属于虚实结合的写法。（见周作人《鲁迅小说里的人物·平桥村》）

同样，《故乡》说，“这少年便是闰土，我认识他时，也不过十多岁”，也是真实的，其实还可以更明确，见面是在 1893 年。这一年，鲁迅曾祖母去世，祖父丁忧回家。第二年便发生“科场贿赂案”，祖父被捕入狱，年少鲁迅去到舅父家避难，鲁迅父亲身染重病，所有连串质变事件，都发生在少年鲁迅和章运水（闰土）相识的同年及次年，正好处在家庭剧变的前夕，家族命脉线图的波峰位置。

> 可惜正月过去了，闰土须回家里去，我急得大哭，他也躲到厨房里，哭着不肯出门，但终于被他父亲带走了。（《故乡》）

《社戏》和《故乡》里的少年鲁迅，一个“急得要哭”，一个“急得大哭”，这也折射出“我正是一个少爷”的某种痕迹。

1894 年以后，鲁迅家道急剧败落。

但少年鲁迅爱哭的天性，好像暂时还没有改变。

下面这个故事，是我从许寿裳的书里看来的。

> 在十余岁时候，胡家祠堂里演戏，他事先已经看好

了一个地方——远处的石凳。不料临时为母亲所阻止，终于哭了执意要去看，至则大门已关，不得进去。（许寿裳《鲁迅的思想与生活·鲁迅的生活》）

从故事内容看，这里说的“十余岁时候”，是十几呢？我猜应该是在鲁迅十四五岁左右，也就是在《社戏》和《故乡》故事发生之后。当时鲁迅的家庭，已经陷入了败落的境地。

1898 年，十八岁的鲁迅前往南京求学。独自负笈异乡，深深引发了鲁迅的思乡、思亲之念。据周作人在《鲁迅的青年时代》里说，戊戌年（即 1898），鲁迅作有《戛剑生杂记》随笔数则，其中之一为：

行人于斜日将堕之时，暝色逼人，四顾满目非故乡之人，细聆满耳皆异乡之语，一念及家乡万里（真能夸张），老亲弱弟必时时语，谓当今至某处矣，此时真觉柔肠欲断，涕不可仰。故予有句云，日暮客愁集，烟深人语喧，皆所身历，非托空言也。

文中特别强调，“皆所身历，非托空言也”，就是真人真事的意思。

1900年，鲁迅写了三首《别诸弟》。这时四弟椿寿已经去世，所谓诸弟，实际只有周作人和周建人两人，言二为诸，殊为少见，我想诗题中的“别”字，也包含了已经去世的四弟在内。

三首诗中有一首是：

还家未久又离家，日暮新愁分外加。
夹道万株杨柳树，望中都化断肠花。

这里乍一看，并没有哭字，但周振甫先生对于诗中的断肠花，作了这样的注释：

《广群芳谱》卷三十六秋海棠引《采兰杂志》：“昔有妇人怀人不见，恒洒泪于北墙之下。后洒处生草，其花甚媚，色如妇面，其叶正绿反红，秋开，名曰断肠花，即今秋海棠也。”

一年后，16岁的周作人写了三首《送戛剑生往白　步别诸弟三首原韵》。随后鲁迅又写了三首《和仲弟送别原韵》，在诗后所附跋里，鲁迅写到：

仲弟次予去春留别元韵三章，即以送别，并索和。予每把笔，辄黯然而止。越十余日，客窗偶暇，潦草成句，即邮寄之。嗟乎！登楼陨涕，英雄未必忘家；执手消魂，兄弟竟居异地！深秋明月，照游子而更明；寒夜怨笳，遇羁人而增怨。此情此景，盖未有不悄然以悲者矣！

其中“登楼陨涕，英雄未必忘家”，显然是用王粲《登楼赋》中“悲旧乡之壅隔兮，涕横坠而弗禁”的典故（同时也可以说是“无情未必真豪杰”的祖本）。虽然是用典，虽然是骈偶句，但同样是所谓“皆所身历，非托诸空言也”。纵观鲁迅一生，兄弟感情，始终是一种带有宗教感般的情结。

此时的鲁迅，已是“二十而冠”之人，但少年时动不动就要哭的天性，似乎尚未完全“转型”完毕。我在网上偶然看到的一则材料，让我相信，这一时期的鲁迅，似乎依然处于由童年和少年而来的“哭”的延长线上。

> 老先生们在回忆文中写道：庚子八国联军侵华时，鲁迅读报常失声痛哭，劝也不止，……使我们这些1956年刚进大学的学生深受感动，深受教益，获得了巨大的动力。（顾启《1956，我们纪念鲁迅》，《南通大学报》（网络版）第51期；原文刊于2006年8月31日《南通广播电视报·紫琅苑》）

“鲁迅读报常失声痛哭，劝也不止”，“常”，说明不是一次或偶然，“劝也劝不住”，让人想起魏连殳。说实话，如果不是这则材料后面明确标明了信息的出处来源，我到现在都有点拿不准这话的可信度。句中的“老先生们”，指的是南京师院（现南京师大）中文系的老师。这是该学校中文系师生纪念鲁迅逝世二十周年的活动回忆。

成年以后的鲁迅，泪水好像渐渐退出了他的面庞。横眉冷对的眼眶里，似乎也容不下泪水的晶莹闪烁。只有一件事，有时还被好事者拿来说说，其实这件事并没有确凿的依据。

> 听说印花被的靛青把鲁迅先生的脸也染青了，他很不高兴。（王鹤照《回忆鲁迅先生》）

王鹤照是从小在鲁迅家做帮工的，鲁迅结婚时，王鹤照十七八岁，《回忆鲁迅先生》是他晚年的口述文字。就凭其中这么一句模模糊糊的话，有人断定鲁迅在新婚之夜哭了。我想，这只能说是有人愿意相信，或者说希望鲁迅在新婚之夜，躲在被子里哭了。在他们看来，当年二十五六岁的鲁迅，太有理由为自己的这场婚姻暗自饮泣。

哭泣通常是悲伤的表现，不过也有例外或相反的时候。

> 我觉得在快意中要哭出来。这大概是我死后第一次的哭。
>
> 然而终于也没有眼泪流下；只看见眼前仿佛有火花一闪，我于是坐了起来。

这是《野草》中《死后》一篇的结尾部分。又是“要哭出来”！让人想起《社戏》里的“急得要哭”，只不过这里是“快意中”，背景原因的不同是不重要的，关键是一种相似状态的“重温”，一种相隔久远的童年或少年状态。

就在《死后》写作的一个月前，鲁迅位于西三条胡同的家里，举行过一场家庭盛宴。

那天是端午节。来客是五位青年女士，因此那天的西三条胡同21号，可谓高朋满座，美女如云，坐中只有鲁迅一人为须眉男性。聚餐的饮食，是朱安下厨张罗的，还是点餐叫的外卖？朱安想必不会上桌，要不估计也会早早撤退下桌，她一定是默默坐在自己的小屋里，闻人笑语。这次端午聚餐，最后演变成了一场醉酒狂欢的闹剧。两天后，鲁迅给许广平写了一封"训词"（不像信的信），其中有内容如下：

> 又总之：端午这一天，我并没有醉，也未尝"想"打人；至于"哭泣"，乃是小姐们的专门学问，更与我不相干。

加引号的部分（"训词"的前面有"想拿东西打人"，"居然睡倒，重又坐起"等），是此前许广平写给鲁迅的信里，对鲁迅端午节家宴过程中的"不雅"表现的"指控"，"哭泣"自然也是。从《两地书》和当事人后来的叙述来看，许广平的这些"指控"，基本可信，可以宣告成立。

端午家宴后，鲁、许关系迅速升温升华。7月13日（《死后》写于12日），许广平给鲁迅的信里，开始称呼鲁迅为"嫩弟手足"。一年后的1926年8月15日，鲁迅在一封回复许广平的"模仿函"中，有这样一句：

言念及此，不禁泪下四条。

对此许广平特加注释说：

又“四条”一词乃鲁迅先生爱用以奚落女人的哭泣，两条眼泪，两条鼻涕，故云。有时简直呼之曰：四条胡同，使我们常常因之大窘。

以后的故事大家都知道了。“哭”，原来也是具备这种让人快意的功能的。

1926年8月，就在鲁迅和许广平预备离京南下的前夕，日本青年辛岛骁来到鲁迅家里。辛岛骁是日本汉学家盐谷温的学生和女婿。辛岛骁后来写的《回忆鲁迅》，其中有这样一段描写，记录了他俩在鲁迅家聚餐的情景：

在谈话的过程中，鲁迅很神气地从凳子上站了起来，他的因为喝了酒而发热的脸孔，由于愤怒更加泛红。……这时鲁迅连眼泪也出来了，凝视着我的脸孔。后来再也没有看到过鲁迅像这时候那么激动的神态。（《鲁迅回忆录》散篇下册，1514页）

鲁迅为什么会这么激动，并且还流泪了呢？除了这是鲁迅准备离开自己生活了14年的北京，即将踏上一条全新的生活道路以外，辛岛骁文章的前面文字不可省略。

鲁迅讲到了天安门事件（即“三一八惨案”）。而且，他对中国不易动摇的黑暗封建势力的力量感到愤慨，同时也说出了对当时领导纯真的学生的部分领导者的利己行为感到憎恶的话。……

他一面飞快地伸出手臂，一面表演着指挥学生群众的人物的模样，说：“他发出‘前进！前进！’的号召，叫纯真的学生朝着枪口冲击，可是他们自己决不站在前面把胸脯朝着枪弹。只是从旁边发出号召，这就是中国的领导者的姿态。你以为这样就能救中国吗？”

这段话语非常重要。众所周知，“三一八惨案”后，鲁迅写了大量抨击文字，集中火力抨击“段政府”，以及站在政府一边帮忙说话的文人，如陈源等，但从未在攻击文字中，将矛头对准组织游行示威的“自己人”。然而通过辛岛骁的这段回忆文字，我们看到了鲁迅的这一面，鲁迅甚至为此流下了激愤的泪水。辛岛骁文章后面还有一句：

自从那天晚上亲眼看到了鲁迅的哭喊以后，……

我们有理由相信，辛岛骁所记述的，应当是可信的。

五年后，鲁迅在上海见到了一对来自日本的夫妇：宫崎龙介和柳原白莲。宫崎龙介来自著名的宫崎家族，柳原白莲据说有日本皇室血统。增田涉的《鲁迅的印象》里，专门写到了这次会见：

> 歌人柳原白莲君从日本到上海时，因为想会见中国的文学家，由内山完造先生的照应，邀请了鲁迅和郁达夫，在一个饭馆里见面，我也陪了席。那时，鲁迅很说了些中国政治方面的坏话。白莲君便说，那么你讨厌出生在中国吗？他回答说，不，我认为比起任何国家来，还是生在中国好。那时我看见他的眼里湿润着。（《鲁迅的印象·鲁迅认为生在中国比生在别国好》

鲁迅再次在日本人面前眼眶湿润，为中国，为中国人。

我相信一个人在这种场合，在这种语境的瞬间，是容易眼眶湿润的，哪怕是鲁迅，或者说，尤其是鲁迅。

> 多伤感情调，乃知识分子之常，我亦大有此病，或此生终不能改。（《致曹聚仁》1934 年 4 月 30 日）

鲁迅恐怕还不仅属于普通的多伤感情调而已，而他所自陈的“大有此病”“此生终不能改”，我想恐怕是有某种先天生理性基础原因的，我愿意称之为神经类型。关于这一点，许寿裳的一段文字可供参考。附言一句，这段文字写得极为浏亮，在许氏文笔中，亦属佼佼者。

> 鲁迅的身材并不见高，额角开展，颧骨微高，双目澄清如水精，其光炯炯而带着幽郁，一望而知为悲悯善感的人。两臂矫健，时时屏气曲举，自己用手抚摩着；脚步轻快而有力，一望而知为神经质的人。

出自毕生老友之言，必然可信。

2010年10月10日

2019年3月29日重写完毕

随感与遐想：散说鲁迅

说起来有点奇怪，我在写这些跟鲁迅有关的文字时，脑海里一再跳出德国天文学家开普勒的名字和他的行星运动定律。

开普勒的行星学说，我现在只记得其中第一条，椭圆定律。椭圆！多么奇妙，多么美妙。自古以来，一直到开普勒为止，所有的天文学家和科学家，都一致相信，天体是圆的，天上的星球是以圆的形式，在各自运行，因为只有圆才是最完美无缺的，才是宇宙和大自然的本质和面目，连最新的、具有革命性意义的哥白尼的天体学说，也都依然保持着这种悠久不变的传统观念和说法。只有到了开普勒，才"向前迈出了一大步"，罗素在他的书里评论说，开普勒的学说"迫使人们认识到，不顾事实而凭先入之见的美学或神秘主义原则来进行辩论是很危险的。为了求得诸多现象的正当原因，就有必要去寻找那些往往不是显而易见的各种关系。"（《西

方的智慧》，世界知识出版社，马家驹、贺霖译）

从我第一次知道开普勒的名字和他的行星运动定律起，这个名字和他的学说就给我留下了至深难忘而且倍感亲切的印象。不夸张地说，每次我想到开普勒和他的学说，都会有一种隐隐的激动，确实太奇妙和美妙了！从圆到椭圆，变化就那么一点点，然而一切就都对了！步入正轨。想想就让人激动。从此天空豁然明朗，万物有序。简单往往是真理最喜欢的外套。这种简单，并非一览无余和唾手可得，它是站在无数前人的肩膀上（尤其是第谷先生的肩膀上），历过无数积累、观察和思索，坚持相信事实和自己的感受的结果。如果没有之前漫长、精细和烦琐的积累，就不会有果仁从硬壳里的一跃而出。

偏差一点是正好，这是我特别喜欢说的一句话。

其实，椭圆也是圆，它同样也很圆美。

对我来说，鲁迅的影子始终萦绕不去，最初是因为他那怪怪的遣词用语和说话方式，那种奇异特别的语言表达，既生涩又流畅，既陌生又熟悉，既亲切又隔膜，既是口语，又多警句，若远若近，似懂非懂，这就构成一种难以忘怀和摆脱的吸引力。后来是觉得哪哪都有他的存在，仿佛无处不在，也造成了一种奇特的好奇心。再后来，则是他那神奇的现代超前性，别的不说，光是鲁迅和他喜爱的宠物，比如壁虎，猫头鹰，小老鼠（隐鼠），还有鲁迅对于弩机的喜好，就已经让我佩服膜拜不已！要知道，这些在我们今天的社会，早已是司空见惯、再平常不过的现象，鲁迅先生可是在一百年前，就表现得和今人无异了！在我看来，这就是鲁迅身上某种神奇的现代超前性表现，它使得鲁迅跟我们现在所处的时代，完全同步，而且好像始终是同步的，这难道不够神奇和让人惊讶吗？鲁迅的那个年代，是什么样的年代？是大清朝和大清朝的延长线上的年代。在鲁迅的那个年代，有几个人能像鲁迅这样玩耍？这种所谓现代超前性，难道不正是一种最自然本真、最晶莹澄澈的人之天性吗？这样一种终其一生、始终如一的天性，别说在鲁迅自己的年代，就是放在日后一段漫长时间里来看，又有多少存身之地和展现机会呢？无论如何，这是鲁迅最让我感到惊奇，也让我有点暗自羡慕嫉妒的地方。而鲁迅身上的这种现代超前性，又远不只是表现在他对宠物的喜爱上，在各个方面，我都能在鲁迅身上看到这种现代超前性，它们成了鲁迅对我始终富有吸引力的首要原因。

会生活的鲁迅，爱生活的鲁迅，懂生活的鲁迅，有生活内容的鲁迅。

鲁迅的最大特点和价值，就在于活力，一种迅疾精敏、充实不虚的反应活力。

他其实经常想错事，说错话，做错事，写错字。

鲁迅的另一个重要特点是开放。思想和人生的开放，不是一般的徒有形式的开放，或羞羞答答、半抱琵琶半遮面的开放，而是一种惊人坦率的开放，仿佛有高超技巧的开放。鲁迅身上当然不止有开放，也有封闭，异乎寻常的封闭，简直是密闭。开放和封闭，就像是阴阳八卦图的阴阳两面，构成一个“虎符鲁迅”。但这决不是说，鲁迅是半开放半封闭的，日本学者丸山真男说福泽谕吉的一段话，可以移用到这里，“福泽既不是单纯的个人主义者，也不是单纯的国家主义者，而且亦非一面是个人主义，另一面是国家主义的两面持有者。应该说，他正因为是地道的个人主义者，所以才是国家主义者。”鲁迅的开放与封闭，亦当作如是观。

鲁迅之所以为鲁迅，没有这种开放，是不可想象的。

毛泽东说鲁迅有牺牲精神，我感觉这其中就包含了鲁迅的开放精神。也许，开放本身就带有某种牺牲的意味，就像祭品?

如果对鲁迅所有小说来次投票，让鲁迅自己也参加，我想最后得票最多的，一定是《孔乙己》。纵使这样，每个人对《孔乙己》的认识和感受，肯定是不相同的，有人大概只对《孔乙己》里笑的部分，特别有兴趣。而我对《孔乙己》的印象，特别停留在下面三句话上：

“你怎的连半个秀才也捞不到呢？”

孔乙己着了慌，伸开五指将碟子罩住，弯腰下去说道，“不多了，我已经不多了。”

“这一回是现钱，酒要好。”

我觉得在这三句话上面，或背后，隐含着鲁迅自己可能都没有意识到的灵魂刻痕，而且是最深的那种刻痕。

我曾经这样想，假如有一天，鲁迅所有的文字作品，都随时间消失了，被人遗忘了，最后留下的，一定是《孔乙己》，而不是《阿Q正传》。

鲁迅对于海婴的取名，是这样解释的，因为生在上海，上海的婴儿，所以叫海婴。这解释听上去很自然，也很合理，没什么问题。

但鲁迅对于他生活中其他一些事情的原因解释，就让我觉得很有疑惑，直说就是不太相信。比如，鲁迅在《从百草园到三味书屋》里说，为什么要送我去三味书屋读书呢？“也许是因为拔何首乌毁了泥墙罢，也许是因为将砖头抛到间壁的梁家去了罢，也许是因为站在石井栏上跳了下来罢。”是这些原因么？当然也没谁敢说绝对不是，但要说就是这些原因，估计心里多少得存点疑。当然，这本来就是文学性较强的散文，说得高雅点，这种写法，叫笔致，或笔法。那鲁迅说自己要去南京读学堂了，是因为衍太太造流言，说他偷了母亲的钱之类，也是文学笔致？你相信鲁迅之所以要外出读书，是因为衍太太流言的结果？相信鲁迅从水师转考进陆师学堂，就是因为水师学堂的“乌烟瘴气”？相信鲁迅写《狂人日记》，就是钱玄同反复督促的结果？相信鲁迅说的，他之所以离开北京，是因为军阀的通缉？离开厦大和中大是因为顾颉刚？跟许广平的同居是因为有人制造谣言，生气了，所以一气之下，就决定和许广平一起生活了？

我曾经把这些疑问罗列起来，想写成一篇东西，题目叫《鲁迅笔下那些不像原因的原因》。

日本人对此比较细心，而且善于怀疑，他们不相信鲁迅中途离开仙台医专（辍学，跟比尔盖茨一样），是因为看了什么幻灯片，受了刺激的结果。

把这些例子合拢起来，能看出一个特点，即鲁迅在解释自己生活中一些并非完全无足轻重的事情的起因时，喜欢或习惯于把它归结为或停留、“止步”于一些具体而微的细节上，不像其他人，通常会给它们一个较大的、看上去更冠冕堂皇的“帽子”，这是鲁迅思维中的一个重要而突出特征。说到底，是一种“小化”（具体、感性、形象）思维的语言现象。

鲁迅去世后，周作人写过不少有关鲁迅及其作品的文字，其中两个地方，给我印象较深，一是在《知堂回忆录》中说到《范爱农》开头所谓鲁迅和范爱农的意见对立时，周作人说，其实鲁迅和范爱农当时的意见是一致的，并非如文章所写，两人是相互对立的，周作人说，这“是故意把‘真实’改写为‘诗’”。《诗与真》是歌德自传的书名，周作人把它用在鲁迅身上，可谓十分精准而贴切。其实，岂止是《范爱农》的这一笔，这种“诗”与“真”的转换有关系和状态，是我们认识整个鲁迅其人包括其文字作品和精神特质的重要切入点。鲁迅自己在《藤野先生》里说的“画血管”故事，也是一个最好的例证说明，可以说是自我展示或暴露。可惜历来的鲁迅读者，好像很少人从这角度去理解和把握过。还有一次，周作人把鲁迅的形象，比喻为一个盾，说，“这好比是个盾，它有着两面，虽然很有点不同，可是互相为用，不可偏废的”，这种对于鲁迅两面的强调，早已开始有人注意到了，但至今为止，似乎挖掘得还远远不够。我想以后应该会有越来越多的人注意并表达出这一点。

鲁迅“退出中学语文课本”的话题，好像已经反复过好几回了，持严厉批评意见的一方，似乎是正义的主力军。不过我的看法有点不同，我觉得鲁迅作品，纵使有所谓“退出”情况，也完全不必大惊小怪，或者说，其实是正常，或者说应该的。众所周知，鲁迅当年听说自己的作品被放入中学课本，他的反应就是明确反对的。你认为鲁迅是在开玩笑？是谦虚？鲁迅认为，可以等孩子年龄稍大一些，再来读自己的文章。

鲁迅说过，要少读，或竟不读中国书。我想，其实对今天的孩子（中小学甚至是大学生）来说，也可以说一句，可以少读，或竟不读鲁迅的书。喜欢读鲁迅的书，很正常，不喜欢看鲁迅的文章，同样很正常。鲁迅对某些人来说，像一种美味且富有营养的粮食或水果，但对另一些人来说，却有可能是难吃的，也许还会引起过敏反应的食物，那为什么还要硬吃、非吃不可，甚至还要大吃特吃呢？我想，如果有一天，原先不想看、不喜欢读鲁迅作品的人，忽然对鲁迅的文章有了兴趣，也想来翻翻看看了，他可以随时轻松地看到他想看的鲁迅文章或书籍，或者是任何参考资料之类，等等，没有任何限制，没有删减，没有涂改（鲁迅自己删改、涂改的，当然不在此列），没有遮掩，没有伪造，也没有谎言和谰言，我想，这就很好了，而不是非要把它们硬塞在中学语文课本里，读得懂读不懂，统统都得死记硬背再加考试，以为这样就算大功告成，可以得胜回朝了？当然，如果他一辈子都不想读鲁迅的文章或书籍，我觉得也没什么，那是他的事。

鲁迅文章和书籍，如果已经到了要靠强行推广来保证阅读的地步，那“退出”不也是理所应当的了吗？也许那恰恰是经学化鲁迅的必然结局。

> 庄生以为“在上为乌鸢食，在下为蝼蛄食”，死后的身体，大可随便处置，因为横竖结果都一样。我却没有这么旷达。假使我的血肉该喂动物，我情愿喂狮虎鹰隼，却一点也不给癞皮狗们吃。养肥了狮虎鹰隼，它们在天空，岩角，大漠，丛莽里是伟美的壮观，捕来放在动物园里，打死制成标本，也令人看了神旺，消去鄙吝的心。但养

胖一群癞皮狗，只会乱钻，乱叫，可多么讨厌！（《且介亭杂文末编·半夏小集》）

这是鲁迅的心愿。

鲁迅逝世快一百年了，我只想问一句，鲁迅的心愿达成了么？

鲁迅说：“我的哲学都在《野草》里。”

我觉得鲁迅最值得注意的思想，在《铸剑》里。我说的不是复仇，复仇不过是个故事框架而已，我说的是《铸剑》最后，三颗头颅完全融化在了一起。

在电视上看过一部讲平型关战役的电影。战斗打响后，附近日军的飞机飞过来，对八路军进行轰炸扫射。手握望远镜、站在山岭上指挥的师长林彪，随即对身边人说，让我们的战士冲下山去，和敌人搅在一起。

冲下山去，和敌人搅在一起。我对这句话念念不忘，尤其在我写鲁迅的时候。

看鲁迅的书，特别是鲁迅的杂文，发现鲁迅专讲小道理，他好像很反感大道理，尤其是早先，有时简直就是反道理，但他很多时候十分尊重常情。

鲁迅说要少读，或竟不读中国书，他自己却旧学淹博，这让很多人觉得难以理解。其实，对于鲁迅来说，这是一种很常见的思维和语言表达现象，比如，鲁迅和母爱。

鲁迅一生表现得像个纯正孝子，即使最反感鲁迅的人，大概也不会怀疑和否定这一点，但是鲁迅又是怎么说母爱的呢？好友许寿裳夫人去世，鲁迅闻讯劝慰，劝慰之外，鲁迅说，对于孩子来说，幼失慈母，固然不幸，但也并非完全的不幸，因为他们可以成为更勇猛无挂碍的人。鲁迅的意思当然是好的，或者说是对的，但从人之常情来讲，这话似乎换个时间来说更好（否则有些人简直能听出死得好的意思）。对好友当然可以直言无忌，但许寿裳当时内心作何感想，恐怕也真是难说。我记得鲁迅后来对另一位熟人，在书信里也说过同样的话。韩侍桁回忆鲁迅的文章，说到鲁迅谈到母爱时，曾有个比喻，说母爱像穿在身上的湿棉袄，脱了嫌冷，穿着不舒服（这个比喻鲁迅还曾经用在他极度讨厌的顾颉刚身上！）

另外，周建人在《鲁迅故家的败落》里说到有位伯母，只有一个儿子，叫兰星，但母子关系不太和睦，母亲逢人便说儿子的不肖，说不理她的劝告，骂她，甚至于要打她！但鲁迅却和兰星关系很好，每逢回家见面，总是特别亲切。至于鲁迅在文章中对孔融（以不孝罪名被杀，说过父之于子，有什么恩，母之于子，有什么恩之类惊世骇俗、大逆不道的话，鲁迅在文章里引述了）的肯定，甚至是欣赏，也算是众所周知了。

所以，鲁迅古籍淹博，却劝人不读中国书，也没什么好奇怪的，至于内中明显有道理的那部分，就更不必说了。

2020 年 6 月 8 日

游走于好饮与戒酒之间的鲁迅

喝酒是好的，但也很不好。——鲁迅

一、喝了，还是没喝？

1928 年 6 月 6 日，已在上海定居半年多的鲁迅（定居只是种习惯说法，鲁迅本人对于自己在上海的居住，一直表示为并非定居的打算和姿态，然而因为鲁迅有些骤然的离世，所以从事实和结果来看，他生命的最后十年，确实是在上海定居了），在给朋友章廷谦的信中，有这样一句话：

> 我酒是早不喝了，烟仍旧，每天三十至四十支。

所谓“酒是早不喝了”，说明以前是喝的，但是不是“早不喝了”呢？这个先放一下，我们来看看，这之后，是不是不喝了。

查《鲁迅日记》，从1928年6月以后，查出这么一份记录，可以说是鲁迅自己记下的喝酒清单：

1928年9月22日：午食面饮酒。

1929年4月18日：夜饮酒醉。

1929年9月17日：中秋夜，午及夜皆添肴饮酒。

1929年10月7日：夜与三弟饮佳酿酒。

1930年2月15日：晚从中有天呼酒肴一席请成先生，同坐共十人。

1930年3月15日：因有绍酒越鸡，遂邀广湘、侍桁、雪峰、柔石夜饭。

1930年5月17日：夜柔石、广湘来，雪峰及侍桁来，同出街饮啤酒。

1930年8月23日：晚在寓煮一鸡，招三弟饮啤酒。

1930年11月26日：晚三弟来，留之晚酌。

1930年12月13日：三弟来，留之饮郁金香酒。

1931年6月27日：归途在ABC酒店饮啤酒。

1932年2月15日：夜偕三弟、蕴如及广平往同宝泰饮酒。

1932年2月16日：夜全寓十人皆至同宝泰饮酒，颇醉。

1932年3月30日：自饮酒太多，少顷头痛，乃卧。

1932 年 4 月 8 日：下午往面包房饮啤酒。

1932 年 7 月 23 日：下午三弟来，留之晚酌。

1932 年 9 月 1 日：夜蕴如及三弟来，饮以麦酒。

1933 年 11 月 8 日：夜赴楷尔寓饮酒。

1934 年 1 月 6 日： 午烈文招饮于古益轩……夜三弟来，留之饮白蒲陶酒。

1934 年 1 月 8 日：下午往 ABC 茶店饮啤酒。

1934 年 12 月 29 日：略饮即醉卧。

这些都明明白白写着饮酒，而且其中还夹杂着诸如“夜饮酒醉”“颇醉”“自饮酒太多，少顷头痛，乃卧”“略饮即醉卧”等字样，所以不会存在误会情况。

除此之外，同时期的《日记》里，还有数量颇多的“招饮”或“邀饮”，有的只写一个“饮”，但可以确定，应该是喝酒，而非其他。

1928 年 7 月 7 日：午得小峰柬招饮于悦宾楼。

1928 年 11 月 11 日：晚内山完造招饮于川久料理店。

1929 年 1 月 26 日：午达夫招饮于陶乐春。

1929 年 3 月 17 日：应小峰招饮。

1929 年 4 月 30 日：晚张友松、夏康农招饮于大中华馆店。

1929 年 5 月 27 日：凤举、旭生邀饮于长美轩。

1929年6月20日：晚内山延饮于陶乐春。

1930年1月4日：达夫招饮于五马路川味饭店。

1930年3月14日：泰东书局招饮于万云楼。

1930年6月15日：晚内山完造招饮于觉林。

1930年9月27日：今日为海婴生后一周年，……及三弟共饮。

1930年12月27日：分赠邻友，并邀三弟来饮。

1931年6月2日：晚内山君招饮于功德林。

1931年7月12日：山上君招饮于南京酒家。

1931年8月22日：晚内山完造君招饮于新半斋。

1931年9月25日：晚治肴六种，邀三弟来饮。

1932年10月5日：晚达夫、映霞招饮于聚丰园。

1933年1月21日：晚内山君招饮于杏花楼。

1933年2月18日：夜内山君招饮于知味观。

1933年4月29日：晚姚克招饮于会宾楼。

1933年8月5日：午后往鸿运楼饮。

1933年9月2日：晚内山君招饮于新半斋。

1934年2月5日：午内山君招饮于新半斋。

1934年5月30日：晚内山君招饮于知味观。

1934年8月5日：生活书店招饮于觉林。

1934年8月7日：晚孙式甫及其夫人招饮于鼎兴楼。

1934年9月4日：晚望道招饮于东亚酒店。

1934年9月13日：晚曹聚仁招饮于其寓。

1934年10月30日：吴朗西邀饮于梁园。

1935年1月12日：烈文招饮于其寓。

1935年1月30日：夜孟十还招饮于明湖春。

1935年10月21日：午朝日新闻支社仲居君邀饮于六三园。

此外，《日记》里还有数量不少的买酒和赠酒的记录：

1930年8月6日：买米五十磅，五元九角；啤酒一打，二元九角。

1930年8月10日：下午蕴如来并赠杨梅烧酒一瓶，虾干、豆豉各一包。

1932年7月16日：下午买啤酒、汽水共廿四瓶。

1932年8月1日：买麦酒两打。

1932年8月11日：买麦酒大小三十瓶。

1932年9月12日：蕴如来并赠杨梅酒一瓶。

除了礼尚往来的回赠或转赠外，我想这些受赠或自购的酒水，其中相当部分，应该是被鲁迅和他的家人朋友消化掉了。鲁迅请人吃东西，喜欢说：“来，一起消化吧。”

另外，《鲁迅日记》里，还有不少饭局记录，这些记录虽然只写“饭”或“吃饭”，有的写“招餐”，或“招宴”等，不一而足，没有写喝酒，但其中一部分，是喝了酒的，而且有些也近于醉了。例如1927年鲁迅从厦门到广州后，有一回跟廖立峨、何春才、许广平等人一起吃饭，《鲁迅日记》里的记载是，“1927年8月15日：同往妙奇香午饭”，但据何春才的回忆文章，那天是喝了酒的，而且，还有点醉意：

> 鲁迅先生把事情办妥后就和我们到惠爱路的妙奇香外江馆子吃午饭。鲁迅先生那天的心情特别轻松愉快。他要每一个人点一样自己最喜欢的菜；他亲自提壶劝饮，大家喝到醺然欲醉，他也有点醉意。（《回忆鲁迅在广州的一些事迹和谈话》）

当然，这是到上海之前的事。到上海以后，《日记》里光写“饭”，其实是喝了酒的，也有，譬如1932年10月12日《鲁迅日记》，“午后为柳亚子书一条幅，……达夫赏饭，闲人打油，……”《日记》里并没有酒字，只是诗里有一句“漏船载酒泛中流”。

可见，鲁迅对章廷谦（川岛）说“酒是早不喝了”，从以后的情况来看，是一句完全靠不住的话，甚至可以说，差得很离谱。

往后看不能成立，那之前是不是真的“早不喝了”？在鲁迅说这句话的三天前，即1928年6月3日的《鲁迅日记》，有“下午达夫来，赠以陈酒一瓶”。稍早一点，同年4月2日，则有“达夫招饮于陶乐春，……持酒一瓶而归”；两天后的

“晚在中有天设宴招客饮，计达夫及其夫人、玉堂及其夫人、小峰及其夫人、司徒乔、许饮文、陶元庆、三弟及广平。”这条是鲁迅设宴招待朋友。前面一条，赴完酒宴后，“持酒一瓶而归”，寥寥数字，神韵毕现，简直像是古代绘画中风流落拓的“饮士”形象。

就在给章廷谦写信的1928年前半年，鲁迅至少有8次有记录的喝酒。不过从记录来看，跟其它年份相比，喝得的确要算少的。

鲁迅说自己不喝酒了，1928年6月6日这一次，不是头一回，时间往前推两年，鲁迅对另一位朋友，也说过：

> 多喝酒究竟不好。去年夏间，我因为各处碰钉子，也很大喝了一通酒，结果是生病了，现在已愈，也不再喝酒，这是医生禁止的。他又禁止我吸烟，但这一节我却没有听。……酒也是想喝的，但是不能，因为我近来忽然还想活下去了。（1926年6月17日《致李秉中》）

这段话听上去很理性，理智，而且诚实，“酒也是想喝的，但是不能，因为我近来忽然还想活下去了”，把喝酒和活下去连在一起，可见性质的严重和非此不可，人们有理由相信，鲁迅这次是真的要“不喝了”，但结果我们看到了，鲁迅不仅没有做到，而且似乎压根就没这么做。他这份郑重其事的自我承诺，事后看来，更像一次酒话。

这种要戒酒的计划和决心，其实早在1925年，鲁迅就已经表白过两次。

> 我其实无病，自这几天经医生检查了一天星斗，从血液以至小便等等。终于决定是喝酒太多，吸烟太多，睡觉太少之故。所以现已不喝酒而少吸烟，多睡觉，病也好起来了。（1925年9月30日《致许钦文》）

> 我病已渐愈，或者可以说全愈了罢，现已教书了。但仍吃药。医生禁喝酒，那倒没有什么；禁劳作，但还只得做一点；禁吸烟，则苦极矣，我觉得如此，倒还不如生病。（1925年11月8日《致许钦文》）

前一封信说“现已不喝酒”，后面说“医生禁喝酒，那倒没什么”，好像是接受了医生的“禁令”，其实当然没有。光是1925年底到1928年间，鲁迅就没有表现出要断酒的丁点迹象。还是《鲁迅日记》——

> 1926年3月9日：午季市招饮于西安饭店。
>
> 1926年5月10日：午后得语堂信招饮于大陆春。
>
> 1926年5月13日：与耀辰、幼渔、季市饯语堂于宣南春。
>
> 1926年6月3日：晚寿山来，同饮酒，并赠以书四种。

1926年8月30日：下午得郑振铎柬招饮。

1926年11月28日：晚魏兆淇……合饯伏园于镇南关之一福州小饭店，邀同往，饮馔颇佳。

1926年12月4日：午与伏园合邀魏、朱、王、崔四人饮。

1926年12月17日：午郝秉衡……招饮于南普陀寺，同席八人。

1927年5月5日：黎仲丹招饮于南园。

1927年10月4日：得小峰招饮柬。

1927年10月7日：晚邀小峰……及广平饮于言茂源。

1927年10月16日：夜小峰邀饮于三马路陶乐春。

1927年10月17日：夜绍原及其夫人招饮于万云楼。

1927年10月18日：夜章雪村招饮于共乐春。

1927年10月19日：晚王望平招饮于兴华酒楼。

1927年10月23日：春台又买酒归同饮，大醉。

1927年11月9日：夜食蟹饮酒，大醉。

1927年12月31日：晚李小峰及其夫人招饮于中有天，……饮后大醉，回寓欧吐。

1928年1月6日：夜林和清招饮于中有天。

1928年1月19日：午陈道望招饮于东亚食堂。

1928年1月26日：林玉堂及其夫人招饮。

1928年2月12日：午前章锡箴招饮于消闲别墅。

1928年2月29日：林凤眠招饮于美丽川菜馆。

“春台又买酒归同饮，大醉”“夜食蟹饮酒，大醉”“饮后大醉，回寓欧吐”，要知道，《鲁迅日记》并非一本完备无缺的全本记录，其中按理来说，当记而未记的，所在多有。但仅凭以上记录，就足以知道，鲁迅的“我酒是早不喝了”，跟实际情况之间，相差有多么悬殊。

二、朋友的证词

鲁迅喝酒，不仅见于他本人的日记和书信，鲁迅的多位朋友，在他生前和逝后，在介绍和怀念他的文章里，也写到过鲁迅的喝酒。

郁达夫是很少的那种既和鲁迅同时享有文坛盛名，又始终能跟鲁迅保持真挚友情的人。鲁迅逝世两年后，郁达夫写了篇《回忆鲁迅》，其中一段专门写到了鲁迅的喝酒。

> 他对于烟酒等刺激品，一向是不十分讲究的；对于酒，也是同烟一样。他的量虽则并不大，但却老爱喝一点。在北平的时候，我曾和他在东安市场的一家小羊肉铺里喝过白干；到了上海之后，所喝的，大抵是黄酒了。但五加皮，白玫瑰，他也喝，啤酒，白兰地他也喝，不过总喝得不多。（鲁迅博物馆等选编《鲁迅回忆录》散篇上册，北京出版社；本文中凡未明确标示出处的，都

出自此《鲁迅回忆录》散篇或专著，不另注）

这种说鲁迅“喝得不多”，但“爱喝一点”，是对鲁迅喝酒一种比较“主流”的说法，除郁达夫外，持这一说法的还有：

> 鲁迅酒量不大，可是喜欢喝几杯，特别有朋友对谈的时候，例如在乡下办师范学堂那时，与范爱农对酌，后来在北京S会馆，有时也从有名的广和居饭馆叫两样蹩脚菜，炸丸子与酸辣汤，打开一瓶双合盛的五星啤酒来喝。（周作人《鲁迅的故家·酒》）

（插入一句，这里暂且把周作人，还有许广平，总之，除鲁迅本人以外的人，都看作朋友）

> 有一次我打来些老酒，他的酒量不大，稍喝一点，眼边就微红了。他说绍兴出好酒，因为那里的水性像日本云滩那里一样的好。（长尾景和《在上海“花园庄”我认识了鲁迅》）

> 席间，聚仁给先生斟酒，可能因酒量小，他（指鲁迅）每每谦让。（王春翠《回忆鲁迅》）

先生便微笑和我说：“在我们这里吃夜饭去好不好？”——那是按规矩只得遵命的。总是有点什么特殊的菜，饭前稍稍喝一点点绍兴酒。这时先生更加谈笑风生。（徐梵澄《星花旧影》）

鲁迅先生有时也喝点绍兴老酒，但稍饮一些，就脸红。（王鹤照《回忆鲁迅先生》）

有时直至吃夜饭才用膳，也不过两三种饭菜，半杯薄酒而已。（许广平《欣慰的纪念》）

这些都是鲁迅喝酒只喝一点，或只能喝一点的描述。
不过另外有些人，对于鲁迅喝酒的印象，有所不同。

而他对于烟酒二物又特别嗜好，……其次是就酒，每次吃饭都是要饮一些酒的，不一定饮多，但确为他所嗜爱，不过酒的质地却异常讲究，有一次见许女士亲自为他用玫瑰花浸着什么酒，有一次在他家吃饭，我饮了他几杯绍酒，那酒味的醇厚，是我在上海任何朋友家里都没有饮到过的。大概也因为他对这二物太嗜好的缘故，所以身体特别见坏，谈话得太兴奋的时候——他的谈话总是兴奋的——往往有些气喘……（孔令境《我的记忆》）

虽然还是“不一定饮多”，但却用了“嗜好”“太嗜好”这样的字眼，并认为因此使他的“身体特别见坏”，而且“酒的质地却异常讲究”，这跟郁达夫说的，已经很不相同。

可见对于鲁迅的喝酒，除了“爱喝”但“喝得不多”的说法外，持不同或相反观感的，也有人。前所引郁达夫文章，其实还有未被引述的一节：

> 爱护他，关心他的健康无微不至的景宋女士，有一次问我：“周先生平常喜欢喝一点酒，还是给他喝什么酒好？”我当然答以黄酒第一。但景宋女士却说，他喝黄酒时，老要量喝得很多，所以近来她在给他喝五加皮。并且说，因为五加皮酒性太烈，她所以老把瓶塞在平时拔开，好教消散一点酒气，变得淡些。

这里出现“老要量喝得很多”，而且到了需要许广平问计于人和不得不略施小计的程度。许广平自己的回忆文章里，有过这样的记述：

> 不过事实的压迫（参看《华盖集》等），章士钊们的代表黑暗的反动势力，正人君子的卑劣诬陷，真使先生痛愤成疾了。不眠不食之外，长时期在纵酒。（《欣慰的纪念》）

暂且不论章士钊和“正人君子”，是否是“使”鲁迅“长时期在纵酒”的原因，至少这里的“长时期在纵酒”几个字，无论是跟鲁迅本人的“早不喝了”，还是跟亲友们所说的“喝得不多”相比，跨度都已很大。

最具颠覆性的说辞，来自最直言无忌的老友，沈兼士的一段回忆，足以让人“耳目一新”。

> 先生的嗜好有三种：就是吸烟、喝酒和吃糖。……酒，他不但嗜喝，而且酒量很大，天天要喝，起初喝啤酒，总是几瓶几瓶的喝，以后又觉得啤酒不过瘾，“白干”、“绍兴”都喝起来。（《我所知道的鲁迅先生》）

如果不是毕生老友，如此“雄浑有力”的证词：“嗜好”“不但嗜喝，而且酒量很大，天天要喝”“啤酒不过瘾，‘白干’、‘绍兴’都喝起来”，不被鲁迅怒斥为“造谣”“诬蔑”才怪呢！这比任何一位借喝酒来攻击鲁迅的论敌的论调，不知要激烈到哪里去了。这算不算来自自己“营垒”里的“背后一枪”？

所谓“敌手一枪，还以机枪；朋友一炮，付之一笑”，用心不同，则性质两样。鲁迅地下有知，想必也只是捻须而笑，罚老友在广和居再摆上一桌吧。

几位曾经跟鲁迅过从甚密的青年朋友，也道出了鲁迅喝酒的另一面。

烟、酒、茶三种习惯，鲁迅都有，而且很深。……我同培良，那时也正是喜欢喝酒的时候，所以在他那里喝酒，是很寻常的事。（高长虹《一点回忆》）

“而且很深”“很寻常”，显然不是“只喝一点”能概括的了。

鲁迅先生，每日以酒，以烟，以点心（当时先生饭量很小的），支持着身体，刺激着神经。（荆有麟《鲁迅回忆断片》）

这简直有“以酒代饭”“以酒代药”的意思。

高长虹和荆有麟跟鲁迅在北京期间，有段时期来往频密，《鲁迅日记》1925年4月11日，“夜买酒并邀长虹、培良、有麟共饮，大醉。”《日记》中另有多次记载，高长虹送山西汾酒给鲁迅。

对鲁迅喝酒最特别的一段描摹，来自鲁迅的另一位朋友林语堂。

故鲁迅……，挥剑一砍，提狗头归，而饮绍兴，名为下酒。……狗头煮熟，饮酒烂醉，鲁迅乃独坐灯下而兴叹。……于是鲁迅复饮，……

用的虽然是小品文的语言，但以林、鲁交情，他们间难以屈指计数的宴饮聚会，内容反倒应该是写实的。起码，1929年8月28日那次“饭桌斗鸡”，据郁达夫回忆，“鲁迅那时，大约也有了一点酒意，……所以脸色铁青，从坐位里站了起来，大声的说：我要申明！我要申明！”“大约也有了一点酒意”，就是有点醉意的意思。

说起鲁迅的酒意，或者说醉意，除《鲁迅日记》里那些“醉、“甚醉”“颇醉”“大醉”“小醉”等“自供”外，他的朋友同样给我们留下了几抹雪泥鸿爪。前面所说何春才的回忆外，日本友人辛岛骁也有过这样的描述：

> 昏暗的灯下摆着菜肴，喝着鲁迅故乡的绍兴酒，鲁迅和我都喝醉了。（辛岛骁《回忆鲁迅》）

后面还有更细致入微的描写。

> 在谈话的过程中，鲁迅很神气地从凳子上站了起来，他的因为喝了酒而发热的脸孔，由于愤怒更加泛红。……这时鲁迅连眼泪也出来了，凝视着我的脸孔。后来再也没有看到过鲁迅像这时候那么激动的神态。

“很神气地从凳子上站了起来”，说的肯定不是站在了凳子上，否则真不知醉成什么样了。不管怎么说，一般人大概很少能看到成年鲁迅流泪的形象。也许日本人的性格，天生有夸张和变形的倾向，不过联系其他人的记述和描写，我们对此恐怕不能轻易投以怀疑的眼光。

吴曙天和章衣萍是一对跟鲁迅有过密切交往的文学青年。在吴曙天的《曙天日记三种》里，记录过一个场景：“席上闹得很厉害，大约有四五个人都灌醉了，鲁迅先生也醉了，眼睛睁得多大，举着拳头喊着说‘还有谁要决斗！’”（1927年12月31日）吴曙天说，这是她亲眼所见。这是有可能的，《鲁迅日记》里，吴曙天的名字出现过五十多次。鲁迅跟林语堂那次“鄙相悉现”（《鲁迅日记》中语）的怒气相对，吴曙天也在现场。

不过，最让人感到震惊的，是增田涉的说法。内山完造之外，增田涉应该算是跟鲁迅关系最密切的日本人，虽然相处时间并不很长（跟内山完造比不算久，跟其他日本人士相比，却要算长的），但内容丰硕，最后成就了一本《中国小说史略》的日译本。增田涉所写《鲁迅印象》里，有这样的句子：

> 一星期大约有两次跟他一家人吃晚饭，饭前总要喝点酒。他说喝酒就要悲伤，所以不多喝。

这里重现了鲁迅“总要喝点酒”但“不多喝”的说法，并且给出了这一情况的原因，“喝酒就要悲伤”。

又说，如果喝得太多就会发起狂来。

这话听着就有点骇人了。——果真吗？

还听说过，他年轻时曾因为喝酒而挥动起菜刀来。

这是听谁说的？是鲁迅本人吗？如果不是，又有谁说过这样的话？如果这话是鲁迅自己说的，那究竟是实有其事，还是一种“自吹自擂”？如果真有其事，那我们就看到了鲁迅似乎未曾示人的一面；如果是后者，那这玩笑就开得有点“惊心动魄”了。

不过鲁迅确实对朋友说过：

> 他（指顾颉刚）不知道我当做《阿Q正传》到阿Q被捉时，做不下去了，曾想装作酒醉去打巡警，得一点牢监里经验。（1927年8月8日《致章廷谦》）

这样看来，酒后的鲁迅，即使不曾真动过菜刀，真打过巡警，但那份心理冲动，倒像是真的有过。

综上所述，就算没有《鲁迅日记》里那巨长如手机话费单的“自供状”式记载，鲁迅的喝酒，从一大堆哥们朋友的“证词”来看，也是板上钉钉，无所遁形的事实。

三、酒为媒

1923年10月16日，鲁迅正式在女高师兼职上课。当时许广平是国文科二年级的学生。鲁迅上课每回都坐在前排的许广平，不仅身材高大，年龄在班上也是偏大的。1925 年 3 月 11 日，许广平给鲁迅写出了第一封信，鲁迅收信当天即作了回信。从此俩人书信往来不断。

一个月后的 4 月 12 日，许广平和一位女同学到了西三条胡同 21 号。回去后，许广平给鲁迅信里的第一句话就是："秘密窝"居然探险(?)过了！"激动之情，溢于言表。"探险"这个词，用得很有意思。（许广平在它后面加了个问号，这一来，反而更凸显出了她"探险"归来后的心情。）一场恋爱就是一场战争。一次适时的冒险，可以有效缩短战争的进程。因此，许广平的这次"探险"，也就有点类似渡过卢比孔桥或越过莱茵河的意思。（鲁迅最后对许广平说的那句一锤定音的话：你赢了！正是一句战争用语）从此以后，许广平和鲁迅的书信往来，忧时愤事的话语之外，一种相互"插科打诨"的东西明显多了起来。不过这只是俩人关系气氛的改变，真正的突破，还需要一个特别的燃点。

这个燃点，就是酒。

又过了一个月，许广平给鲁迅的信里，紧接着一大段跟生死有关的文字后，出现了"戒多饮酒"的字样（但同信中又出现"浮一大白"的用语）。这应该是酒字在许广平和鲁迅两人之间的第一次出场（之前鲁迅信中写的"壕堑战"战士的喝酒，只是顺带一笔）。鲁迅收到信后，回信中并没有立即回应"戒酒"的建议。但许广平随后的回信里，却出现了一句"但也许比'纵酒'稍胜一筹罢"。这突然冒出来的带引号的“纵酒”，似乎暗示，如果不是那次“探险”，那就是在这段期间，两人另有过私人性质的交流（《两地书》此间有缺），“纵酒”就是他们交流的内容之一。在接下来的一封信里，鲁迅这才“延迟”回应说，“其实我并不很喝酒，饮酒之害，我是深知道的。现在也还是不喝的时候多，只要没有人劝喝。”针对鲁迅的说词，许广平立马回应：“‘劝喝’酒的人是时时刻刻都有的，下酒物亦随处皆是的；只求在我，外缘可以置之不闻不问吗？”最后一句，乍听有些费解，其实意思是，如果自己真不想喝，外部原因（别人劝酒之类），应该可以做到置之不理。这是围绕喝酒，鲁、许二人的第一次正式对话，或者说是第一个回合的“交锋”。鲁迅的弱点（有意示弱？），在许广平有理有节的进攻下，显露无遗（诱敌深入？）。颇具戏剧性的是，接下来发生的，不是许广平继续劝说鲁迅戒酒，反而是自己喝了一回酒，“今夕‘微醉’（？）之后，草草握笔，做了一篇短文，即景命题，名曰‘酒瘾’”自己喝酒至“微醺”，还做了一篇以《酒瘾》为题的作文，这让鲁迅很是诧异。鲁迅在回信里没头没脑地说了一句，“喝酒是好的，但也很不好”，然后问了一句：“前信反对‘喝酒’，何以这回自己‘微醉？’了？”其实，这不难理解。生命的同一，莫先于精神的同一；精神的同一，莫先于兴趣的同一；兴趣的同一，莫先于行为的同一。趋同，正是走向结合的途径和常见信息。再说，不言而喻，喝酒是跟身体密切相关的事，是抵达身体的捷径。许广平之后的回信里，再次写下“再浮一大白可也！”的酒话。酒已成为俩人自然而然的共同话题。

接下来的一幕，才是真正的正餐上桌。

> 训词：
>
> 不吐而且游白塔寺，我虽然并未目睹，也不敢决其必无。但这日二时以后，我又喝烧酒六杯，蒲桃酒五碗，游白塔寺四趟，可惜你们都已逃散，没有看见了。……
>
> 又总之：端午这一天，我并没有醉，也未尝“想”打人；至于“哭泣”，乃是小姐们的专门学问，更与我不相干。
>
> 且夫天下之人，其实真发酒疯者，有几何哉，十之九是装出来的。但使人敢于装，或者也是酒的力量罢。然而世人之装醉发疯，大半又由于倚赖性，因为一切过失，可以归罪于醉，自己不负责任，所以虽醒而装起来。……

这封“训词”写于（1925年）6月28日，它是一封不是信的信，即名（形）为“训词”，实际仍是信。这封“信”的后面，还有三段“言归正传”谈诗论文的文字，到了《两地书》里，却只剩下这“言归正传”，前面的“训词”部分（我给它取名为《与广平兄论酒醉书》）被“缩减”为“前缺”两个加括号的汉字。它所说的，是前两天端午节在鲁迅家里聚餐的故事，这是许、鲁恋爱的里程碑。

第二天晚上，意犹未尽的鲁迅，在给许广平的信中，再次书写了大段与酒，跟喝酒有关的自辩词，我称之为《再与广平兄论酒醉书》：

酒精中毒是能有的，但我并不中毒。即使中毒，也是自己的行为，与别人无干。且夫不佞年届半百，位居讲师，难道还会连喝酒多少的主见也没有，至于被小娃儿所激么！？这是决不会的。

我并受有何种“戒条”，我的母亲也并不禁止我喝酒。我到现在为止，真的醉止有一回半，决不会如此平和。

……我自己知道，那天毫没有醉，更何至于胡涂，击房东之拳，吓而去之的事，全都记得的。

对于鲁迅的两篇《与广平兄论酒醉书》，许广平自然也有回应，可称之为《酒醉事答迅师书》。

鲁迅师：

……

老爷们想“自夸”酒量，岂知临阵败北，何北〔必〕再“逞能”呢!?这点酒量都失败，还说“喝酒我是不怕的”，羞不羞?我以为今后当摒诸酒门之外，因为无论如何辩护，那天总不能不说七八分的酒醉，其“不屈之精神”的表现，无非预留地步，免得又在小鬼前作第三……次之失败耳，哈哈。其谁欺，欺天乎。

……俗语说得好，知己知彼，百战百胜，那天如非有人（非我）偷去半杯烧酒，诚恐玉山之颓可立见也。如更非早早告退，以便酣然高卧，诚恐呕吐狼籍，不堪闻矣——也许已经了罢——这种知己知彼的锦囊妙计，非勇者不能决然毅然行之，胆小如芝麻云乎哉，多见其不识时务也。邯郸之梦：这日“二时以后，……六杯，……五碗……四趟”。“我虽然并未目睹”，却“敢决其必无”。此项撒谎专家，而想为“万世师表”，我知到〔道〕文庙的一席地，将来必被人撵出来，即使有人叩头求乞，恐不能回至尊之意也。戒之慎之。

……

屡次题〔提〕起酒醉，非“道歉”也。想当然也。“真的醉只有一回半”，以前我曾听说过，喝烧酒未喝过两杯，那天两种酒之量，一加一又二分之一，是逾量了。除了先前的一，虽未逾量也算*不离十了。虽提出第一二之大理由，但是醉字决不能绝对否认。这次算一回呢，算半回呢，姑且作悬案，俟有工夫时复试罢。但是，要是我做主考，宁可免试，因为实在不愿意对人言不顾行。“一之为甚，其可再乎?”“逞能”一时，遗害无穷，还是牺牲点好。

现在我还是“道歉”，那天确不应该灌醉了一位教育部的大老爷，我一直道歉下去，希望“激”出一篇“传布小姐们胆怯之罪状”的“宣言”，好后先比美于那篇骈四骊六之洋洋大文，给小鬼咿呀几下，摇头摆脑几下，岂不妙哉。

这封“酒”书，理所当然的，也在正式出版的《两地书》中消失了。

此后，鲁、许二人关系，可以从以下这些书信用语中，一览无余（当然正版《两地书》中也不会出现）。

鲁：“广平仁兄大人阁下敬启者”

许：嫩弟手足；嫩棣棣；

鲁：“愚兄”

许：好食辣椒，点心，糖，烟，酒——程度不及格

从“插科打诨”迅速上升为打情骂俏。

二人同车离京后，一在厦门，一在广州，两地通信，以及以后京、沪间的通信，酒的话题，尽管依然未断，但已是三峡过后的平缓水流，基本可归于寻常家话。

鲁、许关系，早在俩人《论酒醉书》往复之际，已是大局底定，这就是酒为媒的全过程。

1926年9月14日，人在厦门的鲁迅给许广平写信，又在说“我已不喝酒了”（《两地书·四一》），但许广平可能是被之前鲁迅的“酒辩词”给吓着了，所以回信结尾说：“祝快乐，不敢劝戒酒，但祈自爱节饮。”

10月15日给许广平写信时，鲁迅又说：“酒是自己不想喝，我在北京，太高兴和太愤懑时就喝酒，这里虽然仍不免有小刺戟，然而不至于‘太’，所以无需喝了，况且我本来没有瘾。”

鲁迅在厦门是不是“无需”喝了？“袍子烧穿事件”是最好证明。（因为喝酒后瞌睡，鲁迅身上的袍子被酒精炉烧破，险些酿成大祸）鲁迅到上海后，给川岛的信里，还让川岛代他向为他补过袍子的大嫂请安。川岛和许广平后来的文章，都写到过这次袍子被烧事件。除了“所以，很大的洋楼上，只剩了我一个了，喝了一瓶啤酒，遂不免说酒话，幸祈恕之”（1926 年 10 月 23 日《致章廷谦》）这种“不打自招”外，川岛还另有事实证明，鲁迅赴友人家酒会的故事。我们还是来看看鲁迅自己的主动交待吧：

> 这几天全是赴会和饯行，说话和喝酒，大概这样的还有两三天。这种无聊的应酬，真是和生命有仇，即如这封信，就是夜里三点钟写的，因为赴席后回来是十点钟，睡了一觉起来，已是三点了。（1927 年 1 月 6 日灯下《两地书·一〇九》）

鲁迅就是鲁迅，估计他这次实在是不好意思再跟许广平说喝多了，或喝醉了之类的话，所以用了这么个委婉、曲线的说法来告诉许广平，解释和暗示，我又“喝多了点”。其实许广平大概已经不想再跟他说什么“喝酒”“戒酒”的话了，因为知道说了也没用。估计许广平那时已经在考虑，该用什么样更实际有效的方法，比如前面说过的，把酒瓶的瓶盖或软木塞给它拔了，让他要喝就喝阮小七式的“加工”过的酒。

鲁迅逝世后，许广平在回忆文章里说：

他不高兴时，会半夜里喝许多酒，在我看不到的时候。（《欣慰的纪念·鲁迅先生的日常生活》）

鲁迅大概想不到，他喝的，其实是被许广平放走了气的酒。

四、愉快地喝酒

许广平说鲁迅不高兴时，会喝许多酒，但在我的印象里，鲁迅不高兴时候的喝酒，在现有文字记载中，并不多见，比如柔石遇害后的那一次：

我在他那里吃晚饭，吃饭时他喝一点酒，也还是沉默的时候居多。在那种情形之下，我也当然不好多说话，尤其竭力避免提到“左联”的事情以及和柔石等的死有关的事情。……这就是五个青年作家被杀后，我每一次见到他时的情形。（冯雪峰《回忆鲁迅》）

《鲁迅日记》里，也有过几次可以看作是“不高兴时”喝酒的例证。

1924 年 2 月 4 日，“旧历除夕也，饮酒特多。”

这是兄弟失和以后，鲁迅过的第一个旧历除夕。去年除夕兄弟俩和一大家子还在一起，循例“晚祭祖”；前年更是邀朋请友，“饮酒甚多”，剧谈守岁。如今往昔岁月，已是风中一梦。今年除夕，只有鲁迅和夫人朱安在临时租住的砖塔胡同 61 号，形影相伴，寂静中度过。显然，此时的“饮酒特多”，决不是“欢度除夕”的意思。

隔天后的 2 月 6 日，“夜失眠，尽酒一瓶”，可以看作是这种情绪的延续。

另一次时间更早，也应该跟周作人有关。

1921 年 5 月 27 日，“午后回，经海甸停饮，大醉。”

这是鲁迅为在西山养病的周作人整理住房后，回市内途中的一次喝酒。周作人这次生病，后来成为鲁迅小说《兄弟》的题材。简单说，就是心力交瘁的鲁迅，当时有点忧心周作人会不会死。

还有就是“一·二八沪战”避难期间，那次“颇醉”。

许钦文《<鲁迅日记>的我》里也有一句：“酒，只在懊恼气愤得耐不住的时候，才叫人去‘买十个铜子的白干来’！”

在我的印象中，鲁迅不高兴时的喝酒，好像就这些了，可谓屈指能数。

相比之下，鲁迅高兴或心情愉快下的喝酒，就要多多了。印象最深的，自然是《范爱农》里的记述。尽管这篇文字颇有虚构成份，但鲁迅跟范爱农的喝酒，是真实可信的。

他又告诉我现在爱喝酒，于是我们便喝酒。从此他每一进城，必定来访我，非常相熟了。我们醉后常谈些愚不可及的疯话，连母亲偶然听到了也发笑。（《朝花夕拾·范爱农》）

这是见于鲁迅自己笔下的，更多鲁迅愉快时喝酒的情形，来自他人的记述。

先生只有三五杯黄酒的量，脸也容易发红，我恐怕影响讲演，婉言劝他少喝。先生笑说我吝啬，非多喝几杯不可。这样随笑谈随喝，先生的脸确实红了。但他说不会醉酒，我们就陪他去北大讲演。（李霁野《鲁迅先生两次回北京》）

这是 1929 年 5 月，鲁迅从上海回北京，在北京大学第二院的演讲。（听讲人太多，后改在第三院）

鲁迅先生在厦门大学时，有一天邀我去吃午饭，吃他自己烧的干贝炖火腿，两人还喝了一瓶多点啤酒。大家都吃饱了，可还剩着半锅火腿和近一瓶已经开了盖的啤酒。因为菜很好吃，而且酒肴都已现成，他约我再去吃晚饭。（川岛《鲁迅先生生活琐记》）

鲁迅在厦大期间，酒宴频繁，包括公宴和个人独酌。

> 鲁迅先生也特别高兴。他喝了一点酒以后，谈话比平时更有兴致。就是平常不大讲话的我，几杯伏特卡下肚，我的舌头也活动起来了。我的谈话有时也会引得鲁迅先生大笑起来。（吴朗西《片段的回忆》）

根据作者提供的背景，这应该是 1935 年底到 1936 年初的事情。此时鲁迅的身体，已出现衰弱的症状。但他还是未能完全戒酒，虽然只喝了一点。

> 会议结束后，我们喝啤酒和汽水，为了爱护鲁迅先生的健康，向他以啤酒致敬时，杯子里注入一半以上的汽水，先生逢人敬酒，总是微笑地一饮而尽。（吴奚如《回忆伟大导师鲁迅》）

这是 1933 年“左联”的一次活动。鲁迅喝酒，有时会表现出一饮而尽的习惯，日本改造社社长山本实彦的一次回忆，也写到了这一细节。

> 冬天一个微寒的日子。三个人悬肘曲肱轻松地吃着烧鹌鹑。那天，他脸色很苍白，但情绪却分外愉快，好像从平日的忧郁之中解放了出来。他威严的眼睛眯起来，

这是愉快时刻不留痕迹的一种表情。……在那瞬息间的笑脸上笼罩着一丝阴云，然而他几次一饮倾杯。说肉的味道很好，不时把筷子伸到锅里。他一只手夹着香烟，一只手拿着筷子，没有一点倦怠的样子。（《鲁迅某种内心的历史》）

据《鲁迅日记》，这是1936年2月的事，“午内山君邀往新月亭食鹌鹑，同席为山本实彦君”，三个人指鲁迅、内山完造和山本实彦，鹌鹑是最清楚的证明。而且山本的文章里，夹有“他在那段日子里似乎已经想到自己在人世的日子已经不多了。死亡的预感，好像已在不知不觉间偷偷挨近了他的身边”的句子，这跟《鲁迅日记》所记时间，是吻合的。所以鲁迅的愉快心情中，会“在那瞬息间的笑脸上笼罩着一丝阴云”。

兄弟俩总要吃一盅酒有说有笑。（王蕴如《回忆鲁迅在上海的片段》）

鲁迅先生饭前先慢慢喝一盅酒。我是不会喝酒的，而且他也知道我爱劝人戒酒，可是鲁迅先生欢喜劝我喝酒，说少喝一点，对于身体有益处的话。吃饭的时候他欢喜说笑话，但他的拘束有时使发笑的地方减色。（陈学昭《鲁迅先生回忆》）

或者预备些东西吃，有时午夜也曾这样要求，如果能够再有半杯酒，更觉满意。（许广平《欣慰的纪念·鲁迅先生的写作生活》）

这些是鲁迅在家喝酒的情景。

1929年除夕，鲁迅邀来柔石和周建人两家人，一起吃年夜饭。《柔石日记》：“今天是旧历十二月三十日。……从吃夜饭起，一直就坐在周先生那里。夜饭的菜是好的，鸡肉都有，并叫我喝了两杯外国酒。饭后的谈天，我们四人，（还有建人先生同许先生）什么都谈，文学，哲学，风俗，习惯，同回想、希望，精神是愉悦的。”

这些都可以证明，鲁迅在愉快时的喝酒，喝酒也增添了他愉快的心情。而且从以上记述能看出，鲁迅喝酒，不仅并不是每回总是“喝一点”，常常有一饮而尽的习惯。

鲁迅在心情愉快下喝酒，后来喝着喝着，变得激动或愤怒、悲伤起来，甚至有半途退席时，但这都不是许广平说的不高兴时的喝酒。

鲁迅跟人喝酒，有时候还喜欢劝酒，陈学昭对此还有过更具体的回忆。

陈学昭曾回忆说：“每天晚饭，他喝一点酒，很少，大约至多不过半两，旧式的小酒盅一盅。每天晚饭他要固执地劝我喝酒，使我很窘，并且要用了这类的话来说服我：‘虽然你不欢喜喝酒，喝一点实在是很好的，可以帮助血液循环……’于是当我还没有注意到，面前已放了半盅酒了。”（马蹄疾《鲁迅生活中的女性》，知识出版社，1996年版，180页）

鲁迅平时喝酒，以啤酒和绍兴黄酒为主，这可以从鲁迅家人朋友的回忆文章，特别是鲁迅自己的日记中看出来。黄酒不用说，这是鲁迅的家乡酒。鲁迅跟绝大多数普通人一样，对于家乡的饮食，是终生喜爱的。说到啤酒，孙伏园的一篇文章，给我们提供了一份说明。

> 鲁迅先生等学者在西北大学讲学期间，西北大学校方招待殷勤，彼时正值盛夏，炎热异常，校方招待我们饮汽水、喝啤酒，洋气十足。在那时啤酒、汽水都是高贵饮料，不像现在这样普遍，……（孙伏园《鲁迅和易俗社》）

孙伏园这篇文章写于1962年，啤酒这种“洋气十足”的“高贵饮料”，什么时候起，变得“这样普遍”起来？反正我记得我对啤酒的最初印象，是在上世纪七八十年代之际，在湘赣边界一所乡村中学读书时留下的。没想到鲁迅先生早在五六十年前，就已经在大喝特喝各种啤酒，而且多数应该还是进口啤酒。鲁迅到上海以后，喝啤酒的次数，好像也比以前更多了，常常独自或与家人朋友，尤其是日本友人，在各个专门的啤酒屋喝啤酒，喝的基本都是品牌啤酒，比如麒麟啤酒。

啤酒和黄酒以外，鲁迅也喝其他酒，包括一些相当洋化的酒，如葡萄酒，白葡萄酒，威士忌，郁金香酒，白玫瑰酒，薄荷酒等。洋酒以外，有中国的汾酒，麦酒，杨梅烧，补血祛风酒，苦南酒，五加皮酒。《鲁迅日记》还有数次记了鲁迅晚上上街买火酒。这里的火酒，是指酒精炉用的酒精。不过著名的朗姆酒，一名火酒。我想，鲁迅再怎么“好饮”“嗜酒”，也不至于真像个“瘾君子”，要临时上街去买朗姆酒喝。[1]

> 先生亲自打开一瓶保藏已久的三星斧头白兰地，大家稍微喝了几杯酒，饭后又闲谈了一会。（楼适夷《鲁迅二次见陈赓》）

这是楼适夷笔下鲁迅见陈赓的情景。鲁迅和陈赓见面的次数，到底是一次还是两次，有不同的说法，但这不影响鲁迅以酒——一瓶珍藏已久的三星斧头白兰地，招待红军将领陈赓的事实。

> 那晚上看了《夏伯阳》（大概是），鲁迅精神很好，喝了一两杯“伏特加”。（茅盾《纪念鲁迅先生》）

1　鲁迅《致许广平》（1926年10月4日，《两地书》五〇）中有“自从买了火酒灯之后”，旁边还附有一张鲁迅的手绘图，注释中也有火酒灯。又据说《本草纲目》中有称烧酒（白酒）为火酒，这跟朗姆酒同属高度蒸馏酒，燃火可着，故称火酒的原因是一样的。

这是鲁迅在 1935 年 11 月，参加上海苏联领事馆的一次活动。在这次活动中，敏感的史沫特莱为鲁迅的身体状况掩面而泣，并且力劝鲁迅接受西医的诊疗，不过鲁迅本人当时的心情是很好的。

所以，许广平说鲁迅不高兴时，会喝很多酒，也许是鲁迅在家单独喝酒时的情景，就像许广平说的，是在半夜里，“在我看不到的时候”。

五、文字上的抵触

写到这里，有个问题出来了。鲁迅的喝酒，是个不争的事实，也许他酒量的确不太大，但应该是经常喝的——至少在某个不短的时期内，而且喝酒的时候，心情多数是愉快的；更别说，酒在事实上还扮演了鲁、许恋爱的“冰人”角色。但我发现一个现象，就是在现今所能见到的鲁迅的文字里，极少能看到鲁迅对于喝酒的赞美与肯定，相反，我看到有大量鲁迅对于喝酒否定、排斥、讥笑、嘲讽和反感，甚至是蔑视的语句，总之，消极的面目居多，最低程度也是对于喝酒所作的某种“好意”的辩护和辩解，比如他在说到李白时：

> 正如李白会做诗，就可以不责其喝酒，如果只会喝酒，便以半个李白，或李白的徒子徒孙自命，那可是应该赶

紧将他“排绝”的。（《且介亭杂文二集·“招贴即扯”》）

听这意思，像是把喝酒看成了一个缺点，或“污点”，要会做诗，才可以不责其喝酒。本来，酒朋诗侣，苏轼也有“诗酒趁年华”的词句，但在鲁迅笔下，诗与酒，好像成了一种“帮衬”关系，会做诗对于喝酒，有了一种救济资格和性质。喝酒对于会做诗，则是一种从属关系，要低一等，不可以平起平坐的。这里显然已经透露出鲁迅某种独特的喝酒观。

在我印象中，鲁迅对于喝酒，笔下唯一一次具体而且真正发自内心的舒畅的赞美，是在给李小峰的一封信里。

喝了二两高粱酒，也比北京的好。这当然只是“我以为”；但也并非毫无理由：就因为它有一点生的高粱气味，喝后合上眼，就如身在雨后的田野里一般。《华盖集续编·上海通信》

这封信是鲁迅和许广平一道离开北京，抵达上海后写的。信中回顾了离京途中，在南京下关客寓逗留的情景，高粱酒就是在客寓喝的。略知鲁迅生平的人知道，鲁迅这次南下对于他人生的意义，这是鲁迅生命中的一件大事，是鲁迅生命中少有可比的转折点。鲁迅在这个时候，极为难得罕见地对于喝酒，发出了诗一般的赞美声，其实是鲁迅对于自己即将到来或业已展开的新生活的由衷感叹。以酒为媒（媒当然不光是酒）的爱情中长跑，终于到了一曲暂歇、旋律即将再起的时候。于是，在鲁迅的文字生涯里，我们难得一见地看到鲁迅在旅途中对于高粱酒的由衷赞美，恰如电光火石，一闪而过，诚“也并非毫无理由”。

必须指出，鲁迅这次对于喝高粱酒的赞叹，是跟他自己的喝酒连在一起的。——什么意思？就是说，如果我们细心点，就会发现，在鲁迅笔下不多的，或极少见的对于喝酒的肯定与赞美，其中有相当部分，是跟鲁迅本人的喝酒有关的。如果只是一般地、抽象地说到喝酒这一现象，或者说，说的是他人的喝酒，鲁迅的态度通常都是消极和否定的，最严重的当然是鄙夷不屑；但如果是带有肯定和赞美意味的话，那常常跟他自己的喝酒有关。这让我想起王国维的著名词论：有我之境与无我之境，在鲁迅笔下，喝酒是可以分为“有我之酒”和“无我之酒”的。具体来说，其内容大致如下：

1. 鲁迅自己的喝酒，是好的，也是不好的，但总的来说，还是要算好的；

2. 一般、抽象地说到喝酒这种行为和现象，鲁迅笔端的含义，往往都是不好的，坏的，至少是消极的；

3. 别人的喝酒（即鲁迅没有参与其中的，更别说是鲁迅的对头的喝酒——鲁迅说别人喝酒，往往也只说对头的），在鲁迅笔下通常也都是不好的，可笑可鄙的。当然也有例外，比如秋瑾，鲁迅就曾由衷地赞叹过秋瑾的豪饮。不过这种赞叹，明显跟鲁迅说李白有点相似，即因为秋瑾首先是慷慨捐躯的革命志士，所以才会加以赞叹，否则，光是豪饮，估计也不会有赞叹，甚至也要加以“排绝”的。

鲁迅对于喝酒——一般认识上的，或者是别人的——究竟怀有一种什么样的心态？还是让他自己的文字来说话吧。

我们先来看看鲁迅小说里的喝酒。

鲁迅所有的小说（《故事新编》不算），按题材内容大体可分为三类：

1. 题材偏地方与乡村性，主题集中于受命运播弄和摧残的人物，可以说是鲁迅小说中最严肃沉重的小说，是鲁迅小说的代表性主力军，具有很强的揭露与批判性质，否定倾向明显：

《狂人日记》《孔乙己》《药》《明天》《风波》《阿Q正传》《白光》《祝福》《长明灯》《离婚》；

2. 抒情性比较明显，带有某种自我感伤意味，主题多有正面与肯定性，更近于“纪实”散文类型的小说：

《一件小事》《故乡》《兔和猫》《鸭的喜剧》《社戏》《伤逝》《在酒楼上》《孤独者》；

3. 当下现实感较强，地域上有都市（首都）味，不乏讽刺与批判，也不缺少严肃性，但调侃与讥讽的意味较浓，总体来说，是鲁迅小说中偏弱的部分（鲁迅自己可能不这么看）：

《头发的故事》《端午节》《幸福的家庭》《肥皂》《示众》《高老夫子》《弟兄》。

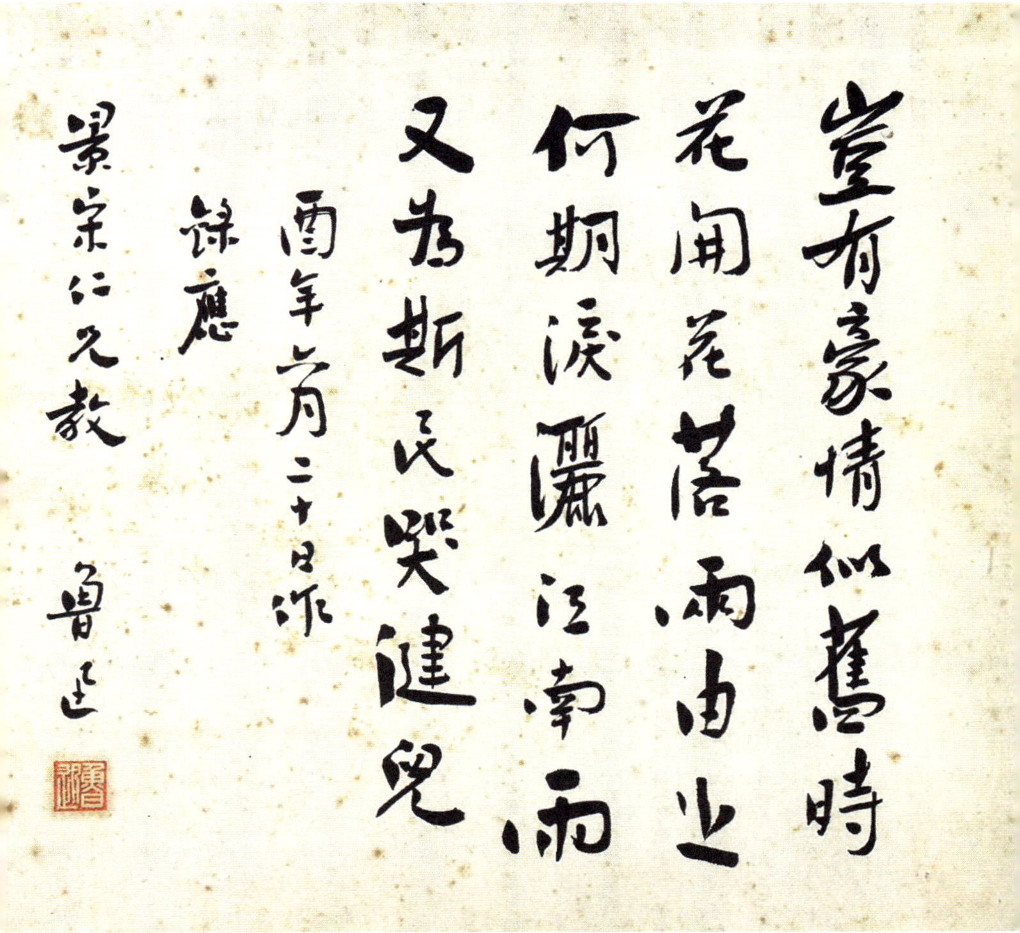

豈有豪情似舊時
花開花落兩由之
何期淚灑江南雨
又為斯民哭健兒

酉年六月二十日作

錄應

景宋仁兄教

魯迅

詩稿《悼杨铨》。景宋仁兄，即许广平。

一九三〇年九月二十五日，“鲁迅与海婴，一岁与五十”。

一九三三年五月一日，鲁迅摄于上海。

南山何其悲
鬼雨洒空艸
長安夜半秌
風前幾人老

诗稿《答客诮》书示郁达夫，收于《集外集拾遗》。

無情未必真豪傑

憐子如何不丈夫

知否興風狂嘯者

回眸時看小於菟

達夫先生哂正

魯迅

左为鲁迅抄李贺诗《感讽五首》其三：『南山何其悲，鬼雨洒空草。长安夜半秋，风前几人老。』

一九三三年二月十七日，鲁迅与蔡元培、萧伯纳摄于上海孙中山故居。

一九三三年九月十三日，鲁迅摄于上海。

一九三六年十月八日，鲁迅摄于上海八仙桥青年会全国第二回木刻流动展览会。十一天后鲁迅去世。

跟喝酒有关的，主要集中于第一类小说。第二类里，只有《在酒楼上》和《孤独者》两篇有。这两篇小说经常被放在一起说，堪称“姊妹篇”。由于这两篇小说具有某种特殊性，亦即强烈而明显的“自画”性（参见周作人的《鲁迅小说里的人物》），所以里面的喝酒，也几乎是鲁迅所有小说中，唯一正面与肯定意味较浓的。这一点，也符合我们前面所说的那条定律，即跟鲁迅本人有关的喝酒，往往是好的。同时我们也要看到，这两篇小说的主人公，也都带有命运坎坷的悲剧色彩，因此，喝酒在其中也就必然带有某种消极的意味。事实上，它们都是部分地再现了鲁迅与范爱农相聚的昔日情景。第三类小说里，《端午节》和《高老夫子》中的涉酒笔触，都是调侃和讥讽性的，用以衬托人物的庸俗与猥琐。

由于第一类小说总体以否定和批判为主，因此喝酒在其中作为背景和细节的描写，也就相应呈现出同样负面的性质。如《孔乙己》里的咸亨酒店，实际是孔乙己悲惨命运的放大镜和见证者。《明天》里的咸亨酒店，是红鼻子老拱和蓝皮阿五这对“二流子”的活动场所。《风波》里的一句，“河里驶过文人的酒船，文豪见了，大发诗兴，说，‘无思无虑，这真是田家乐呵！’”讥讽意味不言而喻。《祝福》最后一句，笔触不动声色，含义却力透纸背。《离婚》最后在“喝新年喜酒”和“不喝了”的相互回应中，烘托出的，正是爱姑的失败和慰老爷的大功告成。

最值得说说的，也许是《阿 Q 正传》。

阿Q第一次露面，就是以“正喝了两碗黄酒，便手舞足蹈的说”的形式出场的。阿Q每次被打以后，或者以“精神胜利法”自我胜利之后，“便愉快地跑到酒店里喝几碗酒”，或是“唱着《小孤霜上坟》到酒店去”。

阿Q与王胡的战争，以及公然调戏小尼姑，都发生在酒店酒客的视线之下。阿Q从城里因检漏、偷窃而发财归来后的摆阔，首站之地，也仍然是酒店。小说中最精彩的，当属阿Q一路唱着“悔不该，酒醉错斩了郑贤弟”。尽管如此，酒对于阿Q来说，也似乎并不是一件非缺不可的东西。“酒店不赊，熬着也罢了”，“他在路上走着要‘求食’，看见熟识的酒店，看见熟识的馒头，但他都走过了，不但没有暂停，而且并不想要。他所求的不是这类东西了；他求的是什么东西，他自己不知道。”好像连阿Q都会有时候看不上酒，就跟他看不起小D王胡一样。

在鲁迅笔下，似乎绝无可能出现像歌剧《茶花女》中《祝酒歌》那样高亢激越、酣畅淋漓的欢快歌声和旋律。

如果说在小说里，鲁迅对于喝酒，笔触还多少要受制于体裁，要显得客观含蓄些，到了杂文、书信里，鲁迅就可以完全敞开胸怀，直抒胸臆，直言无忌了。例子实在太多，要把它们统统“獭祭”出来，那就真会“高楼万丈平地起”。所以只好随手择取数例，以资证明。

就从《热风》说起吧，毕竟是鲁迅的第一本杂文集。

一面有钱的便狂嫖滥赌，没钱的便喝几十碗酒，——因为不平的缘故，于是后来就恨恨而死了。”(《恨恨而死》)

有钱的就狂嫖滥赌，没钱就喝几十碗酒，对仗很工整，结局都是恨恨而死。

譬如厨子做菜，有人品评他坏，他固不应该将厨刀铁釜交给批评者，说道你试来做一碗好的看，但他却可以有几条希望，就是望吃菜的没有‘嗜痂之癖’，没有喝醉了酒，没有害着热病，舌苔厚到二三分。（《对于批评家的希望》）

把“喝醉了酒”，跟“嗜痂之癖“和“害热病，舌苔厚到二三分”相提并论，排在一起。

现在的外来思想，无论如何，总不免有些自由平等的气息，互助共存的气息，在我们这单有“我”，单想“取彼”，单要由我喝尽了一切空间时间的酒的思想界上，实没有插足的余地。（《“圣武”》）

什么是“圣武”？“简单地说，便只是纯粹兽性方面的欲望的满足——威福，子女，玉帛，——罢了。”再加上“求神仙”，再加上“造坟，保存死尸”，这就是鲁迅说的“单要由我喝尽了一切空间时间的酒的思想”的意思。

当假的国学家正在打牌喝酒。（《不懂的音译》）

这些例句，都出自《热风》。

鲁迅好像很喜欢把打牌跟喝酒放在一起。

明季大臣，跑到安南还打牌喝酒呢。（1935年7月29日《致曹聚仁》）

有时候也把喝酒跟唱歌放在一起。

又好像楚霸王……追奔逐北的时候，他并不说什么；等到摆出诗人面孔，饮酒唱歌，那已经是兵败势穷，死日临头了。（《华盖集后记》）

有时候又跟下跪连在一起。

这所报的也并非“睚眦之怨”，因为那地方是鬼神为君，“公理”作宰，请酒下跪，全都无功，简直是无法可想。（《朝花夕拾·二十四孝图》）

有时候又跟吃肉连在一起。

我对于佛教先有一种偏见，以为坚苦的小乘教倒是佛教，待到饮酒食肉的阔人富翁，只要吃一餐素，便可以称为居士，算作信徒，虽然美其名曰大乘，流播也更广远，然而这教却因为容易信奉，因而变为浮滑，或者竟等于零了。《集外集·庆祝沪宁克复的那一边》

还有跟嫖妓放在一起的。

轻薄，浮躁，酗酒，嫖妓而至于闹事，偷香而至于害人，这是古来之所谓“文人无行”。（《集外集拾遗·辩“文人无行”》）

还有跟裸女、静物、死、花月、圣地、失眠和女人放在一起。

先前的有些所谓文艺家，本未尝没有半意识的或无意识的觉得自身的溃败，于是就自欺欺人的用种种美名来掩饰，曰高逸，曰放达（用新式话来说就是“颓废”），画的是裸女，静物，死，写的是花月，圣地，失眠，酒，女人。（《二心集·民族主义文学的任务和运命》）

……不胜枚举。

在鲁迅眼里，这些当然都不是什么好事，情景结局也不太美妙。

说到鲁迅对喝酒的态度，不能不提《魏晋风度及文章与药及酒之关系》这篇名文，其中有一句：

曹操要禁酒，说酒可以亡国，非禁不可。

鲁迅随后说，“其实曹操也是喝酒的，看他的何以解忧，唯有杜康”就知道，那“为什么他的行为会和议论矛盾呢？”鲁迅这一问，问得好！鲁迅是怎么回答的？他说：“此无他，因曹操是个办事人，所以不得不这样做。”

“办事人”就可以“行为和议论”自相矛盾？还“不得不这么做”？这是什么逻辑？关键是，鲁迅的这一声回答，算不算也是对他自己在喝酒一事上“行为和议论”不一致的解释？（鲁迅自己可不算是个“办事人”，像曹操那种的，这是鲁迅自己多次自陈，并且再三强调的）

鲁迅解释“竹林七贤”的喝酒，有一个贯穿始终的基本看法，就是说他们的喝酒，乃是因为环境的不得已，以酒浇愁，借酒避祸，喝酒不过是某种更重要东西的表面现象，“嵇康阮籍的纵酒，是也能做文章的，后来到东晋，空谈和饮酒的风气还在，而万言的大作如嵇阮之作，却没有了。”这跟鲁迅说李白的思路，完全一脉相承。

鲁迅在文章末尾，还替“随便饮酒”的陶渊明也“辩白”了一下，说“因为当时饮酒的风气相沿下来”，潜台词是情有可原。又说，陶渊明饮酒，也能诗能文，更重要的，是“于世事也并没有遗忘和冷淡”，这是鲁迅特别强调的地方。实际上，这跟鲁迅说李白、秋瑾以及嵇、阮等人，完全相同，就是说在他们的喝酒之外，别有更重要的方面，如若没有，则不足道也。

鲁迅有时以酒和喝酒，来比喻人生。

> 中国的筵席上有一种“醉虾”，虾越鲜活，吃的人便越高兴，越畅快。我就是做这醉虾的帮手，弄清了老实而不幸的青年的脑子和弄敏了他的感觉，使他万一遭灾时来尝加倍的苦痛，同时给憎恶他的人们赏玩这较灵的苦痛，得到格外的享乐。（《而已集·答有恒先生》）

这段文字显示了鲁迅真诚而痛苦的自我反省和心灵袒露，甚至带有一丝忏悔性质，但其咎真在鲁迅吗？我觉得这是鲁迅所有文字中，最好的一段之一。

> 他专为他的同类——人类中的怯弱者——设想，用废墟荒坟来衬托华屋，用时光来冲淡苦痛和血痕；日日斟出一杯微甘的苦酒，不太少，不太多，以能微醉为度，递给人间，使饮者可以哭，可以歌，也如醒，也如醉，若有知，若无知，也欲死，也欲生。他必须使一切也欲生；他还没有灭尽人类的勇气。（《野草·淡淡的血痕中》）

以酒的状态，来比喻人生，尤其是中国人的人生，这在鲁迅笔下，是个非常常见的现象。它的根源，我认为是《史记·屈原列传》中渔父故事的那句话。

> 我沉静下去了。寂静浓到如酒，令人微醺。……我靠了石栏远眺，听得自己的心音，四远还仿佛有无量悲哀，苦恼，零落，死灭，都杂入这寂静中，使它变成药酒，加色，加味，加香。（《三闲集·怎么写》）

人生如酒，一种五味杂陈、浓缩万千的药酒。

也许正是基于这样一种对于酒和喝酒的认识（不是什么好事），所以在鲁迅笔下，喝酒有时会成为鲁迅攻击对手的利器。最突出的事例，莫过于“女师大风潮”中，杨荫榆的“饭店请客”。鲁迅对此大展祥林嫂式的“重复”“舌功”，简直堪比“矢石蔽空”的“枪林弹雨”，其喋喋不休，对于杨校长阵营来说，真如冤鬼缠身，牛虻追咬！例句太多，无法列举，只好有劳有兴趣者移步《华盖集》，还有《华盖集续编》自行检阅。

鲁迅以喝酒为利器攻击他人，他人也借喝酒攻击鲁迅。最有名的，要属“创造社”众小将的突然袭击。先是冯乃超，说“鲁迅这位老生——若许我用文学的表现——是常从幽暗的酒家的楼头，醉眼陶然地眺望窗外的人生”。随即鲁迅以《“醉眼”中的“朦胧”》还以颜色。但成仿吾接着又写了《毕竟是“醉眼陶然”罢了》（署名石厚生），继续以“醉眼”为题施加攻击。

曾经也是“创造社”一员（后来还一度是“左联”一员）的叶灵凤，以他特有的“图文并茂”方式，也加入了战阵：

> 阴阳脸的老人，挂着他已往的战迹，躲在酒缸的后面，挥着他“艺术的武器”，在抵御着纷然而来的外侮。（叶灵凤《鲁迅先生》，原载 1928 年 5 月 15 日《戈壁》2 期）

于是在鲁迅笔下，我们看到了这样奇葩的“落款”：

> 八月二十日，识于上海华界留声机戏和打牌声中的玻璃窗下绍酒坛后。（《集外集拾遗补编 〈剪报一斑〉拾遗》）

这算是“以其人之道，还治我自己之身”了？——当然依然是一种回击方式。

鲁迅多次说过，他的敌人造谣说他喝酒。鲁迅喝酒，是不是“敌人”的造谣，单凭鲁迅自己的话，是不足为据的。这凭据要我们自己去找。不过，从以上“战况”来看，认为喝酒是一件不怎么样的事（不光彩？惹人讥笑？），是自己瞄准对手的最佳狙击目标，在这点上，鲁迅和他的论敌们，倒像是有某种共识和一致立场。

六、为什么抵触?

鲁迅对于喝酒的态度，表现在笔端上是如此抵触和反感，实在让人有点匪夷所思。他生长于著名的酒乡，自己实际也爱喝点酒，而且口味堪称花样繁多。从现存记载来看，鲁迅早年似乎并不排斥酒，还有点兴致盎然。周作人的《鲁迅的青年时代》里，收录有鲁迅早年所作几则随笔，其中一条是制酒法：

> 试烧酒法，以缸一只猛注酒于中，视其上面浮花，顷刻迸散净者为活酒，味佳，花浮水面不动者为死酒，味减。(《戛剑生杂记》)

早先对制酒如此饶有兴趣的人，日后竟会对喝酒如此“恶言相向”。

在留日后期写的《破恶声论》里，鲁迅还有过这样铿锵有力的观点：

> 农人耕稼，岁几无休时，递得余闲，则有报赛，举酒自劳，洁牲酬神，精神体质，两愉悦也。……况乎自慰之事，他人不当犯干，诗人朗咏以写心，虽暴主不相犯也；舞人屈申以舒体，虽暴主不相犯也；农人之慰，而志士犯之，则志士之祸，烈于暴主远矣。

这是鲁迅笔下难得一见且义正词严的喝酒正当论！它出自二十七八岁时的鲁迅，旗帜鲜明，毫不含糊。那么，又是什么原因，让走上社会以后的鲁迅，对于喝酒，在笔端上发生了如此“逆反”到近乎全盘否定的转变？根源何在？

先来听听鲁迅自己的说法。

> 我向来是不喝酒的，数年之前，带些自暴自弃的气味地喝起酒来了，当时倒也觉得有点舒服，先是小喝，继而大喝，可是酒量愈增，食量就减下去了。我知道酒精已经害了肠胃。现在有时戒除，有时也还喝，正如还要翻翻中国书一样。但是和青年谈起饮食来，我总说：你不要喝酒。听的人虽然知道我曾经纵酒，而都明白我的意思。
>
> 我即使自己出的是天然痘，决不因此反对牛痘；即使开了棺材铺，也不来讴歌瘟疫的。（《集外集拾遗·这是这么一个意思》）

这段话很能道出鲁迅对于喝酒的某种真实心态。第一句开宗明义，依然是否认与否定式的（鲁迅在喝酒一事上对自己的澄清与洗刷，真是到了陈之再三、不厌其烦的地步）；然后是带些“自暴自弃的气味”喝酒（又是否定式前缀语！），到“酒精已经害了肠胃”，“现在有时戒除，有时也还喝”，然而却对青年说：“你不要喝酒”。最后把喝酒跟“天然痘”

和“开棺材铺”相提并论。我认为这段话，可以称之为鲁迅的“我之喝酒史和我之喝酒观”。

鲁迅说喝酒害了他的肠胃，应当是可信的。1913 年 2 月 26 日的《鲁迅日记》里说，“晚同往广和居饮。夜胃小痛，多饮故也。”所以他说，“我不大吃酒，我胃病并非因酒而起”，显然是忘了自己以前说了什么。

> 我的可恶有时自己也觉得，即如我的戒酒，吃鱼肝油，以望延长我的生命，倒不尽是为了我的爱人，大大半乃是为了我的敌人，——给他们说的体面一点，就是敌人罢——要在他的好世界上多留一些缺陷。（《坟·题记》）

把喝酒和延长生命连在一起，也是鲁迅多次说过的话。这似乎表明，鲁迅对于喝酒的抵触，是出于某种实际的考虑。这当然是有可能的。但这种出于实际的考虑，通常情况下，最多会让一个人对于喝酒持比较谨慎的态度，注意节制而已，不至于像鲁迅这样，时不时地来讥讽和攻击一下，始终把喝酒放在自己的消极眼神内来打量，表现得像个“酒之天敌”似的。显然，鲁迅对于喝酒的排斥态度，肯定跟鲁迅自身之外的某种原因有关。

萧红在《回忆鲁迅先生》里，转述过鲁迅的一段话：

> 我不多喝酒的，小的时候，母亲常提到父亲喝了酒，

脾气怎样坏，母亲说，长大了不要喝酒，不要像父亲那样子……所以我不多喝的……从来没喝醉过……

这段话非常值得注意。第一句当然依然是祥林嫂式的，结尾一句也能让人发笑，但中间内容是真实可信的。鲁迅以外，周作人、周建人、许广平和许寿裳，都曾不约而同说到过鲁迅父亲的喝酒及其对鲁迅产生的影响。[1] 许广平的一段话，尤其刻画传神。

> 他的尊人（鲁迅父亲）很爱吃酒，吃后时常会发酒脾气，这个印象给他很深刻，所以饮到差不多的时候，他自己就紧缩起来，无论如何劝进是无效的。（《鲁迅先生的日常生活》）

“紧缩”一词，堪称“句眼”。

所谓“酒脾气”或“脾气坏”，反映出喝酒不仅损害自身健康，还会暴露出人性中“不雅”或“不堪”的一面。当这种行为表现，来自于自己身边人，更别说是至亲时，它对人的冲击印象和影响，也就会格外强烈和深远。周作人和周建人都说到过台门里的某些“酒徒”典型，如意太娘、四七、桐生、孟夫子。其中四七因为好酒落魄，竟遭到鲁迅祖父手

1　见周作人《鲁迅的故家》，周建人《略讲关于鲁迅的事情》和许寿裳《亡友鲁迅印象记》。

执铜锤追打。“其实，我们台门里像四七这样游手好闲，抽大烟，吃老酒的人也还有，但我祖父独独对四七特别痛恨，想必因为他当年带四七去过江西，期望越高，失望也更深的缘故吧！”（《鲁迅故家的败落》）这些人物的形象和命运，在鲁迅心目中肯定留下了至深印象，这一点可以通过《孔乙己》和《阿Q正传》等作品得到证明。直到1913年5月5日的《鲁迅日记》里，我们还能看到这样的句子：

> 下午同许季市往崇效寺观牡丹，已颇阑珊；又见恶客纵酒，寺僧又时来周旋，皆极可厌。

“皆极可厌”，非常真实生动地传递出鲁迅当时的心理。

我以前说过，在鲁迅身上，尤其是其早年，有一种“深入骨髓”的“清教”性质，它常常表现出一种严峻的道德感和对于个人形象的注重，也就是“莫随残叶堕寒塘”。

说到鲁迅父亲喝酒对他的影响，就不能不说说鲁迅祖父对于喝酒的态度和看法。周福清写过一篇《恒训》，鲁迅曾经手抄一遍，其中有这样的内容：

> 至酒之为害，不殊鸦片，非特废时误事，且易伤生。试看盛酒锡壶，用久底烂，酿酒房屋，梁柱速朽，况血肉身躯乎？嫖赌闯祸，多因酒起，切戒勿忘！有人劝饮，必非好心，力辞之。庚申夏，饮跨湖桥孙氏楼，以拇战大醉。

归，不醒人事，次日始醒。我父泣曰：“我惟一子，汝醉死奈何！”闻之，渐悔累月。癸亥病剧时，犹遗嘱戒酒。我一生不猜拳赌酒者以此。（《恒训·力戒烟酒》）

这段话以非常具体切实的语言，指出了喝酒的种种危害，而且最后以身说法，可谓动之以情，晓之以理。事实上，字里行间，我们已能看出它对日后鲁迅所产生的影响，比如把喝酒跟抽鸦片和嫖赌闯祸连在一起。“试看盛酒锡壶，用久底烂，酿酒房屋，梁柱速朽，况血肉身躯乎？”这应该是《元史》耶律楚材劝窝阔台戒酒典故的创造性转述，而“废时误事，且易伤生”一句，不仅跟鲁迅的“延长生命说”隐隐相关，也是鲁迅一向特别看重的地方。

鲁迅对于喝酒表现在笔端和口头上的消极与否定姿态，其原因肯定不会仅仅来自他自己以及家庭和家族环境，尽管我认为这很可能是根本性和主导性的原因所在（从自己和身边的现实经验和主观感受来思考，是鲁迅思维的一大特点），但除此之外的原因肯定也自然存在，比如鲁迅作为一个博览群书者，通过书籍阅读而获得的知识与感受，也一定会在他心里留下相应的影响痕迹。古今中外的书籍里，酒和饮酒是个再普通不过的话题，尤其是中国，堪称酒文化大国。自古以来，中国人对于饮酒，就形成了两种截然不同的态度和说辞，这在最早的典籍史册如《尚书》和《诗经》里，就有著名的例子，或赞美，或贬斥，有过众多生动动人的故事和靡烂荒唐的教训。南北朝时的陈暄说过一句，“吾常譬酒之犹水，亦可以济舟，亦可以覆舟”[1]，这跟鲁迅的“喝酒是好的，但也很不好”，何其貌合神似！明末顾炎武，更在其《日知录》的《酒禁》篇中直言：“水为地险，酒为人险”，“酒之祸烈于火”。诸如此类的声音，我想应该是鲁迅熟悉的，它们想必会在鲁迅心里，留下它们的雪泥鸿爪。

不过鲁迅还是有他自己独特的饮酒观。

留日后期的鲁迅，思想渐趋成熟，在《破恶声论》里，他在为“农人”“举酒自劳”“蒙庥而大酺”的权利大声疾呼加以维护的同时，又厉言痛斥那些“妄欲夺人之崇信者”，也就是所谓“号志士者”，称他们“惟酒食是仪，他无执持”。同一个酒字，在农人这里，是完全正当的享受，不容侵夺，用在“号志士者”身上，却即刻充满鄙夷之色（“惟酒食是仪”，让人马上想到《墨子》和《荀子》中那些“嗜饮食”的儒者）。这种褒贬区分，是怎么来的？我认为这正是我们理解鲁迅之喝酒观的关键所在。农人的“举酒自劳”和“大酺”，之所以会得到鲁迅的维护和肯定，前提就在于“农人耕稼，岁几无休时”，在于他们“劳作终岁”，因此，农人的“举酒自劳”和“大酺”，就有了完全充分的正当性。这跟鲁迅说李白、秋瑾以及嵇康、阮籍还有陶渊明的思路，完全是一致的，即饮酒之外，他们另有奉献于人群和社会的价值和意义，而且还是伟大而重要的价值和意义，因此“农人”的喝酒，就

1 《南史 卷六十一 列传第五十一》。

不仅不应该被侵夺和否定，而且应该给予同情、维护和歌颂。至于那些“号志士者”，鲁迅给他们的评语，是两个“妄”字，“妄欲夺人之崇信者，……顾其违妄而无当于事理”，既然已归于“妄”，那对于他们的“惟酒食是仪”，鲁迅会投以什么样的一瞥，也就无需多言了。

可见，鲁迅的喝酒观，归根结底是因人而异的。被鲁迅肯定的人，他的喝酒一般也被肯定或得到“谅解”；不被鲁迅肯定或是被否定的人，他的喝酒，也就被否定了。

七、旧体诗里的酒

鲁迅旧体诗现存60首（所谓民谣或歌谣者不计在内），算上骚体的《祭书神文》，共61首，在鲁迅各类文学作品中（小说、杂文、散文等），数量是最少的。

不仅数量少，也是鲁迅最不看重的。鲁迅对自己的作品，基本上都是亲自编校和参与设计，不惜心血和时间的倾注，唯独对于旧体诗，浑然不当一回事。许广平给许寿裳的信中这样说过：

> 迅师于古诗文，虽工而不喜作。偶有所作，系应友朋要请，或抒一时性情，随书随弃，不自爱惜，生尝以珍藏请，辄遭哂笑。（见许寿裳《〈鲁迅旧体诗集〉序》）

这是确实可信的。

但作者自己不看重的作品，读者不必非与之同步。杨霁云编鲁迅的《集外集》，称赞鲁迅旧体诗写得像李商隐，搞得鲁迅还有点不好意思地谦虚了一下。有些读者在鲁迅作品中，更是首先特别喜爱鲁迅的旧体诗，原因之一，说是旧体诗是鲁迅更为个人化的作品（日记和书信，通常情况下不被看作是作品），更小众化，许广平所说“系应友朋要请，或抒一时性情”，说的也是这个意思。当然，这只是某些人的看法，鲁迅的旧体诗，未必就全是所谓个人化作品，或只属于小众范围。

也许是跟这个特点有关，鲁迅旧体诗里的“酒”，跟鲁迅其他文字作品（小说、杂文）相比，也显得有些面貌不同。

鲁迅旧体诗中跟酒有关的，有12首，占20%，这个比例不算低。鲁迅平生所作各类诗歌，“打油诗”所在多有，但跟酒有关的旧体诗里，却没有一首“打油诗”，唯一一首自称“打油”的《自嘲》，肯定是不能归入“打油诗”的。

鲁迅旧体诗里的“酒”，有两个醒目特点，一是欢快语；二是“故乡如醉”。

我之前说，鲁迅笔下的酒，似乎不太可能出现像歌剧《茶花女》中的《祝酒歌》那样酣畅欢快的歌声和旋律，这话现在看来，也不能说得太绝对，至少鲁迅旧体诗里的酒，就有一些含有欢快的情调，仿佛清晨从云层中透露出的缕缕霞光。如早年的《惜花四律》中，有“兰艭载酒橹轻摇”和“撩人蓝尾酒盈卮”的句子，欢快之意，清晰可见。据《周作人日记》，这组《惜花四律》，写于1901年，它以轻盈娴熟的笔调，表现了青年鲁迅身上完美的中国古典情调，通篇充满青春欢快的情绪，却没有一丝半毫的迂腐气息。当然，这是二十岁时候鲁迅的情感世界，三十年过后，“兰艭载酒橹轻摇”变成了“漏船载酒泛中流”，但尽管饱经沧桑，旧时欢快的音调，仿佛又在瞬间重现了。《祭书神文》跟《惜花四律》写于同年，文字生动活泼，情趣盎然。“钱神醉兮钱奴忙，君独何为兮守残籍？华筵开兮腊酒香，更点点兮夜长。人喧呼兮入醉乡，谁荐君兮一觞。绝交阿堵兮尚剩残书，把酒大呼兮君临我居。”叙事与抒情交融错杂，笔触自然宛转，自由洒脱，让人忍俊不禁，颇有李白《长干行》的笔意与诗趣。

不过，鲁迅旧体诗中的酒，更多的，却是表达了一种“故乡如醉”的悲郁情怀，尤其是在赠日本友人的诗作中。

鲁迅书赠日本友人的旧体诗，共有24首（其中有重复书赠给不同对象的），占全部旧体诗的40%；如果从1931年以后写的算起，则占到近60%。其中与酒有关的，有10首，这个比例同样不低。

椒焚桂折佳人老，独托幽岩展素心。

岂惜芳馨遗远者，故乡如醉有荆榛。（《送O.E.君携兰归国》）

诗里的“故乡”，当然不是指浙江绍兴，而是“我国”的意思。

《鲁迅日记》1931 年 2 月 12 日记：“日本京华堂主人小原荣次郎买兰将东归，为赋一绝句，书以赠之。”兰花可以说是鲁迅家乡和家族的传统最爱花卉。鲁迅到上海后，跟叶圣陶在景云里作前后邻居，俩人经常相互串门。叶圣陶后来回忆说，他印象最深的有两件事，一是他跟鲁迅喝黄酒，二是鲁迅特别喜欢养兰花。小原荣买兰归国，鲁迅对此抒发感慨，“岂惜”两字耐人寻味。“岂惜芳馨遗远者，故乡如醉有荆榛”，诗句包含两层意思，一是对于日本的怀念，二是对于自己国家的忧伤愤懑。这两层意思在鲁迅笔下都曾反复出现，尤其是在三十年代中期前后。而“故乡如醉”的感慨起源更早，留日同学沈瓞民和许寿裳在他们所写有关鲁迅的文章里，都说到过“难醒人间醉”和“同胞如醉”，想必是他们当时的共同感慨。鲁迅自己在《藤野先生》也写过：

> 此后回到中国来，我看见那些闲看枪毙犯人的人们，他们也何尝不酒醉似的喝彩，——呜呼，无法可想！

看来，“故乡如醉”，一直是鲁迅心中的一个深深情结。《哭范爱农》里的“大圜犹茗酊”，也是这个意思。（这首诗的首联“把酒论天下，先生小酒人”，既是范爱农的形象，也未尝不恰好是鲁迅自己的惟妙刻画，而“微醉合沉沦”，则是作者思想与事实结局“天衣无缝”的悲凉合一。）这个情结始终反复出现，尤其是在鲁迅书赠给日本友人的旧体诗中，如“下土惟秦醉”，其它如“如磐夜气压重楼，剪柳春风道九秋”，“风生白下千林暗，雾塞苍天百卉殚”，“无奈终输萧艾密，却成迁客播芳馨”，以及“故乡黯黯锁玄云，遥夜迢迢隔上春”等，都可以看作是这种情结的同义反复表现。《送O.E.君携兰归国》写于柔石被杀后的第五天，“故乡如醉有荆榛”，也就有了更加切实的现实背景。

“荆榛”，也就是“大野多钩棘”的“钩棘”。

与此相关，鲁迅对于日本的怀念，也就一直以一种对比的方式，反复出现在鲁迅的旧体诗里，如：“文章如土欲何之？翘首东云惹梦思。所恨芳林寥落甚，春兰秋菊不同时。”（《偶成》）“无端旧梦驱残醉，独对灯阴忆子规。”（《无题二首》），“扶桑正是秋光好，枫叶如丹照嫩寒。却折垂杨送归客，心随东棹忆华年。”（《送增田涉君归国》）所以，他会在“一·二八沪战”一年后，为一个日本人对一只中国鸽子的感情，写下“度尽劫波兄弟在，相逢一笑泯恩仇”的名句。

鲁迅的这种情怀，集中出现于抗战全面爆发的前夕，同样是给人印象深刻，且耐人寻味的。

鲁迅旧体诗中的“酒”诗，我认为最值得关注的，是1933年写的《无题》。

烟水寻常事，荒村一钓徒。
深宵沉醉起，无处觅菰蒲。

诗句甚至诗意都很简单，几乎无需注释。第一句里的“寻常”，也就是《惯于长夜过春时》的“惯于”，也是《悼杨铨》的“岂有豪情似旧时，花开花落两由之”的“由之”。“由之”又跟“躲进小楼成一统，管他冬夏与春秋”语义相连。

“深宵沉醉起”，就是柳永的“今宵酒醒何处”。

“菰蒲”的释义，可能不止一种，但不管怎么解释，它都有安身立命的意思。何以安身立命，如何安身立命，家园何在，归宿何往，对于一个知识分子，一个生逢二十世纪的中国知识分子来说，是一个尤其难以回避的问题。值得注意的是，时隔两年，“菰蒲”一词再次出现在鲁迅笔下，也是鲁迅生平最后一首旧体诗里，“老归大泽菰蒲尽”（《亥年残秋偶作》），其对于自身命运思索的意味，也就更加浓郁突显。“菰蒲尽”的否定式语义结构，和“何处觅菰蒲”的疑问句式结构，它们所传递出的信息，也就更加惹人深思。其背后所蕴藏的对于自身（作为个体也作为群体）历史与命运的沉思与发问，决不是一句“竦听荒鸡偏阒寂，起看星斗正阑干”，就可以算是画上句号了。

八、早年和晚年的喝酒

鲁迅早年的喝酒，跟他当时的道德观有关。中年饮酒，跟他的情绪状态有关（情绪状态的背后，则是人生的动荡起伏及与之相应的人生观）。晚年的喝酒，多与社会活动（文学与政治的）和身体状况有关。

> （鲁迅）但在东京却不知怎的简直不喝，虽然蒲桃酒与啤酒都很便宜，清酒不大好吃，也就算了。只是有一回，搬到西片町不久，大概是初秋天气，忽然大家兴致好起来，从近地叫作一白舍的一家西洋料理店要了几样西餐来吃，那时喝了些啤酒。后来许寿裳给他的杭州朋友金九如饯行，又有一次聚会，用的是中国菜，……但那时没有什么酒，不知是什么缘故。（周作人《鲁迅的故家·鲁迅在东京·酒》）

说鲁迅在日本期间，不怎么喝酒，不是说绝对不喝，周作人也说喝过些啤酒。许寿裳回忆鲁迅在日本时，也说到过一次在箱根温泉喝啤酒的事。另外，鲁迅当年在仙台的日本同学，也说到过鲁迅喝酒的情景：

> 关于周树人在这种宴会场合的情况，在同班同学名古屋长藏先生写给饭野太郎先生的信中，有过这样的叙述："好像相当能喝酒，在学生的宴会上，虽然喝了很多，但毫未露出醉意。"（《鲁迅在仙台》，见北京鲁迅博物馆鲁迅研究室编《鲁迅研究资料》4，江流编译）

但这些跟鲁迅后来的喝酒相比，只能说是“小巫”，算是“偶尔露峥嵘”。

至于沈瓞民在《回忆鲁迅早年在弘文学院的片断》说“有时浊醪痛饮，高歌‘狂论’”，更只能看作一种散文笔法，所谓虚实之间。

鲁迅自己这样说过：

> 譬如从前我在学生时代不吸烟，不吃酒，不打牌，没有一点嗜好；（《集外集拾遗补编·关于知识阶级》）

我认为这说法，基本是可信的。

总的来说，鲁迅在日本期间——之前就更不说了，是不怎么喝酒的，就是在 1912 年进京以前，喝酒也不多，除了跟范爱农相遇那段时间，那是鲁迅生平极少有的“酒逢知己”，可说是鲁迅早年喝酒的“最强音”，也预示着中年鲁迅“井喷式”喝酒的即将到来。在杭州和绍兴任教期间，偶尔也会跟几位旧日同窗和同事，一起喝酒闲聊，次数非常有限，喝的也不多。长期在鲁迅家做帮工的王鹤照后来回忆说：在绍兴期间，“鲁迅先生有时也喝点绍兴老酒，但稍饮一些，就脸红”。

1910 年，鲁迅在给许寿裳的信中，有一句“以代醇酒妇人者也”，说的是读书和“荟集古逸书”，可以代替醇酒妇人。我最早看到这句话时，还以为鲁迅是完全不喝酒的。

一个男人，一个热血青年，如果不是因为酒精过敏之类，总是跟喝酒保持一种距离，我认为基本是主观控制的结果。而这种自我控制，通常又跟道德意识有关。

鲁迅在民国元年进京履职后，突然拉开了喝酒的大幕，这起因最初是不足道的，具体来说，就是由他当时的生活状态造成的，有钱，单身，食无定所，四处“打游击”，一帮同事成了“酒肉朋友”，加上某些领导的“嗜好”，比如鲁迅的顶头上司，社会教育司的司长夏穗卿。关于他和鲁迅的故事，吴海勇著《时为公务员的鲁迅》一书，写得很清楚。总之，鲁迅就这样一步步从原先不怎么喝酒的“模范青年”，最后成了一名有点形似“饮中八仙”之类的人物。其情其景，本文前面已有详述。值得一提的是，恰恰也就从这时候起，原先对酒还颇有兴致好感、并且曾为之发出正义声音的青年鲁迅，开始在笔下以连绵不绝的形式，铺陈开他对于喝酒毫不留情的抨击事业！移居上海之以后，鲁迅的喝酒，也随之达到新“高潮”，但下降曲线也开始显现，鲁迅生命逐渐步入晚年。

鲁迅晚年从什么时候算起？不太好明确划定（跟鲁迅去世过早有关），从到上海定居算起？有点太早；最后两年？又有点太短。我觉得从鲁迅加入“左联”以后算起，比较可取。

从《鲁迅日记》及其他一些文章材料来看，1930 年春天以后，鲁迅的喝酒，一方面更多起来；另一方面，又少了下去。前者除了跟周建人一家的频繁相聚外，显然跟鲁迅的各种社会活动有关，当然主要是文学活动和政治活动，这两者又常常合二为一；后者则跟鲁迅的身体状况有关。鲁迅虽然也在家中独酌，但更多见诸文字的喝酒，却是以跟人交往的形式，这就能从中看出鲁迅在北京和上海两地喝酒的某种不同。大体上说，北京时期的喝酒，基本是纯粹的个人行为，受鲁迅个人当时情绪状态的影响较大，很随性，想喝就喝，不想喝就不喝，不太受外界因素的制约和影响，像“语丝社”的活动，包括饮宴，因为周作人的原因，鲁迅基本不参加，已是相当的特例，而且也是鲁迅自己的选择。到上海后，特别是加入“左联”以后，情况有明显不同。活动的频繁是显而易见的，其中也经常是以“吃饭”的形式。柔石等人遇害后，活动有所减少，但并未中止绝迹。我们看《鲁迅日记》，特别是最后几年，常有鲁迅刚参加完某个“饭局”（还常常是十几人一桌的），《日记》里就出现“胃痛”和“咳嗽”之类的记录。但没过多久，鲁迅就又参加下一个类似活动了，一直到生命的最后。此时的喝酒，跟鲁迅“想喝”或“不想喝”已经没有太大关系，它明显更具有社交应酬的性质，而且这种社交应酬，除了一般的文学圈子的活动和事务外，因为“左联”等的背景原因，还多了政治的，甚至是革命的成分，酒本身，已然成为次要的东西，一种装饰或点缀。酒杯里映现的，更多的是社会交往的影子，甚至散发出政治和革命的气息。以前坊间有句俗语，叫“革命的小酒天天醉”，“天天醉”，对于鲁迅来说，当然太夸张，但“革命的小酒”，倒是有点贴切的。当此时，北京时期那种可以随情绪起伏自由自在地随性喝酒，恐怕已不易得，一种所谓“人在江湖，身不由己”的感觉，大概有点潜滋暗长了吧。

当然，这也是鲁迅自己的选择。

> 会议结束后，我们喝啤酒和汽水，为了爱护鲁迅先生的健康，向他以啤酒致敬时，杯子里注入一半以上的汽水，先生逢人敬酒，总是微笑地一饮而尽。（吴奚如《回忆伟大导师鲁迅》）

这说的是1933年夏天“左联”的一次活动。

1934年12月6日《致萧军萧红》信中，鲁迅说：

> 我其实是不喝酒的，只在疲劳或愤慨的时候，有时喝一点，现在是绝对不喝了。不过会客的时候，是例外。说我怎样爱喝酒，也是“文学家”造的谣。

开头的否定语，我们已是耳熟能详，“有时喝一点”也不必太过计较，但从这时候起，鲁迅这一回是真的不怎么喝酒了——当然，所谓“绝对”者，是绝对难以绝对的——毕竟还有“不过会客的时候，是例外”。“会客”是关键。

> 那晚上看了《夏伯阳》（大概是），鲁迅精神很好，喝了一两杯“伏特加”。（茅盾《纪念鲁迅先生》）

这是鲁迅在1935年11月，参加上海苏联领事馆的一次活动。

> 鲁迅先生也特别高兴。他喝了一点酒以后，谈话比平时更有兴致。就是平常不大讲话的我，几杯伏特卡下肚，我的舌头也活动起来了。我的谈话有时也会引得鲁迅先生大笑起来。（吴朗西《片段的回忆》）

根据作者提供的背景，这应该是1935年底到1936年初的事情。紧接这段文字后面，是一句这样的话："大概是1936年春天的一个傍晚，我到永安公司附近去参加鲁迅先生也出席的一个宴会"，既然是宴会，通常肯定也是有酒的，所谓"无酒不成宴"。吴朗西是巴金的合伙人，也是鲁迅晚年重要的书籍出版合作者。

> 可是当我们六个人（当中有两位是许广平先生和他们的爱子海婴）围着一张小圆桌坐下来喝酒的时间，我发现他把酒杯离开嘴就在轻微的咳嗽，咳嗽之后接着是喘气。（周文《鲁迅先生是并没有死的》）

这里记录的是1936年2月的事。周文是"左联"成员，曾任"左联"组织部长，冯雪峰参加长征后，作为中共特派员返回上海，鲁迅推荐周文为冯雪峰的助手。

吃晚饭时候，许广平先生把已经开了瓶的别人送他们的白兰地，给我倒上了一点，并且问我说："还是不会喝么？"然后给鲁迅先生倒了半杯，鲁迅先生说："这酒，很不错。我现在，不能多喝，限定这么半杯。"于是，他喝了一口酒，就一边用手指撕着一块火腿，一边有兴趣地看我，让我一边吃一边谈。（冯雪峰《回忆鲁迅》）

这是冯雪峰重返上海后的事，时间在 1936 年 4 月下旬，距离鲁迅去世只剩下半年时间。

曾经是中共特科人员的吴奚如，在他所写《回忆伟大导师鲁迅》的最后一节，说自己 1936 年的夏秋之交，奉党中央特科之命离开上海前往西安，临行前给鲁迅写信告别，随后鲁迅由胡风安排，在梁园饭店为他和聂绀弩饯行。席上，"因而他（指鲁迅）在为我们饯别时，乐观的情感占了上风，不时爽然大笑，频频举杯，像一个天真的'大孩子'！"

文章结尾说，作者离开鲁迅两个月后，就得知了鲁迅去世的消息。那么，这次饯别宴席上鲁迅的"频频举杯"，就很可能是鲁迅平生最后一次喝酒了。

2010 年 3 月 2 日

2019 年 4 月 15 日改定

越熟悉的越出错

——鲁迅的几处离奇笔误

1929 年 12 月 4 日，鲁迅到上海暨南大学作了一次演讲，演讲的题目是《离骚与反离骚》。演讲中，鲁迅为了说明“当皇帝的权力强盛时，发牢骚也须变更方式”，举了唐诗“不才明主弃，多病故人疏”为例，但鲁迅把诗作者说成了贾岛，说“像贾岛在长安呈帝的诗中有两句：‘不才明主弃，多病故人疏。’就听皇帝的骂声”。

读过《唐诗三百首》的人知道，“不才明主弃，多病故人疏”是孟浩然的诗句，而且这首诗，应该算是一首熟诗：

北阙休上书，南山归敝庐。
不才明主弃，多病故人疏。
白发催年老，青阳逼岁除。
永怀愁不寐，松月夜窗虚。（《岁暮归南山》）

总不至于说，鲁迅连《唐诗三百首》都不熟吧？

即使说鲁迅对孟浩然不太熟（这也是胡说八道不可能的），对贾岛则肯定比较熟，为什么呢？因为鲁迅对整个唐诗都很熟。鲁迅给好友许寿裳的长子开列国文书目，十二部书籍中，有三部是关于唐代文学的，即《唐诗纪事》、《唐才子传》和《唐摭言》，前两部还位列最前。这三部书籍，内容都是讲述唐代文人，基本就是诗人的著作和生平事迹的，所以说鲁迅不可能对孟浩然不熟，对《唐诗三百首》更不可能不熟。这个我们后面还会说到。对贾岛，鲁迅还要格外熟一些，因为贾岛属于中晚唐诗人（贾岛死后 64 年，唐朝就没有了），鲁迅对中晚唐文人有特别的关注，大家比较熟悉的，像皮日休、陆龟蒙和罗隐。其实只要是一个朝代的晚期或末期，鲁迅都比较熟。鲁迅文章里，引贾岛的事例典故，不止一处两处。

但却偏偏把贾岛和孟浩然弄混了。

不过，这次笔误，认真说起来只能算一次口误，因为这是一次演讲，而且这次演讲的内容，鲁迅没有像其他大多数演讲那样，把它整理成文，收入集中，所以，称为笔误，有点名不副实，但漓江出版社的《鲁迅演讲集》（阎晶明编选），把它收进去了，所以说是笔误，也不算太失当。

但下面这个，以及后面这些，肯定是“铁打铁”的笔误无疑。

1931 年 2 月 15 日，鲁迅在日记里记了一条：“为长尾景和君作字一幅”。

写的是什么呢？也是一首唐诗。

潇湘何事等闲回，水碧沙明两岸苔。

二十五弦弹夜月，不胜清怨却飞来。

这首诗《唐诗三百首》没选，但《千家诗》选了，诗名为《归雁》，作者是钱起。

鲁迅在条幅的末尾落款为：

义山诗　长尾景和仁兄雅嘱　周豫才

义山，即李义山，也就是李商隐。很显然，鲁迅这里再次把两个唐诗作者搞错了，而且又是两个他应该很熟悉的唐诗作者。钱起属中唐诗人，所谓“大历十才子”之一，也许可以说之首；李商隐则是不折不扣的晚唐诗人，比贾岛还晚一点，李商隐死后不到50年，唐朝就结束了。

我们来看看鲁迅跟这两位唐诗人的关系。

先说李商隐。

大概从1934年5月起，24岁的杨霁云起了为鲁迅编《集外集》的念头，从此书信往来，日益频密。到年底，杨霁云读了鲁迅一些旧体诗后，给鲁迅的信里，写了些称赞的话，于是鲁迅在回信里说：

来信于我的诗，奖誉太过。其实我于旧诗素未研究，胡说八道而已。我以为一切好诗，到唐已被做完，此后倘非能翻出如来掌心之“齐天太圣”，大可不必动手，然而言行不能一致，有时也诌几句，自省殊亦可笑。玉豁生清词丽句，何敢比肩，而用典太多，则为我所不满，……（1934 年 12 月 20 日《致杨霁云》）

玉豁生就是李商隐。鲁迅的自谦，某种程度上说明了他对李商隐的熟悉，否则，自谦就成了望风披靡，向名拜倒，这决不可能是鲁迅的行事风格。

周作人也曾在文章中证明，鲁迅是喜欢李商隐的。

被鲁迅弄错的另一位主角，钱起，我们暂且搁置一下，留到稍后再说。

接下来我们说说另一个被鲁迅记错的人名，无巧不巧，又是一位诗人，又是一位唐诗人，还是一位份量超重的唐诗人：杜甫，并顺道看看鲁迅和杜甫的关系。

1935 年 4 月 14 日起，晚年的鲁迅陆续写了七篇《论“文人相轻”》的杂文。在《四论“文人相轻”》里，鲁迅引用了杜甫的《贫交行》，但鲁迅把它误记为是李太白的了。

“翻手为云覆手雨，纷纷轻薄何须数，君不见管鲍贫时交，此道今人弃如土！”这是李太白先生罢，就早已“感慨系之矣”，更何况现在这洋场——古名“彝场”——的上海。

虽然用了不太确定的语气，但终究没说对诗的作者。

这里插一句，我曾经看过一篇谈鲁迅和杜甫关系的研究论文，是那种按严格范式来写的，作者根据《鲁迅日记》所附的书单里，没有杜甫的诗集，就断定鲁迅对杜甫“不太感冒”——就是不喜欢，不在意，甚至有排斥之意。然后在这种认知基础上，展开宏篇大论，条分缕析，大谈特谈，深入剖析，何以鲁迅会不喜欢杜甫！哦，MY！这种学术研究，大概就是所谓差之毫厘，谬以千里吧。

鲁迅不喜欢杜甫吗？鲁迅对杜甫不熟悉吗？完全相反。

我们先说回鲁迅和唐诗的关系。

徐梵澄先生是位传奇学者，他在印度生活了 33 年，潜心研究哲学。徐梵澄跟鲁迅的交往，也说得上是一段小小传奇。在晚年所写回忆鲁迅的文章里，徐梵澄专门说到了鲁迅和唐诗的关系。

> 兄诗甚佳，比前有进，想是学汉、魏，于渊明却不像。不佞所好，则卑卑在李唐。

这是鲁迅给徐梵澄信里的一段话，这些书信由于只剩些断简残篇，片言只语，所以《鲁迅书信集》里是看不到的。

对此，徐梵澄有段评语：

> 先生所说“不佞所好，则卑卑在李唐”，是一谦逊之词，

> 其实唐诗何尝是卑！先生于唐诗的研究是很深广的。某次撰文，随着笔便写出“我有一匹好东绢，已令拂拭光凌乱，请君放笔为直干。”正是杜甫的诗。(《星花旧影·鲁迅回忆录》，见鲁迅博物馆等编《鲁迅回忆录》散篇下册，北京出版社，1323 页）

这里算是回答了鲁迅跟唐诗的关系问题。事实上，即使没有鲁迅的自说“卑卑在李唐”和徐梵澄的评语，只要大致翻过一下鲁迅文集的人，很容易发现，鲁迅跟唐诗的关系，例子可说是俯拾皆是。

徐梵澄说到鲁迅引用过杜甫的一句诗，这事说起来有点“小插曲”，刚好跟我们说的笔误有关。鲁迅第一次引用杜甫的这句诗，是在《〈近代木刻选集〉（1）小引》里，当时鲁迅的记忆发生了一点模糊，跟前面说的把杜甫误为李太白相似——从写作时间上讲，这次在先，《且介亭二集》的文章在后——这回是不太确定地，把记忆的“降落伞”落在了苏东坡的地盘上:“记得宋人,大约是苏东坡罢,有请人画梅诗,有句云：‘我有一匹好东绢，请君放笔为直干。’”后来经好友许寿裳提醒，隔了一个多月，鲁迅写《〈近代木刻选集〉（2）小引》时，纠正了自己记忆的失误，作了一次特别申明：“附带说几句，前回所引的诗，是将作者记错了。……系出杜甫《戏韦偃为双松图》，末了的数句，是‘重之不减锦绣段，已令拂拭光凌乱，请君放笔为直干’。并非苏东坡诗。”把这几句诗的著作权，重新还给了原作者杜甫。虽然看了人民文学出版社的注释知道，“文中《戏韦偃为双松图》应作《戏为韦偃双松图歌》。诗中‘请君’应作‘请公’。”但著作权要回来了就不错了，这些就不必再计较了。

曾经留心过鲁迅与杜甫关系的人，对鲁迅的这种失误，一定多少会感到一点惊讶，因为鲁迅对于杜甫，那实在是太熟悉了，况且这首《贫交行》，跟孟浩然那首诗一样，在唐诗里不能算一首冷僻的诗，“翻云覆雨”这个成语，就原产于此。

我在鲁迅的文章里，大致搜寻了一下，除上面说的这个例子外，还找出以下鲁迅引用杜甫的例句，应该肯定是不全的。

《华盖集·论辩的魂灵》最后一句“不薄今人爱古人”，出自杜甫《戏为六绝句》之五“不薄今人爱古人，清词丽句必为邻。”（还记得鲁迅给杨霁云的信里，说李商隐的诗“清词丽句”）

《华盖集·后记》“白云苍狗”，引自杜甫诗《可叹》：“天上浮云如白衣，斯须改变如苍狗。”

《华盖集续编·海上通信》“当面输心背面笑”，来自杜甫《莫相疑行》：“晚将末契托年少，当面输心背面笑。”

《南腔北调集·祝涛声》，援用杜甫诗《白马》“丧乱死多门，呜呼泪如霰。”

《南腔北调集·漫与》，标题出自杜甫有名的一首诗《江上直水如海势，聊短述》：“为人性僻耽佳句，语不惊人死不休。

老去诗篇浑漫与，春来花鸟莫深愁。”

《花边文学·女人未必多说谎》“不闻夏殷衰，中自诛褒妲”，引自杜甫《北征》。

此外，鲁迅在《古籍序跋集·唐宋传奇集稗边小缀》里，提到过“《霍小玉传》虽小说，而所记盖殊有因，杜甫《少年行》有句云：“黄衫年少宜来数，不见堂前东逝波”，即指此事。时甫在蜀，殆亦从传闻得之。”《中国小说史略·唐之传奇文（下）》里，也同样引用了杜甫的这句诗。

仅仅只是这些例句引用，并不足以说明鲁迅和杜甫的关系，我们来看看鲁迅对于杜甫，还有过怎样直接的评价和议论。

> 杜甫的律诗，后人还可模拟，他的古体内容深厚，风力高昂，是不许人模拟的。

> 何以对古人要求这样多；杜甫的诗好，文章也就不行。

> 杜甫的诗好，文章不行。他的《北征》就远在韩愈的《南山》之上。韩愈用力学他，差得远。

> 陶潜、李白在中国文学史上，都是头等人物。我总觉得陶潜站得稍稍远一点，李白站得稍稍高一点。这也是时代使然。杜甫似乎不是古人，就好像今天还活在我们堆里似的。

以上都是鲁迅跟刘大杰的谈话，录自刘大杰《鲁迅谈古典文学》，转见于吴作桥等编《再读鲁迅——鲁迅私下谈话录》。

历来称颂、模仿杜甫律诗（尤其是是七律）的，可谓不计其数，但如此称赞杜甫古体诗的，鲁迅是给我印象最深的。“杜甫似乎不是古人，就好像今天还活在我们堆里似的。”这句话尤其耐人寻味，特别是它放在鲁迅对陶潜、李白如此推崇的比较背景下说出。

为了让鲁迅和杜甫的关系，从故纸堆里更能凸显一点，我从杜甫诗里拣出一首鲁迅所说的古体，来亮一回相。

阴崖有苍鹰，养子黑柏颠。
白蛇登其巢，吞噬恣朝餐。
雄飞远求食，雌者鸣辛酸。
力强不可制，黄口无半存。
其父从西归，翻身入长烟。
斯须领健鹘，痛愤寄所宣。
斗上捩孤影，噭哮来九天。
修鳞脱远枝，巨颡坼老拳。
高空得蹭蹬，短草辞蜿蜒。
折尾能一掉，饱肠皆已穿。
生虽灭众雏，死亦垂千年。
物情有报复，快意贵目前。
兹实鸷鸟最，急难心炯然。

功成失所往，用舍何其贤。
近经潏水湄，此事樵夫传。
飘萧觉素发，凛欲冲儒冠。
人生许与分，只在顾盼间。
聊为义鹘行，用激壮士肝。

想想鲁迅用过什么样的笔名？——隼，旅隼。鲁迅喜欢什么样的动物？——鹰。再想想鲁迅最看重什么行为？——复仇。

所以，鲁迅对杜甫的推崇，不是没有原因的。

说到鲁迅与杜甫的关系，日本学者也提供了很好的印证。佐藤春夫是日本近代史上一位有地位的作家和学者，大约从 1932 年起，佐藤开始翻译并研究鲁迅作品（以研究鲁迅和中国现代文学闻名的日本学者丸山升，在他的书里指出："由已经确立了一线作家地位的佐藤春夫在具有代表性的综合杂志《中央公论》上翻译鲁迅的作品，这件事意义重大。从此以后，鲁迅的名字，开始为日本文化界所知晓"），他就把鲁迅看作一位杜甫式的人物。后来通过佐藤认识鲁迅，并从此跟鲁迅结下不解之缘的日本青年学者增田涉，给鲁迅的信中，特意提到了这一点。鲁迅在回信里说："'是杜甫倒不错'，不过糟糕的是，没有诗，正如没有钱一样，今后大量地做诗罢。"（1934 年 11 月 14 日）语气虽然是一以贯之的鲁迅式的诙谐调侃，流露的却是对把自己与杜甫相比的喜悦。增田涉后来在回忆录《鲁迅的印象》里，专门写了一节《鲁迅与李贺、杜甫》：

> 还有一个相当有关系的人物，佐藤春夫曾把鲁迅比作杜甫。我在给他的信里曾经提到，他在回信里说，要是杜甫倒不坏。这虽然是以轻松的心情说的，但我以为随着他晚年的来临，他是逐渐成为杜甫的了。从李贺到杜甫——他变化着。当然这种说法，不过是一种比喻。跟对李贺一样，对于杜甫我也没有详细用过功夫，不过是凭自己主观的感想说的，只是说这样的看法是可能的。

告别杜甫，我们还是回到鲁迅笔误的话题上来。

这回我们该来说说，前面遇到又搁置的钱起，钱才子。

鲁迅无端地把钱起的一首诗，归到了李商隐的名下，是因为鲁迅不熟悉钱起？前面说了，鲁迅“则卑卑只在唐诗”，这话貌似谦逊，实则力敌千钧，直白说，这是一句不折不扣的豪语，表达的正是对于唐诗的充分熟悉和充沛自信。而钱起呢，也决非无名之辈，前面说过，他是“大历十才子”之一。在鲁迅的笔下，曾经不止一次滑过钱起的身影，还是浓彩重墨地滑过。

《鲁迅日记》1935 年 12 月 5 日，“为仲足书一横幅”。据注释可知，横幅写的是：

善鼓云和瑟，常闻帝子灵。
冯夷空自舞，楚客不堪听。
苦调凄金石，清音入杳冥。
苍梧来怨慕，白芷动芳馨。
流水传湘浦，悲风过洞庭。
曲终人不见，江上数峰青。

钱起《湘灵鼓瑟》 亥年残秋录
应仲足先生教 鲁迅

这是钱起的一首名篇佳作。记得我上大学时，在一本鲁迅手稿本上，十分惊讶地看到，鲁迅在一张纸上，一遍又一遍信手涂鸦地写着“曲终人不见，江上数峰青”。我当时非常不理解，鲁迅这是在干嘛？怎么像个没长大的孩子，一遍一遍地这样乱写重复的句子？我当时想鲁迅是个多么严肃正经的人，怎么会干这种“小儿科”的事？现在我不感到奇怪了。

后来知道，当时鲁迅正在跟朱光潜笔战，笔战的“战场”，就在钱起这句著名的诗上，“曲终人不见，江上数峰青”。

那场笔战见于《且介亭杂文二集·“题未定”草（六至九）》，足有8600余字，我认为那是鲁迅晚年最好的文字之一。

在那段文字的后部分，鲁迅还特地引了钱起的另一首诗。

不遂青云望，愁看黄鸟飞。
梨花寒食夜，客子未春衣。

世事随时变，交情与我违。

空余主人柳，相见却依依。（《下第题长安客舍》）

这首诗《唐诗三百首》里没有，《千家诗》里也没有。

我们现在换口气，放过诗人们，来看看在鲁迅笔下错误地出现的其他人名。

鲁迅《写在〈坟〉后面》里面有句很有名的话。

就是在思想上，也何尝不中些庄周韩非的毒，时而很随便，时而很峻急。

先说韩非。

鲁迅对韩非记忆上的小小“失足”，出自《华盖集·补白》。

记得韩非子曾经教人以竞马的要妙，其一是“不耻最后”。即使慢，驰而不息，纵令落后，纵令失败，但一定可以达到他所向的目标。

鲁迅这段话也很有名，但《韩非子》里有这样的内容吗？没有。嘿，你可不能替鲁迅辩解，说韩非子教人云云，并不一定就是《韩非子》里的话，——不是《韩非子》里的，那是哪里的呢？人民文学出版社给出的注释是：

《韩非子》中没有“不耻最后”的话，在《淮南子·诠言训》中有类似的记载：“馳者不贪最先，不恐独后；缓急调平手，御心调乎马，虽不能必先哉，马力必尽矣。”

人民文学社的说明是对的。

有意思的是，应该可以确定属于误引的这段话，五个多月后，又被鲁迅引用了一次，还是后来收在《华盖集》里的《这个与那个》：“《韩非子》说赛马的妙法，在于‘不为最先，不耻最后’”这说明，这不是鲁迅一时的记忆差池，而是确实记错了出处。

鲁迅说的“也何尝不中些庄周韩非的毒”，是什么意思呢？这正是鲁迅对庄周、韩非太熟悉的缘故。须知所谓“中毒”，正是陷得太深、难以摆脱的意思，也就是“太熟”。

至于韩非那些犀利、迅猛的政论文字，跟鲁迅杂文之间的渊源关系，说过的人恐怕早已很多了。

轮到来说说庄周了。

众所周知，鲁迅对道家（包括道教）是非常排斥的，他说过，中国的一切毛病，根柢就在道家。[1] 鲁迅对老子和庄子的态度，基本大体一致。鲁迅在《故事新编》的《出关》里，毫不可惜地把老子送出去了（这么大方！）。在《起死》里，又把庄周好好嘲弄了一番。不过，鲁迅对于庄子，似乎很难真正忘怀，反倒有一层自古以来传统文人式的依恋情结（郭沫若

1 《而已集·小杂感》：“人往往憎和尚，憎尼姑，憎回教徒，憎耶教徒，而不憎道士。

曾经对此大做文章），别的不说，单是“相濡以沫”的典故，就被鲁迅用过至少四五回。鲁迅杂文里引用庄子的例句，不比其他诸子少。假如有谁从鲁迅对老庄思想的排斥，想到也许鲁迅对庄子也像《唐诗三百首》和《千家诗》一样的不熟（说了这是胡扯！），或者像某人研究的鲁迅与杜甫关系那样“语出惊人”，那就真有可能被人一脚踹个趔趄。所以，当鲁迅把《南华经》这段名言中的名言，堂而皇之地易主后，给人的惊讶真是一时都反应不过来。

> “酷刑”的发明和改良者，倒是虎吏和暴君，这是他们唯一的事业，而且也有工夫来考究。这是所以威民，也所以除奸的，然而《老子》说得好，“为之斗斛以量之，则并与斗斛而窃之，……”（《南腔北调集·偶成》）

这篇文章写于1933年9月20日，里面引用的“《老子》”的话，乍一看，也许有人还会觉得有点眼生，但如果把前后文凑齐了，您再瞧瞧，一准能马上拍脑门大悟。

> 圣人不死，大盗不止。虽重圣人而治天下，则是重利盗跖也。为之斗斛以量之，则并与斗斛而窃之；为之权衡以称之，则并与权衡而窃之；为之符玺以信之，则

懂得此理者，懂得中国大半。”鲁迅对于道家、道教、道士的指摘，文集中所在多有，不赘举。

并与符玺而窃之；为之仁义以矫之，则并与仁义而窃之。何以知其然邪？彼窃钩者诛，窃国者为诸侯，诸侯之门而仁义存焉，则是非窃仁义圣知邪？（《庄子·胠箧》）

“圣人不死，大盗不止。……彼窃钩者诛，窃国者为诸侯，诸侯之门而仁义存焉”，说妇孺皆知，也许夸张了点，说中国读书人都知道，绝不是夸张。

更让人不解的是，跟错记、错引《淮南子》和《韩非子》如出一辙，时隔不到一年，在另一篇题目很接近的文章里，鲁迅再一次原封不动引用了这句话，而且，鲁迅的记忆依然停留在原地，纹丝未动，只是前面的几个字，由“老子说得好”，改为了“老子曰”。

老子曰：“为之斗斛以量之，则并与斗斛而窃之。”（《花边文学·偶感》）

这相当于鲁迅的双脚，两次踏进了同一条河。

这里又要顺带一句，跟老庄相混对应的，我记得鲁迅有一次在引用故典时，还把孔子和孟子，也同样地张冠李戴了。不过我现在怎么想，也想不起来了，剩下的只是一个顽固而模糊的印象。[1]

1　鲁迅 1933 年 7 月 11 日《致曹聚仁》：“盖怕死亦一种智识耳，孔子所谓知命者不立于岩墙之下也。”“知命者不立于岩墙之下也”，语出《孟子　尽心上》，原文是：

嵇康对于鲁迅的意义，只要是对鲁迅感兴趣的人，可谓无人不知，无人不晓。鲁迅一生数次校勘《嵇康集》，在嵇康的身上，投射、凝聚了鲁迅最深的生命印痕。而《魏晋风度及文章与药及酒之关系》，则是鲁迅生平一篇得意文字，鲁迅后来几次说要用这种方式，写一部中国文学史。然而，就在《魏晋风度及文章与药及酒之关系》里，鲁迅把杀害嵇康的凶手给弄错了——司马昭误记为了司马懿。这真有点让人错愕不解。死生亦大矣！嵇康死在谁的手上，也可以不搞明白吗？问题是还不仅如此，在鲁迅这篇最著名的讲演稿里，鲁迅把夏侯玄的被杀，也归罪于了司马懿，其实杀人者是司马师，司马懿的另一个儿子，司马昭的大哥。不仅如此，鲁迅还把想为儿子（司马炎）向阮籍求婚结亲的司马昭，也记成了司马懿。然后，把何曾力劝杀掉阮籍的司马昭，再次误记为司马懿！还说“司马懿不听他的话”。不仅如此，鲁迅还在这篇演讲稿中说，“嵇康都说不好，那么，教司马懿篡位的时候，怎么办才好呢？”——司马懿要是听见鲁迅这话，非得大嚷起来：——迅哥哥！篡位的那位不是我，是我的孙儿司马炎啊！——合着整个司马氏家族，鲁迅就记住了个司马懿啊？！

《魏晋风度及文章与药及酒之关系》虽然是篇演讲稿，但在收入文集前，必定经过反复细致的修定，却偏偏让个司马懿独担总责，忙个不亦乐乎！

孟子曰：“是故知命者不立乎岩墙之下。尽其道而死者，正命也。”不是孔子说的。

不仅如此！时隔八年之后，鲁迅依然把嵇康的死，归于司马懿之手！见《且介亭杂文二集·再论“文人相轻”》。看来从头到尾，确实像是不知道嵇康是被谁杀死的。

假如说把杜甫误记为李白，出于鲁迅晚年，或许多少跟鲁迅的身体状况有关，《魏晋风度及文章与药及酒之关系》正值鲁迅壮年，却偏偏在最不应出错的地方出了错。

最后来说说鲁迅所有的笔误中，真正最离奇不可思议，也最难解释的差错，鲁迅把宣纸的产地写错了。

> 中国有“画心纸”或“宣纸”（因在宣化府制造的）。《北平笺谱》用的就是这种纸，此次仍将用这种纸。（1935年2月27日《致增田涉》）

假如说把孟浩然记为贾岛，钱起误为李义山，杜甫说成李太白，乃至庄子改为老子（暂且不提至今没找到证据的孔孟相误），这些都可以归之于人皆有之的记忆“短路”或“失灵”，不足为奇，把宣纸的产地弄错，而且还是以特意加注的方式，这跟随手性的“笔误”，又有明显不同，可以说是确确实实地错了。对于鲁迅来说，这是什么情况？也许有人会说，干嘛一定要知道宣纸的产地？知道宣纸的产地很重要吗？我说，不重要，但对鲁迅来说，很费解。须知对一位旧式文人来说，诸如端砚、歙砚、湖笔、宣纸、徽墨（这些名词的“前缀”词，都是地域标志）这些所谓文房四宝的玩意，是根本用不着特意去知道的，它早已成为一个文人最贴身的生活一部分，所谓基本常识。鲁迅几乎毕生使用他那“金不换”的毛笔，也就意味着几乎毕生都在与宣纸“打交道”（当然不是说只用宣纸写字）。宣纸对于鲁迅来说，可谓须臾不离之物。无论是给人写条幅，还是平时写稿写信（鲁迅平时写稿写信，喜欢用所谓花笺纸，就是一种宣纸，徐梵澄回忆文中提到过，一种“宣纸花笺”，韩侍桁的回忆文章里也提到说，鲁迅给他的信是用毛笔写在宣纸制成的彩印笺纸上的）。鲁迅跟宣纸的关系，这里还可以略举几例。一是鲁迅曾经托许钦文从杭州买写稿的宣纸。再就是鲁迅1929年从上海回北京时，特地到琉璃厂把能买的花笺纸都买了。另外，1932年，鲁迅在上海购买宣纸，为的是寄到苏联，托曹靖华换取苏联版画家的作品，后来以此印成了《引玉集》。《鲁迅日记》1931年2月2日写有“是日印《梅斐尔德木刻士敏土之图》二百五十部成，中国宣纸玻璃版，计泉百九十一元二角。”鲁迅和郑振铎合编《北平笺谱》和《十竹斋笺谱》，更是典型事例，鲁迅和郑振铎的书信往复中，对此有详细反复的探讨和研定。此外，鲁迅和一些画家、画师的交往，包括著名的陈衡恪（陈寅恪大哥），都难以使人相信他会对宣纸不熟悉，——其实鲁迅本人都快要成为一位画家了。因此，说起鲁迅和宣纸的关系，简直就像鲁迅在《故乡》里比喻的，好比美国人与华盛顿，法国人和拿破仑，或者绍兴人和乌蓬船与霉干菜一样。

但鲁迅却把宣纸的产地，从安徽宣城“北迁”到了河北张家口（就是鲁迅信中说的宣化府），这真是够得上风马牛不相及的距离了。

很偶然地，我在翻看徐陵《玉台新咏序》时，在最后一节里，看到有“三台妙迹，龙伸蠖屈之书；五色花笺，河北胶东之纸”的句子，心里忽地一想：会不会就是这句句子，暗中牵引、误导了鲁迅的记忆思绪？须知鲁迅对魏晋南北朝的偏好与熟悉，对徐陵和《玉台新咏》也是再熟悉不过，况且又是“五色花笺”，又是“河北”之类。

会不会是一时的误写？比如，本来想写的是宣州，宣城，一时失手，写成了宣化府？不太可能。这封信是用日文写的，我虽然不懂日文，但原文里确实立有“宣化府”三个汉字。而且，以宣州、宣城为名的，从未有过府制，唯一一次设府，即宁国府（南宋乾道二年，宣州改为宁国府），其名又不含有宣字。所以，假如我们实在无法想象，鲁迅有可能一辈子确实不知道宣纸的产地（就跟他有可能一辈子没搞清楚嵇康是死于司马昭还是司马懿之手一样？也不敢说绝对没这种可能，但那真是太“出乎意表之外”了），就只能视为鲁迅的记忆思维，出现了惊人离奇的差错。

2010 年 4 月 26 日初稿
2019 年 3 月 15 日改定

江、浙较量：巧合还是传统?

——从鲁迅、陈源笔战中的籍贯说起

“女师大风潮”对于鲁迅的意义和影响，早已说的够多，但至今没有说够。不过今天不说这个。今天要说的，是“女师大风潮”引发的笔战中，一个很小的、一闪而过的细节：籍贯。

这个细节是由鲁迅的对手——陈源先挑起的。

1925 年 5 月 14 日，鲁迅在他的杂文里，第一次触及女师大话题，此后便如火山爆发，一发而不可收。当月 30 日写的《并非闲话》，其中有这么一段：

> 《闲话》中说，“以前我们常常听说女师大的风潮，有在北京教育界占最大势力的某籍某系的人在暗中鼓动，可是我们总不敢相信。”……又如一查籍贯，则即使装作公平，也容易启人疑窦，总不如“不敢相信”的好，

否则同籍的人固然惮于在一张纸上宣言，而别一某籍的人也不便在暗中给同籍的人帮忙了。（《华盖集》）

这是鲁迅对陈源挑起的籍贯话题，做出的最初回应。

人民文学出版社对《闲话》作者“西滢”的注释是：

陈源（1896—1970年），字通伯，笔名西滢，江苏无锡人，现代评论派的主要成员。曾留学英国，当时任北京大学教授。他的《现代评论》第一卷第二十期（1925年5月30日）的《闲话》中说：“《闲话》正要付印的时候，我们在报纸上看见女师大七教员的宣言。以前我们常常听说女师大的风潮，有在北京教育界占最大势力的某籍某系的人在暗中鼓动，可是我们总不敢相信。”按某籍，指浙江籍；某系指当时北京大学国文系，发表宣言的七人除李泰棻外，都是浙江人和北京大学国文系教授。

紧接其后的一条注释是：

给同籍的人帮忙：指陈西滢给杨荫榆帮忙，他们都是江苏无锡人。

浙江和无锡，两个地名第一次以注释的形式，出现在读者眼前。相映成趣的是，笔战双方，都没有直接点出对方具体的籍贯名称，是故意引而不发？还是不愿出之于口？

当陈源率先抛出“某籍”的“绣球”，砸向鲁迅等“七人组”，他是没想到自己跟杨荫榆同是无锡人？还是明明知道，所以才更加自告奋勇地来为同乡拔刀相助？无论是哪种情况，结果都是以授人以柄的方式，让鲁迅迅速反手揪住了“小辫”，以其人之道还治其人之身了。

两天后，鲁迅又专门写了篇《我的“籍”和“系”》。但文章中关于“籍”的讲述少而平淡，直接的句子，不过是“至于近事呢，勿谈为佳，否则连你的籍贯也许会使你由可‘尊敬’而变为‘可惜’的”，“至于‘某籍’人说不得话，却是我的近来的新发见”，“我确有一个‘籍’，也是各人各有的一个籍，不足为奇。”以及因为《阿Q正传》俄译本，写《著者自叙传略》中提到籍贯的交待。

看上去没什么火气，也没什么特异之处。

在此前后，除了给许广平的信中，出现过一句“但浙籍也好，夷籍也好，既经骂起，就要骂下去，杨荫榆尚无割舌之权，总还要被骂几回的。”（《两地书·二四》），还有几次借以打趣的顺手援用，以及隔年在《华盖集续编·不是信》中，再度以回应的姿态和方式反击陈源外，籍贯的身影，在鲁迅与陈源的这场笔战中，再也未见踪迹。

尽管当时整场笔战烽烟乍起，激战正酣，战火愈演愈烈，后来更是绵延至“三一八”惨案，战线不可谓不长，过火面积不可谓不大，仿佛一场小型“世界大战”，但“籍贯之战”好像只是无意间的一次“擦枪走火”，刚一接触，就已结束，眨眼成为过去，只给鲁迅、陈源之战，留下一抹不易为人察觉的背景暗影。

假如不是后来看《鲁迅日记》和《鲁迅书信》，我以为鲁迅和陈源这一场籍贯遭遇战，就像宏大战场上一滴偶然的“小雨点”，真是一闪而过，而且从鲁迅这一面来说，还是完全被动的自卫还击，但当我看到鲁迅早先日记里的两段文字时，我的想法变了。

原来并非偶然触发，而是其来有自。

《鲁迅日记》1912年7月30日，有这么一条：

> 下午赴中国通俗教育研究会，傍晚乃散。此会即在教育部假地设之，虽称中国，实乃吴人所为，那有好事！

同年9月8日的《鲁迅日记》，又有这样一段：

> 翻《式训堂丛书》，此书为会稽章氏所刻，而其版今归吴人朱记荣，此本即朱所重印，且取数种入其《槐庐丛书》，近复移易次第，称《校经山房丛书》，而章氏之名以没。记荣本书估，其厄古籍，正犹张元济之于新籍也。读《拜经楼题跋》，知所藏《秋思草堂集》即近时印行之《庄氏史案》，盖吴氏藏书有入商务印书馆

者矣。

前一条《日记》里的“虽称中国，实乃吴人所为，那有好事！”已足以让人愕然，怎么“实乃吴人所为”，就“那有好事！”？这叫什么说法？这不是就事论事的平议，这是就人论事的愤语。而且从语气上判断，这种愤愤不平的怨气，似乎由来已久。

第二段《日记》文字的内容貌似有点复杂，像“缠枝莲”一样让人有点眼花缭乱，但我们可以化繁为简，只需注意“此书为会稽章氏所刻，而其版今归吴人朱记荣，……而章氏之名以没”就行了。意思是吴人朱记荣剽窃了会稽章氏所刻书籍，最后隐章氏之姓，埋章氏之名。

显然，这件事不会是鲁迅对吴人厌恶的由来，只是吴人之可恶的又一桩例证。

从这两条纯属私人性质的日记文字，可以清晰地看出，鲁迅作为一位会稽（绍兴）人士，对吴人的怨气有多深，简直是扑面而来。而且，时间还相当早，远在鲁迅与陈源笔战的十三年前。

女师大风潮及“三一八惨案”过后十年，鲁迅给萧军的两封信中，再次向他的“籍贯之敌”，射出了两枚搞笑而尖利的“橡皮子弹”。

我不爱江南。秀气是秀气的，但小气。听到苏州话，

就令人肉麻。此种言语，将来必须下令禁止。（1935 年 9 月 1 日《致萧军》）

孩子到幼稚园去，还愿意，但我怕他说江苏话，江苏话少用 N 音，结末譬如“三”，他们说 See，“南”，他们说 Nee，我实在不爱听。（1935 年 10 月 4 日《致萧军》）

注意，这里出现了“苏州”字样。“此种言语，将来必须下令禁止。”玩笑得一本正经，足以令人喷饭。

给萧军写这两封信时，鲁迅在世的时间，只剩下一年。

鲁迅对吴人（吴语）或江苏人（江苏话），这是怀着一种怎样的私愤和偏见？源远流长，还根深蒂固？什么原因让鲁迅对吴人如此“另眼相看”？以至愤愤不平？

我们不妨再来看几个事例。

1926 年 9 月 4 日，鲁迅抵达厦门后的第三天，给好友许寿裳写信，信中说：“校长有秘书姓孙，无锡人，可憎之至，鬼祟似皆此人所为。”

有意思的是，鲁迅在“无锡”两个字的下面，特意加了两个圆圈。

说有意思，除了加圈的动作本身外，1930 年春，鲁迅以《“硬译”与“文学的阶级性”》一文回击梁实秋，文章前面几次写到“细心地在字旁加上圆圈”“两字旁边加上套圈”“字旁也有圆圈”；然后在第二节，鲁迅说：“末两句大可以加上夹圈，但我却从不干这样的勾当。”看来，鲁迅要么没把私人信件当文章，要么就是忘记自己干过什么了。（其实，鲁迅给自己的文字加圈，乃是兵家常事，用鲁迅的话说，是“经常干这样的勾当”）

写这封信时，鲁迅刚到厦门大学两三天，人生地不熟，就对人产生“可憎之至”的感觉，这感觉似乎来得太快了点，让人不能不想到，那被特地加上圆圈的无锡两字，在其中所起的作用。从事后来看，这个叫孙贵定的无锡人，很快就退出了鲁迅憎恶的视野（此后这个人名再也没出现过），因为有比他份量更重的人物，取待了他的位置，这人就是顾颉刚。

鲁迅和顾颉刚，几乎是前后脚，到的厦门大学。

鲁迅与顾颉刚的矛盾冲突，或者说恩怨纠葛，早已是二十世纪中国学术文化史上一桩著名公案。我们今天不铺陈这桩公案本身，我们只择取其一点，即鲁迅、顾颉刚矛盾冲突中的乡籍因素，因为这才跟本文有关。

先来看两段顾颉刚的说辞：

> 值鲁迅来，渠本不乐我，闻潘（指潘家洵）言，以为彼与我同为苏州人，尚且对我如此不满，则我必为一阴谋家，惯于翻云覆雨者，又有伏园川岛等从旁挑剔，于是厌我愈深，骂我愈甚矣。（《顾颉刚日记》）

1927 年 4 月 28 日顾颉刚给胡适的信中说：

我真不知前世做了什么孽，到今世来受几个绍兴小人的播弄。

用这两段话来解释鲁、顾两人的矛盾冲突起因，实在是既空泛又幼稚，完全不得要领，但把两段文字合起来，却让人一眼就注意到两个地名：苏州和绍兴。

顾颉刚说“到今世来受几个绍兴小人的播弄”，这其中的“几个绍兴小人”，除了“从旁挑剔”的（孙）伏园、（章）川岛外，包不包括“位居中央”的鲁迅？顾颉刚没明说，我一时也不好瞎猜。

无独有偶，或许应该说是巧合，当顾颉刚说起与鲁迅的矛盾，笔下出现“苏州”“绍兴”的字样时，鲁迅跟许广平的通信里，说到顾颉刚，不约而同地也提到了对应性的地名：

散后，一个教员和我谈起，知道那些北京同来的小鬼之排斥我，渐渐显著了，因为从他们的口气里，他已经听得出来，而且他们似乎还同他去联络（他也是江苏人，去年到此，我是前年在陕西认识的）。（1926年10月21日《两地书》）

这是鲁迅与许广平通信的原稿，出版为《两地书》时，括号里的“他也是江苏人”一句，被删除了。这个江苏人，说的是陈定谟，在鲁迅看来，算是个好江苏人。（鲁迅在原信中说陈定谟，“并不坏”，出《两地书》时，改为了“似乎还好”）

这里要略加说明的是，当鲁迅在信中对顾颉刚出以怨言，矛头所指，每每集中于顾颉刚的所谓“招朋唤友”，而被鲁迅指为“招之而来”的潘家洵、陈万里，都是江苏人，鲁迅后来所说的一班江苏人，即指他们几个。

> 玉堂大约总弄不下去，然而国学院是不会倒的，不过是不死不活。一班江苏人正与此校相宜。（1926 年 12 月 24 日《两地书》）

这也是鲁迅的原稿，出版后的《两地书》，这一节话作了大幅修改，几近面目全非，“江苏人”三个字，同样消失不见，取而代之的是“‘学者’和白果”，“学者”指顾颉刚。

原信中的“江苏”字样，两次如出一辙被删除，原因自然不难理解，然而所谓欲盖弥彰，当原信曝光于世时，客观上不是反而更强化和突显了当初的“原生态”本相吗？

且不论鲁迅、顾颉刚矛盾冲突的根源起因究竟是什么，这场冲突中，俩人的籍贯身影，无疑在其中占有一席之地。

让我们把目光从苏州再次转回无锡。

1936 年 8 月 27 日，鲁迅从报纸上剪贴下两篇文章，略加案语，题名为《“立此存照”》。其中一则，说的是坊间有人以情书诱拐少女私奔，鲁迅对此加的案语是：

> 案这种事件，是不足为训的。但那一封信，却是十足道地的语录体情书，置之《宇宙风》中，也堪称佳作，可惜林语堂博士竟自赴美国讲学，不再顾念中国文风了。

假如只摘引到此，读者肯定会认为，这只是鲁迅借社会趣闻，来揶揄林玉堂的“语录体”主张。但是且慢，这后面还有一小节鲁迅的文字，那才是全文真正的收尾：

> 现在录之于此，以备他日作《中国语录体文学史》者之采择，其作者，据《申报》云，乃法租界蒲石路四七九号协盛水果店伙无锡项三宝也。

图穷匕首见！所谓锥处囊中，脱颖而出，最后几个字“无锡项三宝也”，才是鲁迅案语不动声色的点睛之笔。所谓项庄舞剑，意在沛公，剑指语堂，其意却在“无锡项三宝也”。（鲁迅这篇“立此存照”，自然也是多少含有些弦外之音的，但无锡项三宝也，绝对是看点之一。）

这篇剪贴文的编写时间，离鲁迅去世不足两个月，宽泛点说，也是弥留之际的笔墨。

鲁迅对于无锡的这种特别关照，不只见于转载报刊奇文，在给许广平的信里，鲁迅也顺便表达过他对无锡人的独特见解：

> 建已有信来，讶我寄他之钱太多，他已迁居，而与一个无锡人同住，我想这是不好的，但他也不笨，想不至于上当。（1926年9月30日《两地书》）

这也是鲁迅的原信。《两地书》里，“建”改为“克士”（周建人名），“讶我寄他之钱太多”一句删掉了。最值得注意的，是“而与一个无锡人同住，我想这是不好的”，改为“而与一个同事姓孙的同住，我想，这人是不好的”，原信的“无锡人”又没有了，“这是不好的”改为“这人是不好的”。殊不知，这样一改，连意思都不通了。试想，鲁迅跟周建人同住的这位无锡人认识吗？想必应该不认识。原信说“我想这是不好的”很好理解，因为是无锡人嘛；把无锡人去掉了，改为“我想，这人是不好的”，岂不莫名其妙？让人丈二金刚摸不着头脑？我猜想鲁迅后来是抱了管它呢，就这么改了吧的想法（要不真成了顾头不顾尾了）。现在不看原信，不看注释，单看《两地书》这句话，也只好请“嫩棣棣”和“害马”两人心有灵犀了。

这就是鲁迅对全体所有无锡人的基本看法？——只要是无锡人，甭管认识不认识，都是“我想这是不好的”？

回头说一句，当初鲁迅与陈源笔战，不幸被卷入其中的胡敦复、陈翰笙，也都是无锡人，汪懋祖则是吴县人。

对于这些无锡人，除陈源外，鲁迅都是主动出击。但有一回，鲁迅却被一位无锡人，不经意地给出击了一次。这位无锡人不是别人，正是大名鼎鼎的钱钟书的父亲钱基博。

现在很多人都已知道，女师大学潮的核心人物杨荫榆，正是钱钟书夫人杨绛的亲姑母，钱、杨两家都是无锡人。

钱钟书一生评人无数，但极少说到鲁迅，私下以口语形式评鲁迅的那几句，颇有种羽扇纶巾谈笑间的风采，“短气说”至今为一些人所津津乐道。（顺便说一句，我读鲁迅的小说《端午节》《高老夫子》，总会不由地想到《围城》。）其中一次较正式而见著文字者，是在“‘鲁迅与中外文化’学术研讨会的开幕词”里说：“鲁迅是个伟人，人物愈伟大，可供观察的方面愈多。”（这话说得真是简括而又意味深长）其实这是会议上的一句开场白，严格说仍然不是书面语。

但钱钟书的父亲钱基博，跟鲁迅之间，倒确确实实有过一次书面关系，有过一次间接的文字回合。

钱基博跟鲁迅年龄接近而略小几岁，跟鲁迅没有过直接交往。1932 年，钱基博出版《现代中国文学史》，全书结尾处，大概有五百字左右（全书共三十多万字），以零零散散、杂乱穿插的形式，说到了对鲁迅的评价，一言以蔽之，就是：翻译不行，创作不行，思想也不行，基本上给鲁迅打了个叉。说基本上，是基博（钱著说到鲁迅，每每以树人名之，我这是见贤思齐焉）也没让鲁迅空手而回，他称赞鲁迅小说“工于写实，所为《阿 Q 正传》，尤为世所传诵。”——这是钱基博对鲁迅的全部褒扬。

书中有段文字，尤其值得“截屏”如下：

> 或者以白话之盛，而有周树人之“欧化的国语”，比之文言之盛，则有章士钊之“欧化的古文”。然章士钊之“欧化的古文”谨严，而周树人之“欧化的国语文”则词意拖沓。章士钊之“欧化的古文”条达，而周树人之“欧化的国语文”则字句格磔。一则茹古涵今，熔裁自我；一则生吞活剥，模拟欧文，孰为得失，必有能辨之者焉。

这是成心啊！

鲁迅本人应该没有拜读过基博先生的这本大著，他是通过报纸上的一篇文章，得知基博的这番宏论的，文章作者署名戚施。鲁迅在《准风月谈》的《后记》里，留下了一段评语：

> 这篇大文（引者案：应该是指钱基博著作中的评语），除用戚施先生的话，赞为“独具只眼”之外，是不能有第二句的。真“评”得连我自己也不想再说什么话，“颓废”了。然而我觉得它很有趣，所以特别地保存起来，也是以备“鲁迅论”之一格。”

鲁迅是否知道，这位把他评得“颓废”了的钱基博先生，正是一位地地道道如假包换的无锡人？假如知道，鲁迅又会以怎样特别的方式和言词，来回敬这位无锡籍的“不速之客”？我有点好奇。

据说钱锺书有篇小说（《猫》），其中某个人物是以周作人为原型的。于是小说中就有了一句，“他是沪杭宁铁路线上的土著，他的故乡叫不响；只有旁人背后借他的籍贯来骂他，来解释或原谅他的习性。”熟悉典故的人，看到这里，想必会会心一笑。其实，看一下这篇小说，这位据说是以周作人为原型的人物，未尝不带有鲁迅的影子，也许钱锺书本来就是意在一箭双雕的。

按已故美籍华人历史学家何炳棣先生的说法，籍贯这一极具中国特色的文化观念和现象，“至清代登峰造极，民国以来才趋削弱”[1]。钱钟书这篇小说写于上世纪四十年代后期，那时民国都快要削弱完了，所以小说里的这根籍贯之刺，大概要属于削弱途中的袅袅余音了。这种余音我们至今仍能不时听见（在网上），有时还很激烈。中山大学的桑兵教授，好像还做过这方面的主题专著，看来虽说不再硝烟弥漫，但余音袅袅，还在不绝如缕，也许会一直袅袅下去。

1　何炳棣著《中国会馆史论》第一章《籍贯观念的形成》，中华书局版，2017年；何文以孝道、官场和科举三事之传统制度为籍贯观念形成强化之基础和前提，洵为至论卓见。又，郭沫若写于1928年1月19日的《桌子的跳舞》里有一句，“文坛上的斗争渐渐到了一个第二的阶段了。从前的斗争只是封建式的斗争，是以人或地理上的关系为背境。目前的斗争是进了一步，我们是以思想、行为及一切阶级的背境为背境。”（《文学运动史料选》（第二册），上海教育出版社，1979年版，107~108页），两说可互为引证参照。

鲁迅跟无锡人的文字奇缘，暂且就此画上句号。

写到这里，疑问该出场了：标题说的是江、浙较量，怎么说来说去，不是无锡就是苏州？是的，这正是问题的部分答案和原因所在。就是说，鲁迅笔下所谓“吴人”和“江苏人”，看来并不是泛指全体江苏人，倒更像是专指苏州和无锡人。前引鲁迅给萧军信中所说的“江苏话”，指的应该就是苏州话（吴侬软语。鲁迅在《南腔北调集》的《题记》里，还语带弦外地说过一句，“真的，我不会说绵软的苏白”），但却用“江苏话”来指称。说起来，鲁迅十八岁第一次离家远行，到的就是南京。南京对于鲁迅的重要意义，从 1898 年和 1912 年两个年份，就可以充分看出。所以周作人说，鲁迅跟南京的关系相当不浅。许广平也说过，鲁迅最高兴回忆到的，是在南京求学的日子。1926 年，鲁迅与许广平同车南下，进到南京市区后，“同广平阅市一周”，这是很有心情和画面感的几个字。所以说，鲁迅对所谓江苏人或吴人的敌意和排斥，起码应该不包括南京在内，更别说苏北人了。《花边文学》里有篇《玩具》，称“江北人却是制造玩具的天才”，说“江北人却创造了粗笨的机枪玩具，以坚强的自信和质朴的才能与文明的玩具争。他们，我以为是比从外国买了极新式的武器回来的人物，更其值得赞颂的”。

——那又是什么原因，让鲁迅独独对苏州和无锡人如此“另眼相看”？

找原因总是件费力不讨好的事，但我还是想到了三件事。

首先想到的，当然是吴越春秋。

“会稽乃报仇雪耻之乡，非藏垢纳污之地！”这是明末王思任的一句话。王思任是绍兴人。鲁迅说他很喜欢这句话，多次加以引用。有人统计过，说《鲁迅全集》里一共有五次引用了这句话，最为大家熟悉的，是《女吊》的开头，——这是鲁迅临终前一个月的文字。

王思任说的“报仇雪耻”，指的是什么？有点历史知识的人马上会想到越王勾践卧薪尝胆的故事。（王的原话是：“吾越乃报仇雪耻之国，非藏污纳垢之区也”，越国二字，赫然在目）卧薪尝胆，灭于吴而终灭吴，就是这个故事的内容。

鲁迅对于越王勾践，不必说那著名的复仇情结，看过鲁迅 31 岁写的《< 越铎 > 出世辞》的人，都会记得开头那句：“于越故称无敌于天下”——这话估计“吴人”不高兴听到——又说：“其民复存大禹卓苦勤劳之风，同勾践坚确慷慨之志”。鲁迅自然也是“其民”之一。留学日本期间，同学对鲁迅的印象是，“斯诚越人也，有卧薪尝胆之遗风。”（沈瓞民《回忆鲁迅早年在弘文书院的片断》）说起来，鲁迅当然是个中国人，但从其早年情形来看，他首先更像个越人，而鲁迅也是乐于以越人自许的。[1]

勾践卧薪尝胆，对越人来说，肯定构成了一种他们的精神文化传统。需要强调一下的是，绍兴（时称会稽）是当时越国的首都，苏州是当时吴国的首都。吴越春秋的故事对于

1　“仆为六、七年前以‘自由大同盟’关系，由浙江省党部率先呈请通缉之人，‘会

鲁迅的影响，完全是不言而喻的。

说到吴越关系，并不只有勾践的卧薪尝胆。记得《世说新语》有个故事，我找了一下，果然找出来了：

> 贺太傅作吴郡，初不出门，吴中诸强族轻之，乃题府门云："会稽鸡，不能啼。"贺闻，故出行，至门反顾，索笔足之曰："不可啼，杀吴儿！"于是至诸屯邸，检校诸顾、陆役使官兵及藏逋亡，悉以事言上，罪者甚众。陆抗时为江陵都督，故下请孙皓，然后得释。（《世说新语·政事第三》）

贺太傅是三国时吴国人贺邵，他是会稽人，到吴中（今苏州吴中区）去做太守，结果就发生了这么一个有趣的故事。看来一种小传统正在或已然形成。鲁迅早年辑录的《会稽郡故书杂集》，其中收录有贺循的《会稽记》。至于鲁迅对于《世说新语》的熟悉和喜爱，同样是不用费嘴饶舌的。

鲁迅对于苏、锡人的特别意气，我想到的第二个原因，跟章太炎有关。章太炎对鲁迅的影响，别的不说，首先是章太炎的浙东学派背景（梁启超称章太炎是浙东学派的殿军人物）。从一般学术史的角度来说，浙东学派通常归于所谓古文经学派，而当时与浙东学派双峰并峙的，则有常州学派，

稽乃报仇雪耻之乡'，身为越人，未忘斯义，肯在此辈治下，腾其口说哉。"（鲁迅《致黄苹荪》，1936 年 2 月 10 日）

常州学派以今文经学为旗帜。1896年，二十八岁的章太炎撰成《春秋左传读叙录》一书，对常州学派开山人物刘逢禄的同题著作，作了直接驳难。章太炎跟江苏人，跟另一个常州人发生的直接文字冲突，是与民国闻人吴稚晖的那场著名笔战。这本是同一战壕里战友间的笔战，却杀得刀光剑影，火光冲天，狼烟滚滚，臭骂不断。关于这场笔战，鲁迅在他的绝笔文章《因太炎先生而想起的二三事》中，有一段专门的文字介绍，其中有一句：

> 我第一次所经历的是在一个忘了名目的会场上，看见一位头包白纱布，用无锡腔讲演排满的英勇的青年，……

这位青年就是吴稚晖。吴稚晖是常州武进人，靠近无锡，所以鲁迅说他是“用无锡腔讲演的青年”。看来鲁迅对于无锡口音，真是太敏感，太有记忆了。

章太炎跟吴稚晖的笔战文字，鲁迅说章太炎手定《章氏丛书》时，都没有收录在内。鲁迅对此颇不以为然，认为“其实是吃亏，上当的，此种醇风，正使物能遁形，贻患千古。”（这真是看热闹不嫌事大！何况对方还是个操“无锡腔”的人？）章、吴笔战的文字，后来都收在了汤志钧编《章太炎政论选集》里。对鲁迅和章太炎有兴趣的人，翻看一下几篇笔战文字，从中不难辨认出鲁迅和他敬重的老师之间，笔风上薪火相传的传统——也许还有江、浙较量的传统？

章太炎是晚清民初浙籍学人圈形成的源头，周作人在《鲁迅的故家·民报社听讲》中有一句：“教员有好些是太炎的学生，……在教育司的人逐渐向北京走，进了高等师范和北京大学，养成许多文学音韵学家，至今还是很有势力。”陈源在《闲话》中的所谓“某籍某系”，其箭头所瞄，就是章太炎和他的众多浙籍门人弟子的。

附带说一句，章太炎晚年在苏州创办章氏国学讲习会，并逝世于苏州。

最后说一下鲁迅祖父的“科场贿赂案”跟苏州的关系。鲁迅一生，祖父“科场贿赂案”事发，导致整个家族顿生变故，无疑是影响至为深远的一件事，而事件的发生地，碰巧正好是在苏州。苏州这个名字，大概正是以这种方式，第一次强行闯入了年少鲁迅的脑海。事发时，鲁迅已有十三岁，早已是有独立感受和记忆的年纪。

以上几件事，我认为，或多或少，或深或浅，极有可能跟鲁迅对苏州人和无锡人的特别情怀有关。当然，也不好说就是由这些事情造成的。这些事情看起来，毕竟跟鲁迅个人之间缺乏最直接关系，用它们来解释鲁迅对苏州人和无锡人的特别心理状态，显得有些迂阔而不切于事实，但事实究竟是什么呢？尤其是我们考虑到，鲁迅平生根本就没到过苏州和无锡，只不过旅途经过而已。而且，至少在民元以前，甚至在陈源抛出他那攻击性的籍贯“气球”之前，有谁知道鲁迅曾经跟哪个苏州人或无锡人有过什么样的值得一提的仇怨？唯一让我有点印象的，要算是鲁迅在教育部的两位同事兼上司：袁希涛和蒋维乔，他俩一位是江苏宝山人，一位是江苏武进人，鲁迅几次对蔡元培口出怨言，都会牵扯到这俩人的名字。但仅凭此二人，似乎也不足以奠定鲁迅对江苏人（吴人），或者哪怕只是苏州和无锡人的“深仇积怨”（鲁迅语）啊。因此，在这种情况下，鲁迅那早就已经滋生出来的对于江苏人（吴人）的反感和嫌恶，恐怕就得到一些跟鲁迅并非有直接个人关系的事物上去寻找，比如历史文化和社会环境之类。而鲁迅自己的文字，恰好做了贴切的证明。1927 年 7 月 28 日，在给章廷谦的信中，鲁迅痛快地宣泄了他对顾颉刚的种种小视，话语末尾，还以自我添加注释的方式，附了一行小字：

> 你要知道鼻（以图示意，代指顾颉刚）的小玩艺，是很容易的。只要看明末清初苏州一带地方人的互相标榜和攻讦的著作就好了。

可见正是一种历史文化的东西，在鲁迅心中留下的印象。这种来自历史文化的影响，我们下面还会看到。

纯属偶然，我在写这篇东西时，刚好看到北京师范大学教授倪玉平先生的一篇论文，题为《清代咸丰初年江浙漕粮海运中的省际矛盾》，我觉得很有转述的必要，因为它从另一个角度——社会环境的角度，为我们提供了一份材料。这是一篇以漕粮海运为视点，叙述清朝咸丰初年，江、浙两地冲突与矛盾的文章。漕运在古代的重要性不言而喻，《清朝野史大观》上说，康熙曾经把漕粮运送作为自己的三件大事之一，刻写在宫廷柱子上。以涉及面之广而言，大概只有战争，才能和漕运相提并论。倪文让我们看到了从皇帝到挑工、运丁，中间更是卷入了从总督、巡抚到知县、游击等各级行政官员，为漕运之事焦心劳神、奔波忙碌的身影。而江、浙之间的冲突与矛盾，也就借此显露无遗。用作者的话说："矛盾和指责始终不断，势同水火。"期间一任浙江布政使椿寿，因为"湖郡漕船浅滞，改留变价，亏银三十余万两"，最后竟至于"情急自缢"。当时的浙江巡抚黄宗汉，认为自己在江苏方面的催逼之下，简直就要步椿寿的后尘。倪文中有一句话："无疑在本来就不融洽的两省关系中打入了一个楔子"，这其中"本来就不融洽的两省关系"，不知是单知漕运之事而说，还是有一个更大的社会背景。总之，江、浙两省的矛盾，"激化程度却是再明显不过的"。最有说明性的例子，是黄宗汉在正式公函中，直呼苏松太道吴健彰为"王八"，"王八乃复议船价"，这让人想起鲁迅书信里的一些不雅用语，尤其是加在陈源和顾颉刚身上的那些。让人注意到的是，这场"漕运之争"中，绍兴地方政府人员，也被直接卷入了。倪文中有"他还派署绍兴府知府缪梓、杨裕深等人前往复查。杨裕深首先是选派家丁随同绅董俞斌、张修睦等人前往"的句子，而其前往之地，正是苏州地界。苏州是当时江苏的实际省会，自然而然地，也就成为江、浙矛盾冲突的枢纽焦点。作者在文末总结说：

> 需要指出的是，江浙两省在漕粮海运上的矛盾，虽经长期的人事更迭，一直到清王朝灭亡，都没有出现和解的迹象。

这就提醒我们，漕粮运送，以其份量之重，涉及面之广，延续时间之长，卷入人物之多，矛盾之尖锐难以调和，从最高官员到底层民众身家性命之所系，所以这些，有没有可能进入鲁迅的视野（清朝灭亡，鲁迅已是而立之年），或者说波及到鲁迅的世界？（且不说绍兴府地方的直接卷入）以鲁迅一向对于社会现象的关注，以其见多识广、博览群书，他会不会对于发生在他身旁范围的漕粮运送视而不见，或置若罔闻？这些事情有没有可能在鲁迅的心里，投下它那若隐若显的影子？

透过倪文，我们还可以感受和认识到，江、浙两地，尤其是以苏锡为代表的太湖流域的苏南地区，跟以杭嘉湖绍为主体的浙东地区，由于地缘上的邻近，从而由来已久形成的经济政治（行政人事）的接近与一体。这种首先基于地缘的接近与一体化，既是经济社会发展协作的自然纽带，同时也必然会成为竞争龃龉的天然温床。而基于这种地缘与经济政治上的既相互混杂又相互矛盾的状态，又必然导致在诸如语言、文化和心理上的相互碰撞和互为轩轾。何况苏南、浙东两地，历来同为中国版图上人所共知的经济文化（人才）的富庶高地。这样，所谓江、浙较量的实质和根源，就可以归结于“近距离排斥”这种现象。鲁迅所说的“毫猪故事”，也正是一种“近距离排斥”现象。[1]

或者再加上点两强相遇。两强相遇，本质上也仍然是“近距离排斥”，所谓狭路相逢。

需要说明的是，所谓两强相遇，只是个大概说法，具体到个体，则有千差万别，比如顾颉刚可说强（鲁迅承不承认另说），陈源就难说，不过好歹也是个“海归”，也挂了块北大教授的牌子。

最后说两句补白的话。

鲁迅作为一个浙江绍兴人，对江苏人（或者只是苏州无锡人），看似有过某种渊远流长，且根深蒂固的“地域歧视”，但如果你因此得出结论，说鲁迅就是个民国年间的“地域黑”，那就难免要让人笑出声来了，也说明你确实太不了解鲁迅。且不说鲁迅一生中那些众多且重要的江苏友人——“人生得一知己足矣”的瞿秋白，就是江苏常州人。其中不少就是苏州和无锡人，比如叶圣陶。鲁迅晚年写《“题未定”草·九》，其中有为东林党人（东林书院在无锡）辩护和对“五人墓碑记”事件（事发苏州）的赞颂。另外我们也不能忘了，鲁迅对于自己的家乡，包括绍兴、杭州两地在内，曾经说过些什么。鲁迅有句名言：“我的确时时解剖别人，然而更多的是

1 见《华盖集续编·一点比喻》。

更无情面地解剖我自己。”鲁迅对于“吴人”（苏锡人）固然刻薄得可以（以陈源、顾颉刚为代表。鲁迅和陈源笔战期间，顾颉刚在日记里说，自己跟陈源是“近同乡”，古时苏州无锡曾合称吴中），对浙江人又何尝手下留情呢？（看看徐志摩和蒋梦麟）还是给章廷谦的信中，有这样的话：

> 其实浙江是只能如此的，不能有更好之事，我从钱武肃王的时代起，就灰心了。（1927 年 7 月 17 日）

鲁迅劝阻郁达夫移家杭州，用了同一典故。

> 夫浙江之不能容纳人才，由来久矣，现今在外面混混的人，那一个不是曾被本省赶出？……将一批一批地被挤出去，终于止留下旧日的地头蛇。（1927 年 7 月 28 日）

事实上，在鲁迅眼里，江、浙有时是作为一体而一视同仁的：

> 江浙是不能容人才的，三国时孙氏即如此，我们只要将吴魏人才一比即可知。我之不主张绍原在浙，即根据《三国志演义》也。（1927 年 8 月 8 日《致章廷谦》）

> 中国士大夫之好行小巧，真应“大发感慨”，明即

以此亡。而江浙尤为此种小巧渊薮。（1927年8月2日《致江绍原》）

这么一看，所谓籍贯之战，倒有点像是个幌子了。

2010年5月15日初稿

2019年3月11日改定

定庵、鲁迅比较说

鲁迅一生写了数百万字，笔下涉及的人名，不说一万，也有八千，但他没有提到过龚自珍。

收在《瞿秋白文集》里的那篇《儿时》，唐弢说是鲁迅写的，但没什么人相信。那篇文章的前面，引了龚自珍的一首诗——《猛忆》。

唐弢还说，鲁迅曾亲口对他称道过龚自珍的诗。

很多人一说起龚自珍，就会想到鲁迅；有人说龚自珍是清朝的鲁迅。又据说沈尹默说过鲁迅的旧体诗，学的是龚自珍的“郁怒清深”。（果真？）

那么，越有关系的越沉默，是这样吗？

拿鲁迅和龚自珍作比，我会先想到他俩一生的基本行迹。

龚自珍是杭州人，鲁迅是绍兴人。杭州和绍兴近在咫尺，彼此相邻，鲁迅每次离开或回到绍兴，都得经过杭州。把这两个地方放在稍大一点的地理空间来看，可以说是具有重合性的两个点。

包括杭州和绍兴在内的江浙沪，即“长三角”地区，是龚自珍和鲁迅都生活过和熟悉的地方（龚自珍在皖南待过一段时间，鲁迅没有）。鲁迅和龚自珍在地理空间上的另一个重叠处，是北京。江南和北京，是龚自珍和鲁迅生活时间最长，对他们的一生来说，也是最重要的两个地方。

在他们的一生中，都曾有过多次北京与江南之间的往返经历。

当龚自珍和鲁迅离开生活多年的北京，他们选择的都是南下，最终他们都回到了他们最熟悉的那块土地，并且在那里停下了生命的脚步。

仿佛是在印证叶落归根那句古话。

要说俩人在地理空间上有什么不同，鲁迅的宽度显然要更广大一些。向东鲁迅到过日本，并在那里生活了七年，这同样是一段影响深远的岁月；往西到过西安，尽管步履匆匆，但开阔了视野。鲁迅还曾在厦门和广州逗留一段时光，时间有限，却充满活力。龚自珍想跟林则徐去广州，但被林则徐婉拒了。北京周边地区（偏北偏东地方），龚自珍和鲁迅都只是浅浅涉足。龚自珍向北越过长城，到过宣化（今张家口），往东到过现在的秦皇岛和唐山一带；鲁迅则曾经旅途路过大连，经天津返回北京。

上海在鲁迅和龚自珍两人的生命中，都是个引人注目的地方。

跟地理空间相比，鲁迅和龚自珍两人在时间上的相似性，也许更值得注意。两人都出生在世纪末段，几乎相差百年。这两个世纪末段，不论从中国还是世界的视角看，都恰逢一个风起云涌的时代，千年以还，罕有其匹。而且单纯时间上的末段，又恰好对应了时代的末世。龚自珍正好处在一个历史拐点的连接处。鲁迅出生三十年后，大清王朝没有了，死后十三年，他自称所珍视的中华民国，又没有了。两人毫无疑义，均属于跨世纪人才。两人的生命长度，也略为近似，龚自珍享年五十，鲁迅活了五十六岁，六年实在不能算是一个拉开了差距的数字。更重要也更有意味的，是龚、鲁二人的死亡，都定格在一个极其重要的历史节点上：鸦片战争和抗日战争（第二次世界大战）。尽管龚自珍和鲁迅生前，都以他们的思想文字，参与、介入了与战争有关的种种话题与事情。龚自珍暴亡之时，鸦片战争已经打响（如果从“九一八”算起，鲁迅也已经历中日战争），但我仍然把他二人看作战前人物，我认为这是一个非比寻常的观察点。

北京是龚自珍和鲁迅生命地图上另一个非比寻常的观察点。龚自珍在北京度过了自己的童年，能说一口地道、流利、漂亮的北京话，这对他日后具有超常的演说能力，肯定大有帮助。龚自珍一生参加了十次科举考试，除了在家乡杭州参加的两次，其余都是在北京参加的。

龚自珍和鲁迅都在北京送走了自己的盛年时光。鲁迅1912年首次进京，1926年离开，来时32岁，去时46岁，正是一个人（尤其是一个男人）一生中最黄金的岁月。龚自珍从1821年正式在京步入仕途算起，到1839年彻底离开，来时30岁，去时48岁，同样是一个男人一生中最黄金盛壮的年华。

更引人兴味的，是鲁迅和龚自珍两人一生的从政经历，竟然都是在首都的中央政府直属机关里度过的。鲁迅曾在南京的临时政府待过极短一段时间，相较之下，几乎可以忽略不计。两人前后从政的时间，也大体接近，龚自珍共19年，鲁迅共14年。任职的部门和官阶，也给人一种“比邻而居”的感觉，都属于文教部门，说起祭孔，俩人肯定有共同话题。官品也大致在七品到五品之间，属于高层中的底层，最多接近中层。两人的上班状态，也颇为相似。龚自珍是所谓“冷署闲曹”。鲁迅则对表兄说：“我在教育部见天学做官。我每天签个到，一个字值好些钱呀，除了报到，什么事也不干。”

这当然是大体而言，鲁迅其实颇干过一些实事。来自官场的正式收入，同样微薄和缺乏保证（有人说鲁迅在教育部时属高收入人群，恐怕是只见其一，不见其二），但总体来看，鲁迅的经济情况要比龚自珍好多了，这里显示了时代的变化，也是鲁迅不同于龚自珍的重要原因所在。鲁迅和龚自珍为官期间，都成为当时社会上的名人，这在很大程度上缓解和改善了他们的生活状态和质量。除去两人在各自婚姻上令人忧伤或属于黑暗的部分外，龚、鲁二人最终在异性一事上的运气，似乎也好得让人艳羡（据说吴宓还是黄侃，曾对鲁迅与许广平的事，羡慕嫉妒恨恨不已），这显然跟他们的名气和社会地位有关。当两人都以一种带有突然性的方式，离开生活多年的京城，彻底跟官场说拜拜后，他们都选择了教书和写作为谋生方式（龚自珍有点迫不得已），重新回复了文人本色。

再回头看一下龚、鲁两家的家族背景，也值得让人留意。两家都是出过翰林的所谓诗书官宦之家，当然周家跟龚家比，气势上要稍逊一筹。不过对两家来说，那门楼风光，都不过是惊鸿一瞥的风景而已。龚自珍和鲁迅的家族，往上历数三代以前，似乎皆乏善可陈。到了祖父辈，才忽地时来运转，然而到龚自珍和鲁迅这一代时，情势就已无可挽回地衰颓了。正所谓其兴也勃焉，其亡也忽焉。鲁迅家的故事众所周知，龚自珍本人还中规中矩地考取了举人和进士（鲁迅也参加过科举，像《孔乙己》里说的，连半个秀才也没捞到，其实鲁迅根本无心去捞），但这对他的实际生活，并无多大裨益，中晚年的命运，已然是江河日下的景象。到他的公子，那位著名的龚橙龚半伦，已纯然是破落户的模样了。

相比之下，鲁迅的后人倒是活得还不错，这是历史变迁结下的“意外”果实。

败落中的龚自珍一直坚信着家族，也就是宗族的力量和希望，但最后证明一切都已是水中花、镜中月。

鲁迅一边以锋利之笔，书写“意在暴露家族制度弊害”的小说和文章，一边在京城的八道湾，组建起一个庞大家庭，我称之为“家庭社会主义”共同体，并最终以一种尴尬和愤怒交杂的方式解体。然而鲁迅的这份良苦用心，似乎一直没有罢歇。在上海，他把临时居住的石库门两栋相连的房子打通，这样他的家庭，就再次跟弟弟周建人的家庭合二为一。其实周建人始终并不情愿留在这种共同体式的生活中，他一直以默默的方式，反抗着这种强加硬给，却又不能不接受来自兄长的情意（也的确需要），然而大哥却乐此不疲，始终不渝。

兄弟失和，也可以看作是对鲁迅式“家庭社会主义”的一种反动。

“揭露和批判，是龚自珍文章的最大特色”，这是历史学家陈旭麓先生说过的一句话，这话用在鲁迅身上也恰当。

说到揭露和批判，容易想到一个词：骂。

鲁迅和骂，就不用多说了。

龚自珍跟骂，关系也颇密切。

被陈寅恪赞叹和惋惜过的著名“潜伏人士”黄濬，在他那本同样有名的笔记《花随人圣庵摭忆》里，说到过龚自珍的一个骂人故事，故事不长，援引如下：

> 己丑龚卷落在王中丞植房阅，头场第三篇以为怪，笑不可遏。隔房温平叔侍郎闻之，索其卷阅曰：“此浙江卷，必龚定庵也。性喜骂，如不荐，骂必甚，不如荐之。”王荐而隽。揭晓日，人问其房师，龚大哈曰：“实稀奇，乃无名小卒王植也。”王后闻之，怨温曰：“依汝言荐矣，中矣，而仍不免骂奈何。”

黄濬在其后的评议里给了一句话：“龚、李（案：指绍兴李慈铭）皆浙人，皆喜骂。”

鲁迅也是浙人。

语言的犀利刻薄，是龚自珍和鲁迅给人留下的主流印象之一。魏季子《羽琌山民逸事》里，记了龚自珍的一则小故事。有位暴发起家的人士（又说是某权贵的，权贵跟暴发户也无需区别得这么紧），雅好吟咏，一日主动发起并起头唱出一句：“恰是桃红柳绿天”，龚自珍随即跟了句“太夫人移步出堂前”，暴发户诧异之下一愣，说咏诗怎么咏出八个字来了？龚自珍接口回答道：“哦，你咏的是诗啊，我还为是弹词呢。”

鲁迅的刻薄功力和境界，就不用举例了，有兴趣的看看他笔下顾颉刚先生的尊容，尽可一览无余，心领神会。

野史笔记有载，龚自珍“短矮精悍，语言多滑稽”。鲁迅的幽默，世人早有领教，难得的是，鲁迅也是一个小个子。跟萧伯纳在上海见面合影，“并排一站，我就觉得自己的矮小了。虽然心里想，假如再年青三十年，我得来做伸长身体的体操……”鲁迅的身高和幽默，在此也合二为一。

鲁迅和龚自珍刻薄之处，极尽刻薄，无所假借，恭谨之时，又极其恭谨，出人意料。比如，龚自珍对于老辈，就可谓恭敬之至，说老辈的缺点，也都是优点。鲁迅对前辈应表尊敬者，无有丝毫懈怠，如对蔡元培，虽也曾语出不敬，但当有日本人士把蔡元培说成是鲁迅的朋友时，鲁迅即刻加以纠正，认为当以师长辈视之，其实蔡元培不过年长鲁迅 13 岁，用今天的话说，就是介于师友之间。

龚自珍和鲁迅的这种谦逊态度，典型表现在他们对待自己的老师上。鲁迅的从《百草园到三味书屋》和《藤野先生》，以及对章太炎的态度（还应该提到俞恪士），都是极好的例证。龚自珍则多次在诗词文中悼念、缅怀自己的少年塾师宋璠，情真意切，非常感人。

这种刻薄与恭谨之间鲜明的反差，说明了什么呢？我认为它跟某种神经类型有关。过去一般把它说成是性格所致，但性格一词过于笼统含糊，我倾向用神经类型来替代。

有证据表明，龚自珍和鲁迅都属于易于伤感的神经质类型人物。关于这一点，龚自珍自己的讲述，很有说明性。

《冬日小病寄家书作》：“黄日半窗煖，人声四面希。餳箫咽穷巷，沈沈止复吹。小时闻此声，心神则为痴；慈母知我病，手以棉覆之；夜梦犹呻寒，投于母中怀。行年迨壮盛，此病恒相随；饮我慈母恩，虽壮同儿时。今年远离别，独坐天之涯。神理日不足，禅悦讵可期？沈沈复悄悄，拥衾思投谁？”

作者在诗后附注一句解释说：“予每闻斜日中箫声则病，莫知其故，附记于此。”

这很有一些白日梦的特征。诗中的“慈母知我病，手以棉覆之；夜梦犹呻寒，投于母中怀。行年迨壮盛，此病恒相随；饮我慈母恩，虽壮同儿时”几句，折射出某种未能及时中断的恋母倾向。

鲁迅的神经质特点，好友许寿裳有段文字描述：

鲁迅的身材并不见高，额角开展，颧骨微高，双目澄清如水精，其光炯炯而带着幽郁，一望而知为悲悯善感的人。两臂矫健，时时屏气曲举，自己用手抚摩着；脚步轻快而有力，一望而知为神经质的人。（《亡友鲁迅印象记》）

鲁迅自己也坦承：

多伤感情调，乃知识分子之常，我亦大有此病，或此生终不能改；（1934 年 4 月 30 日《致曹聚仁》）

鲁迅与母亲的关系，许广平捕捉得最为细心。她曾笑话鲁迅，出门、进门都要叫一声姆娘，像个孩子一样。这的确是非常女性化的，而且是恋爱中的年轻女性的捕捉。

跟伤感相伴邻的，是忧愤。

鲁迅在《二心集序言》里有句话：“好像全世界的苦恼，萃于一身，在替大众受罪似的。”后来在《< 中国新文学大系 > 小说二集序》又说，自己的小说《狂人日记》“却比果戈理的忧愤深广”。其实，无需夫子自道，任何一位读者都能从他笔下那字里行间，轻易读出忧愤的情绪来，甚至只要一打开鲁迅的作品，忧愤的气息，就已扑面而至了。

龚自珍的忧愤，同样可以轻易在他的诗文中感受到。龚自珍写过一首题为《赋忧患》的五言诗，写得极其婉转精美，我觉得它跟歌德和海涅的某些诗歌非常贴近，同样非常适合由舒伯特或勃拉姆斯来谱写成一首深沉优美的古典乐曲。龚自珍曾自称“真天下之劳人，天下之薄福人也”。也许梁启超的评语，更能让人看到龚自珍的忧愤所在：“龚、魏之时，清政既渐陵夷衰微矣。举国方沉酣太平，而彼辈若不胜其忧危，恒相与指天画地，规天下大计。”（《清代学术概论》）

忧愤，是一种末世的情绪，尤其是当世人把末世看作是太平盛世时，这忧愤就来得更为猛烈而深广。

对于龚自珍和鲁迅，我们应该格外注意到一个意象：夜，或者暮色。

鲁迅笔下的夜，人们熟悉的有很多，像《夜颂》《秋夜》，《野草》里的不少篇章，描写的都是夜晚的情景。这里我们撷取一个独特的角度，来看看鲁迅对于夜晚的某种亲近感。在鲁迅为数并不算多的旧诗中，写到夜晚的竟有如此之多，比例之高足以让人诧异：

“孤檠长夜雨来时”“日暮新愁分外加”“残灯如豆月明时”“日暮舟停老圃家”“一棹烟波夜驶船”“高丘寂寞竦中夜”“石头城上月如钩”“泪洒崇陵噪暮鸦”“华灯照宴敞豪门”“遥夜迢迢隔上春”“独对灯阴忆子规”“夜邀潭底影”“如磬夜气压重楼”“深宵沉醉起”“梦坠空云齿发寒。竦听荒鸡偏阒寂，起看星斗正阑干。”以及《为了忘却的纪念》里的那句“惯于长夜过春时”。

龚自珍今天仍被不少人津津乐道，跟他写过一些与夜晚和暮色的句子，有很大关系，如，“楼阁参差未上灯，菰芦深处有人行。凭君且莫登高望，忽忽中原暮霭生。”又如，《夜坐》：“春夜伤心坐画屏，不如放眼入青冥。一山突起邱陵妒，万籁无言帝坐灵。塞上似腾奇女气，江东久陨少微星。平生不蓄湘累问，唤出姮娥诗与听。”《尊隐》中有“日之将夕，悲风骤至，人思灯烛，惨惨目光，吸饮暮气，与梦为邻，未即于床”的句子。还有“秋气不惊堂内燕，夕阳还恋路旁鸦”的诗句。

这些诗文中的夜晚与暮色含义，用今天的话说，你懂的。

天黑了，夜来了，就像起风了一样，是历来中国文人的习用语，并非龚自珍和鲁迅笔下所独有，然而龚自珍和鲁迅笔下的这些词语和意象，要显得更加触目，更加深刻。这首先得拜两人所处的时代所赐，这些词汇和意象，跟他们的时代，契合得如此天衣无缝、丝丝入扣。

鲁迅和龚自珍能引起人们注意的另一处共同点，是争议。

这种争议在他们生前就已经有了，但真正的到来，是在他们身后。

围绕在鲁迅身上的争议，就不用多说了，有很整齐的资料随时可供查阅，最新添入的值得留意一下的资料，应该要算几位来自海外的据说是著名历史学家的人物的高见。他们的表述各有不同，但倾向基本一致，就是尽量把鲁迅放回到“小看”的位置。其中有一位据说也是著名的口述史学家，对周树人发出了很干脆响亮的“呸”的一声。

龚自珍身后所遭遇的非议，相对来说，没有鲁迅那么热闹和为人所知，因此需要略加说明一下。

陈澧和朱一新，与龚自珍时间接近而稍后的两位大儒。他们对龚自珍的訾议和鄙薄，主要是指学术功底上的（但未始不含有一些别的意思）。刘师培对龚自珍也主要是小视他的文章笔法。张之洞主要是从学风着眼，加以慨叹。王国维很令人好奇地指斥了龚自珍的人品。丁福保则把清朝覆亡的原因，追溯到了龚自珍身上。对龚自珍最为苛评的，无疑要算章太炎了，章的原话极有文采，兹援引如下：

> （自珍）大抵剽窃成说而无心得。……若其文词侧媚，自以取法晚周诸子，而佻达无骨体，……而后生信其诳耀，以为巨子，诚以舒纵易效，又多淫丽之辞，中其所嗜，故少年靡然乡风。自珍之文贵于世，而文学涂地垂尽，将汉种灭亡之妖耶？！

丁福保说龚自珍导致了清朝的覆亡，章太炎反其道而言之，说龚自珍要导致汉种的灭亡，以至于以“妖”名之。

二十世纪出生的著名藏书家潘景郑，在其著作里，几乎把章太炎评龚自珍的话，原封不动地复述了一遍。

最有意思的，要数曾经跟鲁迅一起并肩战斗过（“女师大风潮”）的文史学者李泰棻，他说章太炎骂龚自珍骂得够厉害，其实他俩是一路的。

中国历史上被人毁誉相加的人多了去了，但像鲁迅和龚自珍这样，毁誉双方相互对立、牴牾到如此“混战”场面的，却不多见。请注意，龚、鲁二人基本上还是本色文人，而非李斯、王安石之类政治文人。

恰如陈独秀所评说的，好得像个神，坏得像条狗。（《我对于鲁迅之认识》）

广东学者朱杰勤说，中华民国的建立，有龚自珍的一份功勋在（“龚氏亦颇具一臂之力”），我没搞清楚这话的逻辑起点和线条。

给中华民国取了国名的章太炎（鲁迅说法），听了这话，不知当作何感想？

鲁迅以杂文而闻名，说到杂文，就会想到鲁迅。

杂，也是龚自珍的特征。后人说龚自珍“治学颇博杂”。龚自珍自称“事天地东西南北之学”（《古史钩沉论三》），“方读百家，好杂家之言。”（《己亥杂诗》）

但鲁迅的杂，跟龚自珍的杂有所不同。

鲁迅的杂，更近于一种熔铸，以文艺和小说的形式熔铸。

龚自珍的杂，倒有点像是真杂。翻翻那本多有散佚而现存的《龚自珍全集》，个中内容大有包罗万象、五彩斑斓之势。

这里既显示了时代的变迁，由博通的古典时代，转向专业细分的近现代，也可以看出两人个体的差异。

不管龚自珍和鲁迅之间，能罗列出多少相近和重叠之处，他俩的相似，都要远远小于他俩的差异，就像丘陵与高山峻岭，看着像，其实不同。

这种差异，也许可以用一个比方来形容。

龚自珍就像是旧石器时代一位天才型的闲逛者。

鲁迅则是新石器时代一位勤勉的能工巧匠。

然而正是在这种有着巨大差异的背景下，却能找出如此多的相似与相通，这就更应引起我们的好奇和兴趣。所谓同中求异，异中求同，原本也得二者有某种关联性才行的。

所以，我们可以继续寻找。

龚自珍和鲁迅两人的佛缘。

龚自珍与佛学的关系，只要对他稍有了解的人，都应该都知道。魏源说龚自珍“晚尤好西方之书”，这句话里“尤”字，常被人有意无意地忽略。龚自珍当然不是到了晚年才去看佛经佛典的，他与佛学的因缘，几乎贯穿了他的一生。

鲁迅与佛学的关系，相对来说，知道的人不那么多，比如鲁迅与许季上的关系，并因此刻印了《百喻经》。“民三以后，鲁迅开始看佛经，用功很猛，别人赶不上。”（许寿裳《亡友鲁迅印象记·看佛经》）其实，只要翻翻《鲁迅日记》1914 年前后的书帐，就知道鲁迅这一“猛子”，扎得有多深。

相较而言，鲁迅对佛学的态度更理性，但并不缺乏真诚。

作为被后人景仰、称赞的思想家，鲁迅和龚自珍在其思维和写作中，有一个现象值得留意，那就是由小事而突然放大的思维特点。

> 前车辙浅后车缩，两车勒马让先跃。
>
> 何况东阳绛灌年，贾生攘臂定礼乐。（见两车子相掉罄，有感。）（《己亥杂诗》第 294 首）

年终岁末，龚自珍北上迎接家眷南归，在路上看见两辆马车，因为路面坑洼不平，兼值隆冬时节，冰雪满地，拧在一处。两方都要对方先走（谁先走谁危险），并为此大吵起来。站在一旁围观的龚自珍，目睹此情此景，思绪陡然飞越两千年，他想到了西汉初年，年青的书生贾谊大刀阔斧的礼乐改革。其实，贾谊等一干人的名讳，在此不过是历史借喻而已，龚自珍真正想说的，还是本朝的事情（详见刘逸生注《龚自珍己亥杂诗注》的注解）。

再来看看鲁迅。

《鲁迅日记》1912 年 6 月 25 日，有这么一段记载：“先后视察国子监及学宫，见古铜器十事及石鼓，文多剥落，其一曾剜以为臼。中国人之于古物，大率尔尔。”

看到国子监和学宫里的石鼓，“其一曾剜以为臼”，就立即发出“中国人之于古物，大率尔尔”的感慨。国子监和学宫里的事情，何以要即刻归结到中国人的身上？除了是一种习惯性的表述外，很难说跟鲁迅思维中那种“瞬间放大”的特点无关。

另一个例子也许更具说明性。

《坟·灯下漫笔》，是鲁迅最重要的名篇之一。这篇文章起头一大堆文字，说的都是自己“钞票换银元”的事，突然之间鲁迅来了这么一段：

> 但我当一包现银塞在怀中，沉垫垫地觉得安心，喜欢的时候，却突然起了另一思想，就是：我们极容易变成奴隶，而且变了之后，还万分喜欢。

从银元兑换到奴隶醒悟！

这篇雄文最后引出了一句名言：

想做奴隶而不得的时代，暂时做稳了奴隶的时代。

《狂人日记》里有一段广为人知的句子：

凡事总须研究，才会明白。古来时常吃人，我也还记得，可是不甚清楚。我翻开历史一查，这历史没有年代，歪歪斜斜的每页上都写着“仁义道德”几个字。我横竖睡不着，仔细看了半夜，才从字缝里看出字来，满本都写着“吃人”两个字！

所谓“从字缝里看出来”的字，就是字面上没有的字。

欲从太史窥春秋，勿向有字句处求。

抱微言者太史氏，大义显显则予休。（儿子昌匏书来，问《公羊》及《史记》疑义，答以二十八字。）（《己亥杂诗》第305首）

龚自珍是今文经学的亲近者（也有人把他列为清朝今文经学的代表性人物），今文经学讲求微言大义。所谓微言大义，也就是字面上没有的字义。

《病梅馆记》的主题，实际就是两个字：解救。

这也是鲁迅的理念之一：“肩住了黑暗的闸门，放他们到宽阔光明的地方去；”（《我们现在怎样做父亲》）

解救，某种程度上也是《红楼梦》作者的意愿，看看贾宝玉那些“荒唐行径”就知道了，与其补天，何如救人？

> 至于说到《红楼梦》的价值，可是在中国底小说中实在是不可多得的。其要点在敢于如实描写，并无讳饰，和从前的小说叙好人完全是好，坏人完全是坏的，大不相同，所以其中所叙的人物，都是真的人物。总之自有《红楼梦》出来以后，传统的思想和写法都打破了。——它那文章的旖旎和缠绵，倒是还在其次的事。但是反对者却很多，以为将给青年以不好的影响。

这是鲁迅在西安讲学时，对《红楼梦》作的一段评论，非常精彩。不知道为什么，我刚开始看龚自珍的诗文时，总会想起鲁迅这段话。龚自珍和《红楼梦》之间，有这层关系吗？

细想想，好像有点道理，又好像没什么道理。

《红楼梦》跟鲁迅和龚自珍之间，都有一种引人兴味的联系。龚自珍生前就被人“目之为‘无事忙’”，而“无事忙”正是怡红公子的雅号。鲁迅在《中国小说史略》中说《红楼梦》的那段话：“悲凉之雾，遍被华林，然呼吸而领会之者，独宝玉而已。”有人说，说的好像是龚自珍。

而鲁迅，有人说他跟林黛玉很相像。

写于 2011 年 8 月 30 日

2016 年 2 月 2 日修改

2019 年 2 月 19 日改定

参考书目

1. 《鲁迅全集》，人民文学出版社，2006 年；

2. 《鲁迅研究资料》（1-），北京鲁迅博物馆编，文物出版社，天津人民出版社；

3. 《鲁迅回忆录》（散篇专著），北京出版社，1999 年；

4. 《知堂回想录》（上下），周作人著，安徽教育出版社，2008 年；

5. 《鲁迅小说里的人物》，周遐寿著，人民文学出版社，1957 年；

6. 《亡友鲁迅印象记》，许寿裳著，上海文化出版社，2006 年；

7. 《近代的超克》，[日]竹内好著，李冬木、赵京华、孙歌译，生活·读书·新知三联书店，2005 年；

8. 《魔都上海——日本知识人的“近代”体验》，刘建辉著，甘慧杰译，上海古籍出版社，2003 年；

9. 《时为公务员的鲁迅》，吴海勇著，广西师范大学出版社，2005 年；

10. 《鲁迅故家的败落》，周建人口述，周晔编写，湖南人民出版社，1984 年；

11. 《鲁迅家庭家族和当年绍兴民俗》，周冠五著，上海文化出版社，2006年；

12. 《乡土忆录——鲁迅亲友忆鲁迅》，周芾棠著，陕西人民出版社，1983年；

13. 《鲁迅早期事迹别录》,张能耿著,河北人民出版社,1981年;

14. 《鲁迅在绍兴》，朱忞、谢德铣、王德林、裘士雄编著，浙江人民出版社，1985年；

15. 《鲁迅回忆录正误》(增订本),朱正著,人民文学出版社,2006年；

16. 《革命逸史》，冯自由著，新星出版社，2009年；

17. 《剑桥中国晚清史》（1800-1911，上下），中国社会科学出版社，1993年；

18. 《剑桥中华民国史》（1912-1949，上下），中国社会科学出版社，1993年；

19. 《孙氏兄弟谈鲁迅》，孙伏园、孙福熙著，新星出版社，2006年；

20. 《鲁迅革命历史——丸山升现代中国文学论集》,丸山升著，王俊文译，北京大学出版社，2005年版；

21. 《独秀文存》，陈独秀著，安徽人民出版社，1987年；

22. 《藏家鲁迅》，王锡荣、乔丽华选编，上海文化出版社，2009年；

23. 《京杭大运河的历史与未来》，董文虎等著，社会科学文献出版社，2008年；

24. 《复辟半月记》，许指严撰，中华书局，2007 年；

25. 《北洋军阀统治时期史话》（中下），陶菊隐著，生活·读书·新知三联书店，1983 年；

26. 《“辫帅”张勋外传》，吕云松、朱水鑫编写，江西人民出版社，1987 年；

27. 《百年家族——段祺瑞》，周俊旗著，河北教育出版社，2006 年；

28. 《中国现代史资料选辑》（第一册），彭明主编，中国人民大学出版社，1987 年；

29. 《民国史谈》（上册），杨天石主编，中共中央党校出版社，2008 年；

后　记

这几篇稿子终于到了快要付印的时候。不久以前，我还以为这事已经搞不成了呢。

现在想起来，是前年年底了。我回了一趟广东，见到几个熟人朋友，闲聊中不知怎么就聊到了鲁迅，我说我也写过几篇鲁迅。回来后，把几篇尘封已久的文字翻检出来，看了一下，觉得好像还有点意思，就给北京胡杨文化传播有限公司的何崇吉总经理打了个电话，他一听，二话没说，当即回应说可以。于是我用了三四个月时间，补充、修改，大致凑成了现在的模样。

稿件是在去年四月份前后交给何崇吉的。按以往的情况，最初估计能在半年左右出书，后来见一直没什么动静，问了一下，说要到年底。到了年底，依然是一片“水静河飞”（粤语词汇）。倒是一件波及全球、至今尚未见消停的大事，忽地而起，疫霾之下，各行各业，在所难免。转眼到了春节，春节过后，很快就是四五月份了，仍然是静悄悄的，没一点声息。我又跟北京联系了一下，得到的回音是，不能按时出版，要再延期几个月。

其实，以现在的出版情况，一本书的出版，要等上一年上下，恐怕是很正常的事，况且又碰上全球性的大疫情，于是我心里就觉得这事恐怕要黄。又是一个多月过去，我想事情虽然做不成，好歹也要有个明确说法，不了了之可不像个事，就给崇吉兄打电话，意思是弄不成就算了，这也不是不能理解的事。电话刚通，就传来崇吉兄略带兴奋的声音："正想给您打电话，事情已定下来了。"放下电话，我还有点恍恍惚惚、将信将疑的。

一个星期后，我收到一大摞整整齐齐的打印稿，上面有精心修改和标注的字迹，我开始相信，这次是真的启动了。几天后，我把重新阅读一遍并且略作修改的稿件寄回给北京，崇吉收到后告诉我，已经跟陈漱渝先生联系，想请他写个序言之类的。陈漱渝先生的大名，当然是早就知道的，不过我觉得有点忐忑，一是跟陈先生素不相识，二来，陈先生在鲁迅研究界向来以史料功夫著称，是一位久负盛名的专家学者，我这些"不伦不类""不三不四"的文字，陈先生看了会作何感想？然而，仅仅隔了一天！我就在微信里看到由崇吉转发过来的陈先生的语音"译文"，说文章很有特色，有的写得挺好的。这一下就给了我信心。然后，四天之后，我在微信上看到了陈漱渝先生写好的一篇热情洋溢、一气呵成的漂亮序文，清新矫健、充满活力的文字，完全是盛壮手笔！

至于文中那些肯定与鼓励的话语，自然是陈漱渝先生作为业界前辈，对于一位业余作者的奖掖之情。

记得是在微博上，不止一次看到，有些人对有些书籍后记里的感谢部分，有过特别的调侃和讥笑。我想，这些调侃和讥笑大概也有它们的道理，但很显然，人世间的感激之情，什么时候都不可能彻底沦为调侃和讥讽的对象。在人情世态日新月异的今天，在图书出版质量日益严格的当下，对于陈漱渝先生的慷慨援引，对于何崇吉先生和北京胡杨文化的精诚执着，对于九州出版社编辑领导的谬识不弃，我理所应当要表达自己最真诚的感谢！那些对于世态人情和图书出版心有戚戚焉的人士，想必对此当更有体会。

还有那些我在这里没有说出名字，只是在心里默默感念的人，无论他们知道还是不知道，那份温度，是一样的。

黄坚

2020 年 6 月 29 日

南昌梅岭 璞悦里

图书在版编目（CIP）数据

桃花树下的鲁迅 / 黄坚著. -- 北京 :九州出版社，2020.9

ISBN 978-7-5108-8798-7

Ⅰ. ①桃… Ⅱ. ①黄… Ⅲ. ①鲁迅研究 Ⅳ. ①I210

中国版本图书馆CIP数据核字(2020)第010875号

桃花树下的鲁迅

作　者	黄坚　著
出版发行	九州出版社
地　址	北京市西城区阜外大街甲 35 号 (100037)
发行电话	(010)68992190/3/5/6
网　址	www.jiuzhoupress.com
电子信箱	jiuzhou@jiuzhoupress.com
印　刷	山东临沂新华印刷物流集团有限责任公司
开　本	880 毫米 ×1230 毫米　32 开
印　张	12
字　数	238 千字
版　次	2020 年 9 月第 1 版
印　次	2020 年 9 月第 1 次印刷
书　号	ISBN 978-7-5108-8798-7
定　价	49.80 元